Bébé

et bien d'autres qui s'évadent

roman

Données de catalogage avant publication (Canada)

Lebœuf, Gaétan

Bébé-- et bien d'autres qui s'évadent

(Roman/récits)

ISBN 978-2-89031-583-9

I. Titre.

PS8573.E335B42 2007 C843'.54 C2007-940080-9
PS9573.E335B42 2007

Nous remercions le Conseil des Arts du Canada ainsi que la Société de développement des entreprises culturelles du Québec de l'aide apportée à notre programme de publication. Nous reconnaissons également l'aide financière du gouvernement du Canada par l'entremise du Programme d'aide au développement de l'industrie de l'édition (PADIÉ) pour nos activités d'édition.
Gouvernement du Québec – Programme de crédit d'impôt pour l'édition de livres – Gestion SODEC.

Mise en pages : Nadia Roy
Maquette de la couverture : Raymond Martin

DISTRIBUTION :

Canada
Dimedia
539, boul. Lebeau
Saint-Laurent (Québec)
H4N 1S2
Tél. : (514) 336-3941
Téléc. : (514) 331-3916
general@dimedia.qc.ca

Europe francophone
Librairie du Québec / D.N.M.
30, rue Gay Lussac
75005 Paris
France
Tél. : (1) 43 54 49 02
Téléc. : (1) 43 54 39 15
liquebec@noos.fr

Dépôt légal : B.N.Q. et B.N.C., 1er trimestre 2007
Imprimé au Canada

2200, rue Marie-Anne Est
Montréal (Québec) H2H 1N1
Tél. et téléc. : (514) 597-1666
Courriel : triptyque@editiontriptyque.com
Site Internet : www.triptyque.qc.ca

Gaétan Lebœuf

Bébé

et bien d'autres qui s'évadent

roman

Triptyque

Prologue

L'ample violence de l'orage, sa splendeur et sa fécondité ne m'apparurent qu'à la tombée du tumulte. C'est pour célébrer, en quelque sorte, que j'ouvre mon cahier. En dévissant la dernière ampoule, Hok Shamsoul Mohammed jette un regard attendri sur les pages encore blanches et me sourit avant de monter faire sa caisse.

Les lumières sont donc éteintes et La Grève de la faim est envahie d'une bruine de poussière noire. Seuls les contours des comptoirs, de la machine à expresso et des lits aux armatures d'acier demeurent un moment imprimés sur ma rétine. Ne reste qu'un cône de lumière tamisée qui semble parlementer avec la table, mon cahier et moi.

Je veux être ici lorsque la grève prendra fin. Les grévistes se sont habitués à ma présence sous la lumière. Cela fait plus d'une semaine que j'écris. Et comme Hok Shamsoul l'a compris, j'aurai terminé mon récit cette nuit même, avant d'aller dormir sur le lit de camp qui m'est réservé.

1

Cela débute en mai. J'aurais pu raconter les deux ou les quatre années qui précédèrent mon arrivée au restaurant. Ce sera la mi-mai, le printemps qui suivit les morts. Ma détresse profonde me donnait alors une grande assurance. Il me suffisait de mettre les pieds dans les ornières puis de les traîner avec aplomb pour que le temps s'allège.

Mes cours à l'université allaient se terminer à la fin du mois et je n'avais toujours pas trouvé d'emploi estival. En passant devant Aux racines de la santé, un resto végétarien doublé d'une épicerie qui se trouvait à quelques rues de chez moi, je vis qu'on y cherchait une employée. J'hésitai avant d'entrer (le végétarisme m'avait toujours agacée), mais la proximité de l'établissement joua en sa faveur.

Je remplis consciencieusement le formulaire que me tendit le gérant puis rentrai. Deux jours plus tard, le téléphone sonna. J'étais engagée et débutais le jour même, un vendredi. Ce n'était pas l'emploi idéal, mais je me rassurai en me disant que ce ne serait que pour quelques mois.

Finalement, les ornières étaient plus profondes qu'il n'y paraissait : j'y restai durant toute ma grossesse !

*

Trois ans plus tôt, René et moi avions découvert le chic quartier Bord de l'eau (l'ancien quartier Ahuntsic). Ma mère y avait remarqué une très vieille église qu'elle nous avait suggéré d'aller visiter. Nous y sommes retournés de temps en temps afin de profiter en amoureux de la rivière et de la relative quiétude du parc Nicolet. Au détour d'une marche, nous sommes passés devant le bâtiment qui abrite maintenant Aux racines de la santé et qui était alors occupé par une charmante quincaillerie qui outrageait la bourgeoisie de Bord de l'eau par sa vétusté. Rescapée d'un autre âge, village gaulois d'un monde envahi par les méga-hyper-commerces, la petite quincaillerie de quartier résistait. En s'ouvrant, la porte du vieil établissement bousculait une clochette au timbre clair. On était alors assailli par l'odeur musclée du vieux plancher de bois franc dépoli que des décennies de piétinement avaient marqué d'ondulations profondes. Tenant autant du magasin général que du débarras d'un collectionneur peu fortuné, on y trouvait des articles désuets, obsolètes, de véritables artefacts vendus à des prix dérisoires ; des objets reposant sur des tablettes depuis si longtemps qu'ils en étaient devenus des antiquités. Dans un recoin mal éclairé, une section consacrée aux passe-temps fascinait René. Puzzles, ballons, boîtes de meccanos racornies, modèles réduits de Spitfire ou de P-51 s'y côtoyaient pêle-mêle. Dans le bas d'une étagère s'empilaient des livres de contes et sur les tablettes du haut s'alignaient des flacons et des fioles de produits chimiques aux couleurs vives que je trouvais à la fois réjouissantes et inquiétantes. Il régnait dans la quincaillerie un désordre d'une grande élégance. J'y ai acheté un jour une paire de patins à glace pour enfant. Des patins à deux lames, conçus pour être attachés à des bottillons par des lanières de cuir. Quant à René, il y dégota deux superbes camions Tonka tout rouillés. Dans la pelle d'un des camions, il trouva une vieille montre de grand-mère qu'il acheta pour une misère et dont il me fit cadeau.

Le vieux monsieur qui tenait la quincaillerie était aveugle, ce qui contribuait à l'envoûtement. Lorsque la clochette l'avertissait de l'arrivée d'un client, l'homme, petit et rondouillard, se levait pour se mettre à marcher de long en large derrière son comptoir. Il suivait une sinusoïde imaginaire, oscillant entre les tablettes du fond et le comptoir. Il louvoyait en écoutant avec attention le moindre de nos pas et gestes. Autour de lui passait et repassait un magnifique matou à jambière. Du poil long comme un soupir et une binette à faire fondre un tatouage. Parfois, si nous étions qu'un ou deux clients, le chat venait nous voir et se frottait contre nos mollets.

— Il n'est pas dangereux, rassurait malicieusement son maître d'une voix brûlée.

Parfois, quand on s'arrêtait pour examiner un objet, le vieux monsieur nous décontenançait en identifiant l'article devant lequel on se tenait et en nous informant de son prix. La plupart du temps, l'aveugle, qui devait connaître par cœur son inventaire, visait juste. Le quincaillier anticipait presque toujours notre départ. Bien avant qu'on commence à se diriger vers la porte, il disait : « Merci de votre visite. Revenez quand vous voulez. » Le matou courait alors se réfugier derrière le comptoir, comme s'il craignait qu'on le kidnappe.

Manque de pot, juste comme on emménageait en bordure de Bord de l'eau, dans la vieille église de la rue Cleatr Einee (celle qui fait le coin avec Brighton-Briaardale), le vieux quincaillier mourut. Quelques mois plus tard, Aux racines de la santé ouvrait ses portes.

De façon assez puérile, j'en voulais au nouveau propriétaire. C'était tout à fait injuste. Il n'était quand même pas responsable de la mort du vieil aveugle. Et puis, la quincaillerie était plus affaire de passion que de profit. Il aurait fallu être un peu fou pour prendre la relève du vieux. Mais je me disais qu'il fallait aussi être un peu cinglé pour ouvrir un commerce végétarien à l'esthétique rétro dans un quartier aussi bourgeois que Bord de l'eau. Cela demandait aussi, j'en convenais aisément, un minimum de passion.

N'empêche que j'ai eu un pincement au cœur ce vendredi-là, ouvrant la porte et entendant le même tintement qui autrefois faisait se lever le vieil aveugle et son chat.

*

Eugène Frigon, le gérant, regarda sa montre à mon arrivée.

— Bonjour, Alice. Une minute d'avance... C'est presque suffisant. Si tu parvenais à être là cinq minutes avant ton quart, ce serait encore mieux.

Eugène Frigon ressemblait à un petit caporal avec sa moustache en balai, son dos bien droit et cette dépense excessive d'énergie qui accompagnait chacun de ses gestes. On sentait un grand désir de paraître volontaire et maître de sa destinée. Autre signe particulier : Eugène Frigon s'exprimait comme ceux qui, tardivement, se rendent compte que le langage est un outil et qui l'empoignent avec l'audace d'un gamin qui découvre un vilebrequin rouillé dans un grenier et s'en sert pour faire des trous dans de vieux livres d'histoire.

Le caporal me fit visiter les lieux : l'aire de service, la cuisine, quatre marches plus haut ; l'espace réservé à la plonge et, deux marches plus bas, la fabrique de fausses saucisses, de faux smoked meat, etc. Deux marches encore : l'épicerie. On traversa alors celle-ci sans dire bonjour à un employé qui vidait un sac de lentilles dans un petit caisson.

— C'est Alvaro.

— Il est sud-américain ?

— J'en ai aucune idée. Mais il effectue plutôt bien son travail.

Le caporal disait cela comme si ça le surprenait.

— Là, c'est le restaurant, lança-t-il en montrant les tables avec fierté. C'est moi qui les ai sélectionnées. Tu vois, carrées, ça permet de les mettre bout à bout quand il y a des groupes. Et puis, ça fait plus propre.

— ...

— Je détiens un but, continua Eugène avec le lyrisme maladroit qu'il affectionnait : rendre Aux racines de la santé accueillant comme une porte. C'est moi qui ai sélectionné les plantes, dit-il, faisant glisser un panneau vitré donnant sur l'extérieur. Là, c'est la terrasse. Elle possède une orientation nord-sud !

— Nord-sud ? Ah, c'est bien...

On revint vers l'aire de service. On y croisa une employée dont il évita de croiser le regard. « C'est Emma », se contenta-t-il de dire.

— Montons sur le pont du galion, fit le caporal, m'y invitant d'un geste tout en me précédant dans l'étroit escalier.

— C'est un beau nom, dis-je avec sincérité.

— Mouais... C'est Emma qui l'a baptisé ainsi. C'est un peu idiot, mais monsieur Fagen (c'est le patron) aime ça.

— Ah bon...

De chaque côté de l'escalier, il y avait une courte balustrade de bois, qui donnait effectivement une allure de pont de galion à cette petite surface de neuf mètres carrés où reposaient quatre tables. Le pont rétrécissait puis débouchait sur une autre salle, plus large et appelée le fond du galion. On y trouvait six tables, des toilettes et une porte battante donnant sur la cuisine. Nous revînmes sur nos pas.

— Bon ! C'est à peu près ça. Autrement, il y a la cave, le deuxième étage où habite le patron et un petit bureau, en haut, pour faire la caisse à la fermeture.

Eugène Frigon passa alors aux considérations agro-médico-alimentaires. Il me faudrait apprendre et mémoriser les suppléments alimentaires et leurs effets curatifs, les épices et leurs emplois, les valeurs nutritives des quinze différentes sortes de pains et quantité d'autres informations. Ou alors, comme me le dira si bien Emma un peu plus tard, il s'agissait d'apprendre l'art de l'improvisation mensongère. Brûlures d'estomac avec le levain ? C'est que ça élimine des toxines, alors, forcément... ça chauffe. « Le plus important, ajoutera Emma, c'est de savoir à qui on peut dire tel ou tel mensonge... » De la même source, j'obtins plus tard l'information privilégiée suivante : Aux racines de la santé accueille la pire clientèle qui soit : les végétariens orthodoxes, les nouveaux riches de Bord de l'eau ; les vieux riches, mais nouveaux végétariens ; les anémiques et les excentriques pédants. Suffisance, lenteur, exigence et indécision. Dans tous les cas, un manque ahurissant de savoir-vivre. Le caporal me prévint d'ailleurs à sa manière : « Savoir manipuler une caisse, tout le monde peut y arriver, mais servir les clients... c'est une tout autre chose. Cela demande un grand TACT. »

Pour finir, nous aboutîmes au comptoir-caisse de l'épicerie. Il y eut un bref échange de saluts entre le caporal et un barbu portant une chemise à carreaux délavée qui nous abandonna la caisse sans mot dire.

— C'était monsieur Fagen. Il s'est offert pour te remplacer pendant que je te faisais visiter les lieux.

Puis, Eugène Frigon m'enseigna les rudiments de la caisse. Au beau milieu du cours, je vis du coin de l'œil un client empocher subrepticement un petit pot de confiture. Un homme dans la cinquantaine, portant une veste de tweed marron, une chemise unie boutonnée jusqu'à l'avant-dernier trou et un pantalon de toile noir. Une courte barbe grisonnante lui donnait une contenance solennelle qu'accentuait une raideur affectée.

— Qu'est-ce qu'on fait dans ces cas-là ? demandai-je à Eugène Frigon.

— Quels cas ? répondit le caporal.

— Ce type, il vient de voler un pot de confiture aux mûres. Regarde la poche de sa veste.

— Impossible, c'est un excellent client. Et puis, c'est un docteur allemand des Flandres, je crois. Et puis, il n'irait quand même pas voler quand sa femme est juste à côté.

— Ah... Un Flandrallemand et une Flandrallemande...

— Tu as dû mal voir.

C'est ce qu'espérait sa femme qui rougissait en souriant aux pots de miel.

Eugène Frigon resta avec moi jusqu'à la fin des emplettes du docteur à qui il servit du « Oui, monsieur, tout de suite, monsieur. Voilà Alice, monsieur. Oui, monsieur, c'est une nouvelle ». Monsieur me salua.

— Vous avez une bien jolie veste, monsieur, fis-je en louchant vers sa poche droite.

Le regard inquisiteur du Flandrallemand me sculpta le visage. Je sentis le caporal se raidir à mes côtés. Le client se présenta d'un bref mouvement de tête : « Stefaan », puis du plat de la main présenta sa conjointe : « Claire ». Enfin, sans trop regarder vers nous, il me souhaita la bienvenue et s'en fut, précédé de sa femme. Rassuré, le caporal me laissa enfin seule derrière le comptoir en me lançant : « Bonne idée, le compliment. C'est une catégorie d'initiatives que l'on encourage ici. »

*

Emma, une grande brune, vint me voir vers seize heures. Notre première rencontre fut plutôt anodine.

— Eugène t'a entraînée ? Quelle chanceuse ! T'en fais pas, il finit de travailler à vingt heures et n'est pas là la fin de semaine.

Pendant que nous parlions, une toute petite femme aux cheveux recouverts d'un foulard de madapolam rose franchit la porte de la fabrique. Elle était suivie d'un Tamoul d'environ quarante ans dont le visage rond semblait avoir été modelé dans de la plasticine par un enfant belliqueux. Ils longèrent les rangées, la femme pointant du doigt des articles que le Tamoul prenait dans ses bras. Bien vite, ceux-ci furent remplis jusqu'au menton. Ils passèrent alors côté resto sans même nous regarder.

— C'était Solange et Parlam. Solange est cuisinière et Parlam, aide-cuisinier et plongeur.

— Et coolie.

— Coolie ! C'est ça ! Solange a des coolies ! C'est la chef de la cuisine. Une petite arrogante et une crisse de folle !

— Ah bon ! Et ils prennent ce qu'ils veulent ici sans nous avertir ?

— Oui.

— Ça doit être chouette au moment de l'inventaire !

— Oui. Si on voulait, on pourrait prendre n'importe quoi...

De retour de patrouille, le caporal vint nous dire que nous avions « certainement d'autres activités à faire que converser ».

Emma, sans même tourner la tête, redressa lentement son corps affalé sur le comptoir et s'en retourna à l'aire de service du resto où elle entreprit de déplacer et replacer divers objets, histoire d'avoir l'air occupée. Et moi, à neuf heures, je m'en retournai à la maison, rue Cleatr Einee.

*

Après cette première journée de travail, la solitude fut brutale. Comme peut l'être, lors d'une longue excursion, le départ qui suit la première pause. L'amertume des dernières semaines s'écoulait comme un torrent.

Nous avons pris la décision ensemble, me disais-je. Belle consolation ! Quel réconfort ! Douillet comme le fond d'un abysse ! Être deux au beau milieu du désert et souhaiter se retirer chacun sous sa tente pour évaluer sa misère. N'en plus pouvoir d'entendre les tourments de l'autre. Pire, ne pas être en mesure de répondre à ces prières qui vous traversent le corps et l'âme en décuplant votre soif de réparation. Deux assoiffés, double tourment. Croisement des mêmes douleurs, des mêmes colères. Lassitudes bicéphales s'exprimant en des caprices étonnants, en impatiences carnassières. On en vient à se persuader qu'on préférerait la déréliction à cette double solitude. Un gouffre s'ouvre, vous tendez la main et les doigts les plus proches, ceux que vous agrippez d'instinct, se rattachent à un corps qui s'enfonce dans un gouffre identique au vôtre. Alors, on se crie notre abandon : lâchons nos mains, cherchons une branche et décidons d'un même élan de nous séparer ! Allons vivre nos morts dans une cellule d'isolation !

Quel est ce mathématicien qui disait : « tant de choses se déroulant dans une même journée, il serait mathématiquement impossible qu'il n'y ait pas de coïncidences » ? Nos mères ne s'étaient jamais côtoyées. Elles s'étaient rencontrées deux ou trois fois au début de notre relation. Nos fiançailles (une idée de René) les avait rapprochées : elles se mirent toutes deux en tête de nous aider à acheter notre maison et furent ainsi obligées de se fréquenter pendant le processus d'acquisition. Cela avait cessé après l'achat. Elles s'étaient revues lors du mariage, c'est tout. Deux femmes actives avec carrières et passions, ayant peu de temps pour les histoires de belle-famille... Et voilà que plus d'un an après nos noces, madame ma mère et madame sa mère décident, chacune de son côté, de poser le premier geste politique de leur vie en se rendant au parc Du boisé encourager ce qu'on a appelé depuis la grève des 2000. C'était un 15 juillet.

Le premier article que j'avais lu sur la filière haïtienne du terrorisme datait du printemps. On parlait d'un certain Frédéric Mario accusé de blanchiment d'argent. La GRC soupçonnait un groupe d'intégristes vaudou de récolter des fonds pour planifier une attaque au Québec. Trois ou quatre autres personnes reliées à la diaspora haïtienne furent appréhendées au cours de l'été. Selon les indicateurs de la GRC, dix à vingt millions de dollars avaient été récoltés dès juin par l'organisation et une attaque semblait imminente.

Le 30 juin, vers vingt et une heures, de tous les coins de la ville, à pied, en vélo, en auto, en taxi, en tramway et en métro, deux mille Haïtiens arrivèrent au parc Du boisé et convergèrent à bon pas vers un bouquet d'immenses chênes près de la rue Saint-Maurice. C'étaient les arbres les plus gros et les plus vieux du parc, chacun avait une circonférence de plus de six mètres.

La délation étant devenue notre sport national, plusieurs citoyens inquiets avaient alerté les forces de l'ordre qui arrivèrent en trombe, arme au poing. Lorsque les policiers aperçurent les Haïtiens, ceux-ci formaient un attroupement formidable, plus ou moins circulaire et ayant pour centre les grands chênes. Dans la pénombre, les deux mille Haïtiens formaient une masse redoutable. La voix d'un sergent, amplifiée par un mégaphone, leur intima l'ordre de former des rangs, les mains sur la tête. Une grêle de déclics métalliques répondit à la sommation de l'agent de la paix. Persuadés d'avoir entendu des milliers de culasses reculant pour laisser monter leur première balle, les policiers ouvrirent le feu. Aucun tir ne leur répondant, les officiers cessèrent le feu immédiatement.

Les déclics ? Deux mille bracelets de titane fabriqués sur mesure se refermant sur autant de poignets haïtiens. Chaque menotte était attachée à une longue chaîne du même métal, déployée autour des vénérables troncs.

Par une chance inouïe, il n'y eut que trente personnes atteintes par les projectiles et seulement deux morts ! Les blessés furent traités sur place : les policiers constatèrent bien vite que les cadenas étaient inviolables et ne possédaient ni serrure ni mécanisme à combinaison. On sut plus tard que seul un code, long comme un roman de Balzac et envoyé par ondes courtes, était en mesure de déclencher l'ouverture des menottes.

Stupeur ! Les Haïtiens avaient consacré jusqu'aux derniers sous blanchis, non pas à la fabrication d'une arme quelconque ou à l'entraînement d'un commando, mais plutôt à la conception et la réalisation de chaînes indestructibles et de cadenas inviolables. Les Haïtiens entamaient une grève de la faim au beau milieu de la ville pour que notre pays cesse d'appuyer son voisin qui fournissait armes et assistance à la mafia qui pillait leur pays.

Deux semaines plus tard, nos mères quittèrent à vélo leurs maisons respectives avec des provisions destinées aux trente blessés, trop faibles pour entamer leur grève.

Elles se rencontrèrent au chevet de l'un d'entre eux, ce qui représente en soi une coïncidence remarquable, les 2000 grévistes couvrant tout de même une circonférence honorable. J'imagine qu'elles échangèrent quelques banalités. Je n'en sais rien. Quoi qu'il en soit, elles repartirent ensemble sur leur vélo et c'est en traversant la rue Saint-Maurice, côte à côte, qu'elles furent frappées de plein fouet par une voiture qui avait brûlé un feu rouge.

Double deuil. Annulation de phase. Choc des douleurs. Et à ce moment précis (mon retour d'Aux racines de la santé), collision avec ma détresse, seule à seule. Nous avions décidé de couper tous les liens pour une période indéterminée. Coupure espace-temps totale, brutale. René était parti sans même savoir que j'étais enceinte.

Je passai donc cette fin de soirée à réorganiser toutes ces émotions et à mémoriser les nouveaux souvenirs que les permutations avaient engendrés. Oh ! que j'espérais que le boulot à l'épicerie monopolise mes pensées.

*

Samedi passa. Dimanche passa. Eh bien non, Aux racines de la santé n'allait pas remplir le rôle d'exutoire que je lui avais assigné... J'étais prisonnière la plupart du temps derrière le comptoir. À part quelques bouffées ici et là (du pain d'épeautre, de gluten ? Non madame. Non, pas de poule de grain. Des gènes de zinc dans les patates ? Je ne crois pas, non. Demandez plutôt au monsieur avec la moustache, oui, celui qui regarde par ici), l'achalandage fut léger. Ma principale occupation consistait à avoir l'air active entre les clients épars.

*

Le jeudi suivant, Eugène Frigon me téléphona pour m'apprendre que dorénavant j'allais travailler dans la section resto. Robert, le gars qui travaillait avec Emma et qui faisait la fermeture, venait de démissionner.

*

Emma, habillée d'une grande jupe de coton bleue et d'un chandail noir, m'accueillit, pleine d'entrain.

— Je suis désolée, ma chère… Eugène Frigon ne pouvait pas t'entraîner, tu comprends, il doit travailler à ta place.

— Catastrophe... Quel dommage ! Dis donc, pourquoi est-ce qu'il n'a pas pris la place de l'autre gars, Robert, en attendant de trouver quelqu'un d'autre ? Moi, je m'en fous, mais ça fait un entraînement de trop, il me semble.

— Il déteste travailler avec moi. Ou bien je fais de la projection, et il s'en rend compte.

Elle entreprit de m'expliquer en quoi consistait notre boulot et s'arrêta en plein élan.

— Ça ne servirait pas à grand-chose de trop t'en dire. C'est une expérience qu'il faut vivre. De toute façon, tu vas voir, on va bien s'amuser. C'est assez compliqué et le rush sera infernal vu que tu sais pas comment tout ça fonctionne. Mais quelle aubaine ! Calamités... dons du ciel ! Ça nous donne une excuse formidable : on pourra faire autant d'erreurs qu'on voudra !

*

À quatre heures entra Mohi, le plongeur de soirée. Un mètre soixante de noblesse bangladaise. Les cheveux de jais impeccablement peignés, une chemise attachée jusqu'au dernier bouton, un pantalon de laine noir, aux plis bien centrés. Souple comme les branches et droit comme le tronc d'un tremble, le plongeur, dans la trentaine, paraissait plus grand que sa taille réelle. Il me fit un léger salut du haut du corps et me tendit la main avec un sourire gracieux, à la fois doux et impérieux. Mohi me souhaita la bienvenue comme si j'entrais dans son palais puis s'éloigna vers des affaires plus pressantes, saluant aimablement d'autres sujets au passage.

*

Tel qu'annoncé, l'enfer se déchaîna entre 18 h et 21 h. J'en fus ravie. Les pieds et les jambes en feu, un pouce ébouillanté, une cloque sur une jointure, une manche de chemise tachée de jus de betterave : j'étais ravie ! J'eus l'impression pendant trois heures que le monde entier disparaissait derrière un nuage d'informations nouvelles et d'actions effrénées : la pesée des aliments, la fabrication des sandwichs, les courses vers la cuisine pour en rapporter le plat principal qui va bientôt brûler, les expressos, les cappuccinos, les plateaux en plastique qu'on lave parce que Mohi ne fournit pas à la tâche, les explications inventées pour le plus grand profit des clients. Emma excellait dans cet art. « Quatre-vingts calories par tasse. Non, jamais de beurre ! Le tofu ? Trois mille six cents ans. Du sel ? Oui, mais du sel de mer qui vient d'Égypte ! »

— Ici, les clients sont des touristes, m'expliqua-t-elle. Il faut leur faire voir du pays. Douze épices orientales dans le tofu burger, seize ingrédients dans la soupe. Le seitan ? Ça cuit pendant vingt-six heures ! Le riz ? Du basmati de Gorakhpur, bien sûr.

Je fis la connaissance d'Alvaro pendant que j'étais à la caisse. Il s'y pointa, son repas sur un plateau. Les cheveux noirs, le visage rectangulaire, Alvaro, au contraire de Mohi, paraissait plus petit qu'il ne l'était. Je m'étonnerai plus tard que l'Équatorien dépassât Mohi de plusieurs centimètres. Peut-être était-ce à cause de ses grands yeux de Bambi aztèque dans lesquels il me semblait lire une gentillesse et une bonté qu'une touche de tristesse rendait désarmantes. Je lui dis bonjour, lui apportai le café pression qu'il avait demandé, pesai son assiette puis commençai à entrer les montants. Je sentis Alvaro mal à l'aise. Emma se précipita.

— Tu notes tout ça sur un bout de papier, expliqua-t-elle, parce qu'il n'a pas les sous pour payer tout de suite.

Emma fit un clin d'œil à Alvaro.

— Elle est nouvelle. C'est Alice. Alice, c'est Alvaro, notre manutentionnaire préféré.

— Dis donc, Emma, c'est du tofu burger que je vois brûler comme ça ?

— Oh ! Mon Dieu ! Merci, Alvaro !

— Merci à toi !

Alvaro partit avec son souper. Emma revint un instant plus tard.

— Le papier, tu le mets ici, sur la tablette du bas.

— Très bien.

— Et dans cinq minutes, tu le jettes. C'est pour confondre le caporal.

— J'avais compris.

— En passant..., beau surnom !

— Merci.

De temps en temps, on voyait passer le patron. Tous ses vêtements étaient élimés ; il semblait ne leur accorder qu'à regret leur fonction culturelle. D'après Emma, il faisait parfois un effort. Par exemple, lorsqu'un fournisseur important venait Aux racines de la santé, il exhumait d'un placard un veston de lin bleu marine plutôt froissé et des pantalons de laine, gris moutonneux. Le dos voûté, les cheveux frisés bruns touchant presque aux épaules ; une longue barbe et des lunettes. Moins enjoué qu'un dauphin, plus inoffensif qu'un requin, mais résolument squale, sa démarche était à la fois rapide et traînante, souple et ondoyante. Il vint me voir alors que c'était à mon tour de tenir le comptoir à sandwichs et que j'en assemblais un dont j'avais, de toute évidence, trop cuit le seitan fumé que, bien sûr madame, il faut le manger croustillant, c'est bien meilleur ainsi. Il me demanda si j'étais nouvelle.

— Étudiante ?

— Oui.

— En quoi ?

— Anthropologie.

— Ah, c'est bien ça ! À quelle université ?

Et ainsi de suite. Pendant toute la conversation, il se passait la main dans la barbe, comme pour en évaluer la longueur, et regardait le plancher à la recherche d'une idée qui se cacherait entre deux planches. Il mit abruptement fin à la conversation en me présentant son dos, toujours voûté. Après deux pas, il fit demi-tour et me demanda, les yeux sur mon épaule, si je comptais travailler Aux racines tout l'été. La question me prit au dépourvu et je bafouillai en affirmant que oui, oui, bien sûr, c'était mon intention.

— Bon, eh bien, j'y vais. N'oubliez pas de tamiser l'éclairage vers vingt heures.

La soirée se poursuivit, ponctuée des remarques caustiques d'Emma sur les clients.

— As-tu vu la connasse avec son bébé ? Quand elle le nourrit, on dirait qu'elle charge un canon ! Et ce vieux bâtard, je parie qu'il est avocat ! Il se plaint tout le temps que la bouffe est trop grasse, mais rendu au dessert, il choisit toujours les plus riches en inventant des excuses abracadabrantes ! S'il y a des carrés aux pacanes, il va se précipiter dessus en invoquant la vitamine B644 ! Et la blondasse au pantalon de cuir qui lui fait croire que s'éloigner de la quarantaine signifie rajeunir et qui se plaint de la cuisson du basmati qui lui aurait enlevé son parfum sauf que, pauvre enculée, c'est du lundberg !

Je m'aperçus bien vite que, malgré ses accès de fermentation verbale, Emma aimait son boulot. Sauf lorsqu'elle faisait délibérément attendre un client exécrable, la grande brune s'activait comme du lait bouilli. Les contenants étaient toujours pleins et la nourriture fraîche. Emma derrière la caisse, la file ne dépassait jamais trois ou quatre clients, et ce, malgré les boniments qu'elle distribuait comme des bonbons à tous et chacun. Dans les mois qui suivirent, je ne vis Emma sortir de ses gonds que lorsqu'elle voyait quelqu'un maltraiter un enfant ou un animal. Elle me raconta qu'un jour, une femme était venue faire son épicerie en laissant son chien, un grand danois, attaché à un arbre en face du resto.

— T'aurais dû voir la pauvre bête, habillée en Sherlock Holmes ! Cet immense chien ! Avec des pantoufles à carreaux rouges, une veste en tweed, une cape et un chapeau de laine ! Il était ridicule et pathétique. Et il crevait, on était en juin ! Ça faisait pitié. Il hululait comme un huard en rut, mais lui, c'était d'affolement. Quand il se taisait, c'était pour mordre ses pattes à travers le tweed ! Je suis sortie, je l'ai déshabillé. Et là, j'aurais peut-être pas dû, mais je l'ai détaché et il s'est enfui après m'avoir remerciée avec deux belles lichées râpeuses. Malheureusement, la folle m'a vue. J'ai cru qu'elle allait m'étrangler. Mais je me suis pas laissé faire : je l'ai engueulée comme du poisson pourri en la menaçant de la dénoncer à la SPA. Crisse de folle !

*

Vers neuf heures, après le départ du caporal, on mangea à tour de rôle. Mon premier repas Aux racines. Je sentis mon estomac protester malgré la fraîcheur indéniable de la lasagne au tofu. Une heure plus tard, je vomissais mes tripes dans les toilettes. Mes nausées les plus sévères à ce jour.

— Moi aussi, fit Emma, au début, je trouvais ça insupportable. Quoique je n'aie jamais été dégoûtée à ce point. Mais comme disent les Chinois : « Va là où te poussent les vents du fondement... »

Vers dix heures trente, Alvaro passa nous dire qu'il avait l'impression que monsieur Fagen venait de monter chez lui. Quinze minutes plus tard, Mohi confirma le départ du patron. Quand ce dernier quittait le resto pour de bon, il verrouillait la porte de son appartement, lequel communiquait avec la cuisine par un escalier aperçu lors de ma visite guidée. D'en bas, une oreille attentive pouvait entendre glisser la tige dans la gâche.

Mohi prit une tasse de thé. Nous le rejoignîmes sur le pont du galion, à la table la plus proche du comptoir. Il ne restait qu'un ou deux clients dans le resto.

Vers onze heures, Alvaro vint nous saluer.

— Bonne fin de journée !

— Tu ne t'assois pas ? demanda Mohi.

— Une autre fois peut-être. Bonsoir, tout le monde. Vous direz bonsoir à Mendoza s'il vient demain.

— Bien sûr, répondit Emma.

— Alvaro, dis-je après son départ, il est mexicain, péruvien ?

— Équatorien, il vient de Quito. Il est ici depuis quatre ou cinq ans. Il a fui avec sa femme, sa petite fille et son garçon, je ne sais pas trop pour quelle raison.

— Et c'est qui, Mendoza ?

— Mendoza, répondit Mohi, c'est notre ancien. Il doit approcher les soixante ans. Il vient du Nicaragua. Il travaillait dans une coopérative agricole où il était maçon, je crois. Ici, il s'occupe des fruits, des légumes et des plantes. Il entretient les pothos, aloès, phalangères et tout ça. On le voit pas souvent. Il vient surtout les dimanches soir et les jeudis.

— C'est un gentil monsieur, ajouta Emma, qui reste aimable même lorsqu'il a trop bu. Et dans son cas, peut-on appeler ça trop boire ?

Plutôt que de quitter à 21 h, Emma resta ce soir-là pour me montrer la routine de la fermeture. À minuit entra Hok

Shamsoul Mohammed, un jeune Bangladais de dix-sept ans, plongeur et nettoyeur. Lui aussi en était à sa première semaine. Timide, il passa devant nous et nous salua sommairement avant de monter vers la cuisine en gravissant les marches deux par deux. Deux heures plus tard, lorsqu'on alla lui dire bonsoir, il nous salua sans se retourner, se contentant de lever une main gantée et savonneuse.

*

Trois semaines plus tard, je maîtrisais assez la routine pour ne plus être dépassée. Je ne pouvais plus laisser mon chagrin à la maison. Au bout de ces trois semaines, Mohi et Emma savaient pour ma mère et celle de René. Et pour notre séparation. Au bout de trois semaines, les nausées devinrent de plus en plus fréquentes. Par ailleurs, la gestation semblait tout à fait normale. De ce côté-là, je me sentais tout à fait rassurée.

Le propre de l'impensable n'est-il pas justement qu'il ne peut être appréhendé ?

*

Je vivais avec René depuis deux ans quand je me suis retrouvée seule dans l'immensité conçue pour accueillir une décennie d'irruptions de poupons. Notre église (nos mères nous avaient prêté l'argent qui nous avait permis d'acquérir une vieille église abandonnée, celle de la rue Cleatr Einee) est une cabane à bébés, disait René… Une luxueuse solitude !

Comme je l'expliquerai un jour à Mohi, surpris et mal à l'aise devant le mystère de deux amoureux qui se séparaient volontairement, ce fut autour de la grève de la faim des Haïtiens que se creusa le fossé qui finit par nous séparer, René et moi, deux mois plus tôt.

— Passe encore pour ma mère ! Mais ta mère, fis-je, qu'est-ce qu'une psychoéducatrice avait à se prendre pour une infirmière ?

Ma mère avait enseigné les relations internationales dans un cégep. Toute ma jeunesse, je l'avais entendue engueuler le monde entier pour « la bêtise, le mépris et l'arrogance de l'Occident » et pleurer sur le sort des opprimés. René, lui, trouvait ça beau que nos deux mères soient mortes ensemble après avoir accompli une bonne action.

— Une bonne action ! Mais qu'est-ce qu'ils croient accomplir, de toute façon, avec leur grève de la faim ? Et pis je veux pas le savoir ! Nos gouvernements sont des salauds qui n'auront pas la plus petite nausée, le plus petit mal d'estomac parce que 2000 Haïtiens rétrécissent lentement le leur dans un parc !

René avait suivi de près l'aventure des grévistes. Il était là lorsque les autorités apportèrent des grues immenses au parc. Encore là parmi les badauds qui souriaient devant l'échec des ouvriers à soulever un nombre suffisant de grévistes au-dessus des arbres. Trop hauts, trop nombreux. Le formidable bouquet empêchait toujours, au bout de trente jours, l'expulsion des grévistes qui demeurèrent plus de sept semaines au beau milieu du parc.

René allait de temps en temps rencontrer les convalescents, maintenant plus en forme que leurs compagnons. Il leur lisait les journaux. On y parlait alors de couper les vieux chênes. Cela fit des remous dans la population. On fit des sondages. Quelqu'un appela même chez nous.

— Mais je m'en fous ! Coupez leurs foutues menottes ! Faites-leur des intraveineuses ! Que voulez-vous que j'y fasse ? Salut, bonsoir !

Des experts avaient bien tenté de couper les chaînes, mais sans succès. Bientôt les premiers grévistes mourraient à la vue de tous. Au début de la crise, les autorités, prises au dépourvu, avaient attendu trois jours avant « d'enlever » les deux premiers corps (les deux victimes de la salve intempestive). La communauté haïtienne avait protesté devant l'empressement des autorités à se débarrasser des deux morts. « C'est une profanation sauvage et prématurée. » N'empêche que lorsque le gouvernement passa à l'action et que furent « enlevés » les deux cadavres de la seule façon possible, c'est-à-dire en les amputant, ils collectionnaient déjà les mouches.

Alors, le gouvernement, pour éviter à la population ce qu'il décrivait comme « des désagréments olfactifs majeurs », orchestra une campagne de propagande des plus efficaces. « Nous allons intercéder auprès de notre puissant voisin pour qu'il appuie la démocratie en Haïti. Nous prévoyons aussi créer un fonds de développement. Pour qu'il soit mis en application, le gouvernement d'Haïti devra accepter un programme de restructuration... » La foutaise habituelle.

Par une habile propagande où il professait un amour inconditionnel pour notre patrimoine forestier, le gouvernement rendit les grévistes responsables de la destruction dramatique de cet inestimable joyau qu'était le bouquet de chênes. Bouquet qu'il faudrait détruire pour sauver la vie de ces 2000 entêtés qui refusaient toujours d'arrêter leur grève malgré les offres plus que généreuses, et patati et patata !

— Ben oui, René, elle était chouette, leur grève !

Discussions mouvementées sur la désobéissance civile.

— Mais, au bout du compte, qu'est-ce qu'ils ont obtenu ?

— Plus que n'importe quelle action terroriste et moins de violence en retour ! Et puis, il s'agit d'un processus. C'est la première du genre. Il y en aura d'autres, c'est garanti !

— Si tu trouves ça si beau ! si malin ! si efficace ! lançai-je, pourquoi tu n'en concoctes pas toi-même ! En réalité, mon amour abruti, tu trouves ça romantique.

Les arbres furent coupés au début de septembre. Les grévistes toujours enchaînés furent installés dans le Stade olympique. Privés de visibilité, ils finirent par abandonner la partie.

Mis à part les deux victimes des forces de l'ordre, aucun des grévistes n'avait succombé. Mais, bon, je n'aurais pas voulu recevoir une greffe d'un de leurs organes.

Nous tentions de vivre normalement. À part René, qui s'épanchait sur la splendide simultanéité de leurs morts, nous n'avions jamais vraiment pu parler de nos mères, de notre perte. Combien de fois, étouffée de peine, j'étais allée chercher l'épaule, l'écrin de ses bras, la douceur de ses caresses silencieuses. Oh, j'avais bien trouvé le matériel biologique... Mais c'était si froid, si nimbé de béatitude et de philosophie à cinq sous que ça recouvrait ma douleur d'une chape de métal.

Et pourtant, lui aussi pleurait ; je le voyais bien dans son visage. Mais je ne le surpris qu'une fois en sanglots. Cette fois-là, René se laissa tout de même bercer. Du moins jusqu'à ce que, moi aussi, je me mette à pleurer avec lui. Je le sentis alors se raidir. Une subtile mais impitoyable raideur ; à la mesure de cette soif d'exclusivité qui détruisait notre amour.

Nous poursuivions nos études en vivant chichement de nos bourses dans la petite église acquise grâce au prêt de nos mères. Les mois passaient. Nous les absorbions distraitement, comme une soupe qu'on avale en lisant le journal. Et le quotidien nous faisait oublier que la soupe avait suri.

Lorsque nous faisions l'amour, tout semblait redevenir comme avant. Nos corps, nos odeurs, nos peaux demeuraient amants. Nos muscles se contractaient et se détendaient comme s'ils se rattachaient à un même corps. Je me souviens de m'être demandé, un après-midi, épuisée sur le plancher de la cuisine et allongée contre René, comment cette peau exsudant un tel parfum, comment tout ce corps qui dans sa chimie enflammée s'entremêlait si profondément au mien pouvait me faire chavirer dans un abandon si complet, comment ce corps qui débordait sur mon âme pouvait être de quelque manière relié à cette trame de neurones, à cet homme qui cherchait et prétendait trouver de la beauté dans la simultanéité de ces morts, à cet homme qui s'éloignait de moi. Oh ! les regards d'amour désemparé qu'il me lançait quand on jouissait. Nous aurions donné beaucoup pour pouvoir réparer notre amour. Beaucoup, mais pas tout. Je ne voulais pas abandonner ma douleur. Je voulais qu'on vienne me la prendre. J'aurais tant souhaité que René vienne me l'enlever, comme on débarrasse de son manteau son amant qui arrive de la tempête, ruisselant d'une pluie de novembre, et qu'on l'entraîne vers un foyer, un tapis, deux verres de vin et des baisers. Je m'agrippais à ma douleur, terrorisée à l'idée qu'elle pourrait un beau matin disparaître. J'avais l'impression que sa perte précipitée me rendrait myope, seule sur une rivière sauvage, dans un canot ballotté par les remous de roches invisibles, incapable de distinguer la rive.

René ne m'enlèverait pas mon manteau : il n'était pas dans mon embarcation, prisonnier qu'il était de la sienne.

*

Juin se faufila, flânant entre les semaines.

Mohi et Emma étaient d'excellente compagnie. Leurs sens de l'humour respectifs, marqués par diverses doses de cynisme, me procuraient de longs moments d'oubli. La présence d'Alvaro, elle, était apaisante. Toujours souriant et calme. On le voyait souvent amuser les enfants dont les parents passaient parfois plus d'une heure à l'épicerie, hésitant longuement et avec une sagesse équivoque entre les mille façons d'améliorer leur état de santé.

Mes premiers contacts avec Parlam, l'aide-cuisinier-plongeur-coolie, furent plutôt froids. Originaire du Sri Lanka, Parlam avait dû quitter son pays lorsque l'école où il enseignait, et plus précisément sa classe, avait servi de lieu de réunion à une cellule des Néo-Tigres de libération de l'Eelam tamoul. L'armée l'avait accusé de collusion avec les terroristes.

Courtaud et grassouillet, impressionnantes paluches, imposant visage. Au repos, c'était une icône de hargne blasée ; mobile, l'irritation, le mépris et la mauvaise grâce s'y déployaient. Même heureux, Parlam paraissait encore embêté. Jamais, lorsqu'il passait à la caisse pour payer, ne répondait-il à mes sourires. À peine un petit hochement de tête quand je lui disais bonjour. Son attitude changea, en tout cas avec Emma et moi, le jour où, excédée par son attitude, la grande brune s'emporta.

— Prends tes airs de pachyderme aquatique arrosé au poivre de Cayenne tant que tu veux, mais dorénavant, si tu veux que je te serve un café ou n'importe quoi d'autre, eh bien il va falloir que tu dises s'il vous plaît et merci ! Pas poli, pas servi, ou alors t'attendras Alice !

— Ah ! non. Moi, je vais faire comme toi.

— Très bien, fit-elle en se tournant vers moi. Avec une Romaine, fais comme à Rome ! J'ajouterai, monsieur Parlam, continua, placide, la grande brune, que si tu n'apprends pas les bonnes manières, tu poinçonneras ta bouffe sur la caisse toi-même !

Parce que Parlam, sans doute pour ne pas nous être redevable de quoi que ce soit, refusait de manger gratuitement.

Le costaud Tamoul nous regarda, l'air aussi décontenancé que le permettait le conditionnement de ses muscles faciaux. Le large visage finit par se détendre, perdant de sa sévérité. Du regard et d'un bref mouvement de la tête, il pointa le dernier espace libre sur son plateau bien garni et, du bout des lèvres, marmonna un « s'il vous plaît » à peine audible. Emma déposa une tasse sur le plateau et y versa lentement le café, dressant l'oreille dans l'expectative. Parlam nous regarda l'une et l'autre et remercia la grande brune. Il resta immobile encore une seconde, dévisagea Emma d'un regard appréciateur puis s'éloigna avec son plateau. Sans payer.

*

J'apprenais les rouages du métier (si on peut parler de métier à propos d'un tel boulot). S'adapter aux petites névroses de la clientèle est ce qui demande le plus d'attention. Je ne saurai jamais distribuer les bons mots avec le talent d'Emma ; le mien, c'était d'être un déversoir. Dès qu'ils avaient l'impression que je n'avais rien de mieux à faire (dès qu'il n'y avait personne derrière eux), les clients de fin de soirée m'offraient (j'ai tout à fait le sentiment qu'ils pensaient me faire un cadeau) des portions de leur existence. Aucune pudeur. En si peu de semaines, en savoir si long sur les maux personnels d'un si grand nombre d'inconnus ! Mais il y avait également ces quelques irréductibles à l'arrogance, la condescendance et l'impatience odieuses. Avec eux, j'entrais dans une espèce de transe et les réponses monosyllabiques pleuvaient. Mon visage devenait visqueux et mes traits ne composaient plus que quelques expressions affables. Emma et Mohi étaient en admiration devant mon sang-froid et la constance de ma gentillesse. « Je n'ai pas de mérite : c'est la seule arme contre la stupidité et la méchanceté que j'ai appris à maîtriser. Une arme qui a ses limites et qui m'en a fait baver, mais, je l'ai dit, c'est la seule que je maîtrise. »

J'ai occupé plusieurs emplois de ce genre dans ma vie, mais c'était la première fois que je ne repérais aucun employé qui volait. Emma expliquait cela ainsi : d'une part, Ben était un patron trop respectueux envers ses employés pour qu'on puisse le voler sans remords et, d'autre part, elle veillait au grain. « Quand j'en vois un à qui je ne ferais pas de chèque au crayon de plomb, je garde un œil ouvert. D'habitude, ces employés ne restent que quelques semaines : je leur rends la vie misérable ! » « Il y a tout de même les repas qu'on prend sans payer », objectai-je. « Chaque cocotte a sa soupape, disent les Ukrainiens. »

*

Juillet ! Un an depuis le début de la grève. Six semaines Aux racines. Plus de dix semaines de grossesse. Une nuit, près de la rivière, au parc Nicolet, je crus sentir du mouvement dans mon ventre. J'étais étendue près de l'eau et regardais les quelques étoiles qui parvenaient à percer le tissu de lumière urbaine. J'essayais de noyer mes pensées dans les images du resto. Avec une rapidité et une intensité déroutantes : Mohi, Emma, Ben Fagen et quelques autres venaient à ma rescousse dès que le souvenir de René devenait trop brûlant. Ce soir-là, couchée dans l'herbe, je revoyais Emma qui arrachait une pelle à gâteau de la main d'un client qui l'avait d'abord enlevée de la sienne pour s'en couper un morceau plus gros que les autres. Greg, un joueur de flûte dans le métro, comme il se définissait lui-même, était une des bêtes noires d'Emma. « Il me traite un jour en amie, un jour en commis et l'autre en esclave. Je ne veux pas être son amie et je ne suis pas son esclave. Commis, ça va... S'il reste poli. » Emma avait levé le bras bien haut au-dessus de la tête et, dans un ample geste, avait happé l'ustensile avant qu'il entame le gâteau.

— Touche pas à ça !

S'était ensuivie une engueulade où les mots « trou de cul, artiste manqué, petite conne » et bien d'autres avaient rebondi sur les murs couleur beurre fondu et les lampes en macramé. Greg s'était plaint au patron. Comme c'était un très bon client, j'étais persuadée, tout comme le joueur de flûte, que c'en était fait d'Emma.

Ben la convoqua dans la cuisine pendant que Greg attendait, assis à une table près des fenêtres, sous un pothos panaché. Emma revint quelques instants plus tard. En passant près de moi, elle murmura : « Ah ! l'instinct de médiation de Ben... » Elle alla se planter devant Greg et s'excusa, expliquant qu'elle n'était pas dans son assiette parce que son chien était mort la veille.

— De quoi il est mort ? demanda le flûtiste.

Emma contracta son visage avant de répondre, les yeux vers le sol : « Il y en a qui ne savent pas vivre... »

Déconcerté, mais trop imbu de lui-même pour saisir l'ironie, Greg partit satisfait.

Je profitais donc d'une belle nuit étoilée, chaude et humide à souhait pour ressasser ces envoûtantes images du merveilleux royaume des végétariens et de leurs serfs lorsque, se déplaçant avec la langueur du paresseux dans un arbre, un troublant remous vint sourdre dans mes entrailles, tel un phénoménal mais bénin problème de digestion que mes viscères régleraient d'eux-mêmes. Curieuse impression. Comme un écho lointain dans ma chair. Cela fut si évanescent qu'un instant plus tard, distraite par le bond d'un poisson, je ne fus plus certaine d'avoir senti le mouvement dans mon ventre.

*

Je reçus le premier vrai coup de pied un mois plus tard. Une onde de chaleur et de bien-être se propagea à travers tous les replis biologiques et psychiques de mon être. Je fus prise d'une admiration sans borne pour ce prodige, pour ce coup de savate. J'étais bien consciente, lorsque je m'extasiais devant la stupéfiante magie de la vie et les mécanismes compensatoires de l'univers, que cet ébahissement ne durerait pas, mais cela ne m'empêcha pas d'en profiter.

En ce mois d'août, les nausées avaient presque disparu. « On s'habitue à tout », conclut Emma. C'était un peu injuste parce que la bouffe de Solange était parfois délicieuse et toujours convenable. Mais nous n'aimions pas trop Solange. Elle ressemblait à une petite vieille aigrie et bigote, évitant autant qu'elle le pouvait les contacts avec ceux qui n'avaient pas reçu la révélation du végétarisme, les nommant avec un mépris infantile : « les carnivores ». Et comme si ce n'était pas assez, Solange, sans trop s'en apercevoir, traitait en colonisatrice les employés immigrants. Plus des deux tiers des employés !

— Elle ne demande pas, elle ordonne, grommela un jour Parlam. Coupe ci, coupe ça ; plus petits, les morceaux ! Relave-moi ce poireau, il est dégueulasse ! Plus vite, j'ai pas que ça à faire ! Et la manière qu'elle me dit un jour : « Tu as un accent charmant, mais on ne te comprend pas toujours ! »

— Eh bien là, attention, mon vieux Parlam, dit Emma. Moi aussi je le trouve charmant, ton inimitable accent. Par exemple, quand tu dis ton nom, moi, j'entends une grosse main molle tomber dans l'eau d'un bain dans lequel se serait noyé le « r ».

— Oui, mais toi, tu déconnes avec nous. Et c'est dans le ton que ça se passe et tu le sais très bien ! fit-il en balançant doucement la tête et sans esquisser le moindre sourire.

*

Je commençais à travailler à quatorze heures. Cela me faisait de longues journées. En trois jours, je gagnais assez d'argent pour très bien vivoter le reste de la semaine, les petits à-côtés aidant. Par exemple : j'arrivais toujours à une heure trente et je prenais, quand c'était possible de le faire en douce (et ce l'était presque toujours), mon premier repas de la journée. En fait, la fin de semaine, nous prenions tous (sauf, peut-être, Norman et le caporal) deux repas par jour aux frais d'Aux racines de la santé.

Norman, le nouveau à l'épicerie, était un végétarien macrobiotique. « De stricte obédience », avait-il précisé. Norman essayait de nous convaincre que la voie de la sérénité passait par l'abandon du régime carnivore.

— Comme Hitler..., lui dit un jour Emma.

— Pardon ?

— Ben oui, Hitler est un des plus célèbres végétariens de l'histoire. Non-fumeur et tout et tout. Et chacun connaît la douceur de son caractère, son amour pour son berger allemand joliment nommé Blondi...

— …

— Eh oui… Longue est la route qui mène au menu parfait.

*

Autres collègues : Zoé, la pâtissière, et Ophelia, sa sœur jumelle, curieusement affligée de dix kilos de plus que Zoé et fabricante de tofu et de seitan à sandwich.

Tant qu'elle ne vous connaissait pas intimement, Ophelia jouait un exécrable rôle de flagorneuse : « Aux racines de la santé est un endroit merveilleux, hé que cette robe te va bien, où l'as-tu achetée ? » Ophelia préparait sa maîtrise en art à l'Université Concordia. Ce qui ne l'empêchait pas de se pâmer sans vergogne devant les lampes Tiffany en macramé à la mode voilà bien des décennies, les « dream catchers » fabriqués en série ou les mobiles en cristaux énergisants.

Ophelia terminait son quart à vingt heures, juste comme Zoé entamait le sien. Cette dernière faisait une curieuse pâtissière : allergique au gluten et à tous les produits laitiers, elle ne pouvait rien goûter de ce qu'elle préparait avec, pourtant, un réel talent et beaucoup de passion. Comédienne dans une troupe de commedia dell'arte pendant quelques années, elle venait de s'inscrire en études cinématographiques à l'université. Moins volubile qu'Ophelia, Zoé maîtrisait la flagornerie aussi bien que sa sœur. « Tu sais que tu bouges vraiment bien », me dit-elle un jour, du haut de l'escalier de la cuisine, les mains pleines de pâte pour bien indiquer que ma démarche l'avait détournée de son boulot. Que je suis flattée de tant d'attention !… Néanmoins, une touche d'humour et d'autodérision salutaire rendait les jumelles tout à fait supportables.

Hok, le jeune Bangladais, n'était finalement pas timide du tout. Sa réserve s'expliquait par sa connaissance plutôt sommaire de l'anglais et son ignorance du fait français. Il perfectionnait par contre son anglais à une vitesse phénoménale et commençait du même coup à se douter que le français n'en constituait pas un dialecte. À dix-sept ans, Hok perdait déjà ses cheveux, mais possédait un de ces visages à la néoténie persistante. Il portait des chemises ou des tee-shirts aux couleurs vives et avait adopté le port de la casquette. Lorsque Mohi et lui se trouvaient dans la même pièce, ils offraient un saisissant contraste. Mais ce qui le caractérisait avant tout, c'était sa formidable énergie, son inconsumable bonne humeur et sa redoutable tête de cochon.

Hok. Hok Shamsoul Mohammed, qu'il m'apprit à prononcer avec un léger « r » guttural devant « amed ». Tout le monde adorait et détestait (comme on exècre un petit frère) ce jeune paradoxe ambulant. Espiègle, capricieux, plein de préjugés et généreux.

À ses débuts Aux racines, Hok était musulman, résolument croyant, quoique plus ou moins pratiquant. Il ne buvait pas d'alcool et acceptait avec réticence l'émancipation des femmes dans son nouveau pays.

— Mais je comprends, tu sais, m'expliqua-t-il un jour dans un anglais approximatif. Ma mère était l'arrière-arrière-arrière-petite-fille d'un rajah dont la veuve avait pris la tête d'un mouvement insurrectionnel près de Rangpur vers 1891.

Mohi commenta ces propos d'un sourire indulgent.

— Lorsque mes parents étaient jeunes, continua Hok, mon père se présenta à une élection municipale. Mais, à cause d'un accident à la Uni Chemical du village, mon père fut hospitalisé durant toute la campagne.

— Ça explique que tu perdes tes cheveux si jeune, lança Solange, qui passait par là.

— Alors que ta mesquinerie demeure un mystère, répliqua-t-il.

— Laisse-la faire, dis-je.

— De toute façon, lança-t-il à voix haute, dans quelques années, je serai administrateur dans une grande corporation et madame la cuisinière continuera à cuisiner ses sauces à spaghetti au tofu ! Toujours est-il que ma mère, forte de son ascendance prestigieuse, fit campagne à sa place. Alors, je sais que, parfois, les femmes doivent et peuvent apporter leur contribution à la société. Mais bon, en temps normal...

Il regarda Solange qui se dirigeait vers la cuisine.

Hok Shamsoul Mohammed prétendait que la prière, telle qu'enseignée par son grand-oncle, mollah de Dacca, consistait à cesser cinq fois par jour tout labeur astreignant et à se concentrer sur le bonheur et la joie de vivre qu'on offre à Allah en guise de remerciement. L'aplomb avec lequel il expliqua cela à Ben Fagen, un samedi qu'il fut surpris à prendre une troisième pause, força mon respect. De l'un et de l'autre, dois-je dire.

Monsieur Fagen regarda Hok droit dans les yeux (ce qui, en soi, était un événement) pendant une dizaine de secondes. Immobile, tout le visage de Hok resplendissait de défi narquois. Son expression semblait dire tellement de choses : toi, juif progressiste, dans quelle position inconfortable je te mets ! Diras-tu à un musulman comment vivre sa prière ? Vas-tu jusqu'ici, en Amérique, le jour du sabbat, en plus, te mêler de mes rites ? En fait, je ne crois pas que la pensée de Hok alla plus loin que : je te mets au défi de me traiter de menteur !

— T'as bien mérité ta pause, fit le patron avant de monter vers la cuisine.

Il réapparut quelques instants plus tard en haut des marches, comme un nuage surplombant le triomphe du jeune Bangladais.

— Avant de faire tes prières, assure-toi qu'il y ait assez de vaisselle disponible.

Et de repartir avec sa démarche de squale.

*

Mohi prit l'habitude de venir s'asseoir avec moi dès que le patron montait dans ses quartiers. Il n'était pas loquace : ici et là des commentaires incisifs à propos de Solange ou d'Eugène Frigon, puis quelques descriptions du Bangladesh, de Dacca, Rangpur, Barisâl et d'autres endroits où il avait habité. Par ailleurs, je savais qu'il avait été ingénieur dans son pays et suivait des cours à l'université afin d'obtenir des équivalences. Mohi préférait me faire parler, comme pour éviter de trop révéler de choses sur lui-même. Il se disait fasciné par le fait qu'une passionnée d'anthropologie pût tomber amoureuse d'un étudiant en biogénétique dont les vues frôlaient l'eugénisme. René rêvait d'améliorer l'espèce humaine. « Les origines de l'homme et son devenir... Il y a entre nous toute l'humanité du monde... », avait blagué René.

Un soir, alors que Mohi me demandait si l'université allait bientôt recommencer, je reçus un petit coup de pied au ventre. Comme j'avais maintenant l'habitude de ces saccades, je pus faire semblant de rien.

— Quel est ce sourire ?

— Oh, je réfléchissais. Je viens de décider de ne pas retourner tout de suite à l' université. J'ai besoin d'une pause.

*

La seule personne que j'avais mise au courant de ma grossesse était Emma. Elle m'avait assuré que Ben n'y verrait pas d'inconvénient et qu'il me garderait une place lorsque je prendrais mon congé de maternité. « Je parie qu'il acceptera même que tu viennes travailler avec ton bébé. »

— Tu exagères !

— Non non, on lui construira un petit parc dans la cuisine ou ici, à gauche des escaliers. Ça donnera peut-être même à Ben l'idée d'une garderie pour les enfants des clients. Remarque, il manquerait plus que ça : avoir des bébés hurlant dans nos pattes.

— Là, vraiment, tu fabules !

— Un peu, c'est vrai, mais Ben était travailleur social avant d'ouvrir Aux racines de la santé.

— Comment sais-tu cela ?

Pour la première fois en trois mois, je vis Emma perdre son assurance une fraction de seconde. Elle se reprit tout de suite (même si la rougeur sur son visage persista encore quelques longues secondes). Emma répondit qu'elle connaissait quelqu'un ayant eu affaire à lui dans un centre d'accueil.

— Ouais... en tout cas, je ne prendrai aucun risque. Je vais cacher ma grossesse le plus longtemps possible.

— Comme tu veux. C'est pas moi qui vais en parler.

— Merci. Dis donc, toi qui sais tout... Ça fait longtemps que je me demande... explique-moi donc, pour le chat...

Dès ma première journée Aux racines, j'avais remarqué le matou à longs poils, celui du vieil aveugle. Il descendait à tout bout de champ de chez Ben et passait plus de temps au restaurant que dans le logement de son maître. D'autant plus que, la nuit venue, lorsque le patron montait dans ses quartiers pour de bon, ce dernier laissait volontairement le matou en bas pour qu'il chasse les rats dont le resto connaissait d'épisodiques invasions. On le voyait rarement courir après les rongeurs. Ce chat était d'un naturel débonnaire et préférait l'affection des humains à la chasse aux rongeurs.

— Comment ça ?

— Oui, le chat de l'ancien propriétaire. Comment se fait-il qu'il se retrouve ici ?

— Ah... Oh, je ne sais pas trop. Qui aurait laissé cet adorable minet aboutir dans un fond de ruelle ? Et puis, tu sais, il paraît que monsieur Fagen ignorait tout de la restauration avant d'ouvrir Aux racines de la santé. Il a probablement entendu dire que c'était une bonne idée d'avoir un chat dans un resto. Malheureusement, Chat n'est pas un grand prédateur.

— Ce chat-là, tu veux dire.

— Non, non : « Chat ». C'est son nom.

— C'est Fagen qui l'a nommé comme ça ?

— Non, c'est moi. Ben disait toujours « le chat ». Et comme ce matou est désespérément dénaturé, j'ai décidé de l'appeler « Chat ». Pour qu'on se rappelle que c'est un félin.

*

Et les jours et les semaines passèrent.

Septembre ! Mohi eut une promotion : il fut affecté à la fabrique avec Ophelia. Hok remplaça Mohi à la plonge de jour pendant que Yéghiyana Parouberhaam, un nouveau introduit par Parlam, se faufilait au poste de Hok.

En plus d'assumer ses obligations d'aide-cuisinier-plongeur, Parlam se vit confier une nouvelle fonction. Ben avait décidé qu'Aux racines presserait lui-même son tofu à partir de rien du tout. C'est-à-dire à partir des graines de soja. Divers tofus, en fait, épicés avec beaucoup d'imagination. Il avait également conçu des galettes de riz, de millet et de blé soufflé. Toutes ces trouvailles demandaient des préparations fastidieuses et parfois éreintantes à propos desquelles Parlam serait heureux de bougonner, car il rejoignait Mohi et Ophelia à la fabrique après son quart à la cuisine.

Pour sa part, Hok était ravi de son nouveau poste : il en avait assez des longues nuits à faire le ménage tout seul dans l'établissement.

— Le fait qu'Aux racines soit un véritable labyrinthe, nous expliqua-t-il dans son anglais à l'accent urdu, qu'Aux racines soit une passoire où l'on peut vous surprendre de dix mille façons différentes ne me faisait pas peur. Cinq manières d'entrer dans la cuisine ! Cinq ! Et puis les rats non plus ne m'effrayaient pas.

— Je ne sais pas comment tu faisais. Moi, je ne pourrais jamais, fis-je pour le flatter.

— Oui, mais tu es une femme.

— Zoé aussi !

— Ah ! Mais je suis là pour la protéger ; elle n'est jamais seule.

— De tes 165 centimètres ? demanda Emma.

— De la grandeur que tu veux ! fit Hok en écartant vivement les bras comme un pêcheur. Mais la bravoure et la vaillance ne délivrent pas de la longueur des soirées quand on est seul de trois heures à six heures, au beau milieu d'un si grand nombre de portes...

— La solitude ne dépend pas du nombre de portes, répliqua Emma en soupirant.

Très heureux du changement, en tout cas, Hok. Mohi aussi. Ce dernier détonnait dans le paysage. Il s'y présentait toujours tiré à quatre épingles, la chemise d'une blancheur éclatante, pressée, empesée, les pantalons noirs aux plis impeccables. Frais rasé, les cheveux lustrés. Autant d'outils efficaces pour préserver son amour-propre. À cette époque, je savais peu de chose sur Mohi. Quand je le questionnais sur son exil, il me répondait : « Peut-être une autre fois. » À l'ombre de ces cinq mots, un malicieux sourire suggérait plutôt : « Ne m'en veux pas, mais je ne partagerai pas cela avec toi. » Je n'insistais pas. Une certaine pudeur me l'interdisait : je sentais une profonde tristesse bien à l'abri derrière cette tranquille et généreuse dignité. Mohi était discrètement secret. Je savais en tout cas que son exil n'avait rien eu à voir avec une question de bien-être économique : Mohi avait été ingénieur dans son pays. Il y avait bâti des digues, des ponts et des barrages et avait eu des centaines d'hommes sous ses ordres. Une fichue hauteur pour se retrouver à la plonge... La fabrique, qui demandait un minimum d'initiative et permettait un soupçon de créativité, le stimulerait davantage que la plonge.

*

Bref, septembre était de bon augure. Bien sûr, les vendredis, il y avait Frigon qui faisait toujours son petit patron. Mais comme le disait Emma, on ne s'en serait pas passé. Il cimentait le groupe. Il nous fournissait un ennemi commun. Et puis c'était amusant de prendre nos repas à son nez et à sa barbe, laquelle, comme on sait, était en réalité une ridicule moustache.

Comme tout bon caporal, Eugène Frigon détestait l'inaction. Dès qu'on avait un répit, il prenait son calepin et notait les traces de doigts sur le chrome de la machine à café, le givre dans le vieux réfrigérateur, les bouteilles mal alignées dans le frigo vitré où les clients prenaient leurs jus. Peu importe le soin qu'on apportait à notre boulot, il trouvait toujours quelque chose à redire, ce qui finit par nous détendre.

S'il avait été neutre à mon égard au début, Eugène Frigon me vouait désormais la même hostilité qu'à Emma. On lisait dans ses yeux et sa démarche une certaine appréhension lorsqu'il s'approchait pour nous lancer ses ordres. Notre ironique docilité, contre laquelle il ne pouvait rien, l'agaçait au plus haut point. D'autant plus que notre attitude semblait contagieuse. Hok, par exemple, se mit à lui donner de temps en temps du salut militaire. Et puis, lorsqu'il s'adressait à Parlam, ce dernier souriait, ce qui était rare, incongru et invitait à la prudence. Nous agissions à son égard comme on le ferait avec des moustiques dont on a décidé qu'ils ne gâcheraient pas notre pique-nique.

Ben Fagen aussi nous aiguillonnait, vérifiant si la nourriture était abondante et fraîche, si les clients étaient servis avec diligence et tout ça. Mais quoique d'une sévérité relative, il se montrait presque toujours respectueux et tolérant. Et puis, Ben était d'un naturel distrait et insouciant ; je le soupçonnais de nous reprendre ici et là pour la forme, comme s'il se réveillait par intervalles irréguliers en se disant : « Hé ho ! Tu as un commerce à faire rouler ! »

*

À mes débuts au resto, j'avais craint que les soirées ne fussent d'interminables limbes. Entre vingt et une heures et deux heures, il pouvait n'y avoir qu'une dizaine de clients. Certains soirs, deux ou trois seulement. Mais au bout du compte, entre le train de la fermeture – laver les comptoirs et les machines, ranger la bouffe –, servir les rares clients tout en leur faisant le brin de causette qu'ils espéraient et faire la caisse, le temps passait plutôt vite. Et c'est sans compter Ophelia, Zoé, Alvaro et quelques fois Mendoza qui venaient prendre un café à la table près de la caisse ; chacun d'eux m'invitant à m'y asseoir pour papoter. Les jumelles pouvaient être accaparantes. Ophelia pouvait s'épancher pendant des heures sur ses problèmes amoureux et Zoé, quand sa sœur n'était pas là, pouvait m'entretenir des heures durant de cette dernière. Elle me parlait de leur enfance : « Tu sais, à quatre ans, nous nous demandions encore si nous étions la même personne. » Leur père faisait exprès d'intervertir leurs prénoms. C'est pour cette raison qu'elles s'étaient choisi des surnoms, me dit-elle, me faisant promettre de ne le répéter à personne. Plus tard, leurs parents leur avaient imposé des rôles : Ophelia, artiste intellectuelle, la plus intelligente des deux et Zoé, la sensible et la bohème. Depuis qu'elles étaient toutes petites, leur père jouait avec elles comme un marionnettiste. « Allez, imitait Zoé, venez, venez petits-petits-petits, veeenez chercher l'approbation ! Allez ! Veeenez que je vous méprise un bon coup puis emmêle vos cordes comme un tas de serpents ! Et Ophelia qui ne voit rien de tout ça et continue, à son âge, à vouloir prouver à son père qu'elle est meilleure que moi. C'est la seule manière qu'a trouvée ma sœur de s'assurer qu'elle n'est PAS moi, que nous ne sommes PAS la même personne ! » Zoé affirmait que ce qui l'avait sauvée avait été de partir, de quitter le pays pendant trois ans. En revenant, la bohémienne avait pris du recul et coupé les cordes. Disait-elle…

*

L'arrivée de Hok à la plonge de soirée bouleversa les habitudes musicales des Racines. Jusque-là, on n'y entendait que de sirupeuses allégories des « quatre éléments », modulant aussi vivement que des nuages une journée sans vent ; des arrangements hop-l'ennui d'une monotonie à endormir une abeille sur son trèfle. Disque après disque, d'écœurants tapis de cordes synthétiques recouvraient le son de vagues léchant le sable et imitaient (dans les moments les plus déchaînés) le vent sur un tas de roches. Un vendredi après-midi, Hok dévala l'escalier de la cuisine et se dirigea vers le lecteur de disques.

— Je n'en peux plus d'entendre ça ! Ça va me rendre fou !

Il arrêta la musique, sortit le disque du lecteur et le remplaça par un des siens : Ferdousi Rahman se mit à chanter.

— C'est une grande artiste, affirma-t-il en réponse à notre interrogation muette. Elle est connue par trois milliards de personnes !

— Peut-être bien, fis-je, mais je ne crois pas que Ben Fagen fasse partie d'eux. Et je ne pense pas qu'il appréciera le changement.

— Ben s'en fout, il s'en fout complètement, répliqua Emma, nonchalante. Il n'entend même pas la musique. Je suis certaine qu'il ignore ce qui joue ici. Il laisse Frigon décider de ça. Tiens, justement...

Eugène accourait vers nous.

— Oh ! fit Emma. Un visage s'est noyé dans son sang qui se fige !

— Mais qu'est-ce que c'est que cette écœuranterie ! cracha le caporal. On dirait un porc qu'on égorge ! Enlevez-moi ça tout de suite !

— Non !

— Hok, si tu l'enlèves pas, je vais le faire !

Il fit un pas vers le lecteur. Hok s'interposa, les bras croisés sur son torse bombé.

— Si tu touches à mon disque, ce sera une catastrophe internationale !

Pause d'une demi-seconde puis, comme s'il avait oublié quelque chose d'essentiel, Hok se composa un sourire qui se voulait plein de charme. Le caporal resta figé pendant un bon moment.

— Je vais chercher Ben !

— Va, dit Emma.

— Hok, tu es fou, dis-je, tu vas te faire renvoyer.

— Pas de problème. Tu vas voir.

Il consulta une liste sortie de sa poche puis se pencha vers le lecteur de disques. La musique changea.

— Du klezmer ! fit Emma en riant. Tu es moins écervelé que tu veux nous le faire croire.

Hok ne rétorqua pas. Ben arriva deux minutes plus tard. Il s'approcha du jeune Bangladais.

— C'est ça qui jouait tout à l'heure ? Les porcs qu'on égorge ?

— Oui, mentit sans vergogne le pétulant Bangladais.

Ben se tourna vers Eugène Frigon, lequel, n'étant guère mélomane, n'avait pas remarqué la différence. Monsieur Fagen se montra sarcastique, une fois n'est pas coutume.

— On peut bien laisser chanter les porcs de temps en temps.

*

Octobre arriva rapidement.

Mohi finit par s'apercevoir que je cachais ma grossesse.

— Tu sais, ça commence à paraître... me dit-il un soir, fixant sa tasse de thé.

— Quoi donc ?

Il fit mine de cajoler un ballon invisible posé sur son ventre.

— Ça fait longtemps que tu as deviné ?

— Les nausées m'ont mis la puce à l'oreille. Et parfois, les soubresauts, après lesquels tu ne te tâtes pas le ventre, mais le caresses discrètement sous ton tablier.

— Je ne pensais pas que cela se voyait.

— Je crois être le seul à m'en être aperçu.

Il prit une gorgée de thé.

— Tu sais, continua-t-il, ma femme faisait la même chose. Et puis il y a eu ton retour d'appétit depuis quelque temps.

— Tu n'en parleras pas aux autres ? À part Emma, personne n'est au courant.

— Bien sûr que non, fit-il, haussant les épaules et hochant la tête à droite, froissé.

Mohi semblait deviner que ce n'était pas uniquement par peur de perdre mon emploi que je désirais garder ma grossesse secrète. J'ignorais moi-même la raison de cette dissimulation. Ma décision résultait d'une impulsion profonde, mais purement intuitive.

— Tu sais, si tu veux préserver ton secret, ce serait une bonne idée de t'habiller avec des vêtements plus amples. Et si tu continues à grossir seulement du ventre, comme c'était le cas pour ma femme, il faudra trouver un moyen d'engraisser ou alors bourrer tes pantalons et tes chandails, pour donner l'impression que tu es devenue obèse. On pourrait commencer par un tablier plus grand.

Un client arriva, m'obligeant à me planter derrière le comptoir à desserts (à cette heure-là, ce sont les cibles principales des clients). Mohi monta vers la cuisine. Et tandis que le client allait s'asseoir avec sa tarte aux raisins, il redescendit dans l'aire de service avec un immense tablier rouge qui n'avait d'ailleurs jamais trouvé preneur.

— Tiens, te voilà communiste chinoise, fit-il lorsque je l'eus enfilé.

— J'ai l'air d'un drapeau, dis-je en me mirant dans le chrome de la machine à café.

— Non, non, c'est le costume de la présidente. Présidente Mao.

— Je préférerais être reine.

— Reine de Chine.

— Mais je parle même pas chinois.

— Reine de... Reine du Monde, ça te va ?

— C'est pas mal.

Je continuais à me mirer entre les manettes de la machine à café.

— Et toi, tu seras mon premier ministre.

— Premier ministre du Monde. Je suis à vos ordres, ma reine, fit-il, saluant du torse un peu plus bas que d'habitude.

— MONSIEUR le premier ministre, allez me chercher Hok.

Mohi revint rapidement avec son jeune compatriote à qui l'on fit part de notre petit jeu.

— Hok Shamsoul, voudriez-vous entrer au gouvernement de la reine du Monde ? demanda le premier ministre.

— Mohi en est le premier ministre, et nous vous offrons le ministère de votre choix. Enfin, si celui-ci s'avère éclairé.

Hok adora l'idée. Après quelques négociations, il fut décidé qu'il aurait le ministère des Affaires interculturelles, malgré tous ses préjugés. « Mais je ne suis pas plus raciste qu'un Blanc normal ! » Enthousiaste et impatient, Hok voulut qu'on choisisse les ministères pour les autres employés. On protesta qu'ils devaient décider d'eux-mêmes.

— On leur proposera et puis on verra s'ils acceptent ou non. Après tout, on fait comme ça dans les vrais gouvernements, non ?

— C'est bon, c'est bon.

Un premier cabinet fut ainsi constitué.

On pensa tout de suite à Zoé, la pâtissière, pour le ministère des Loisirs. Ophelia, qui savait si bien flatter la bedaine de tout ce qui bouge, hérita du ministère de la Propagande. Le ministère de l'Information et de l'Éducation échut à Emma. Mendoza, responsable des achats de fruits et de légumes, récolta le ministère de l'Agriculture. Alvaro, qui deviendrait un jour ministre de la Sécurité publique, fut nommé ministre aux Approvisionnements parce qu'il était manutentionnaire. Solange, la cuisinière, fut nommée ministre responsable des Colonies ; un tel ministère dans un gouvernement mondial équivalait de toute façon à un ministère sans portefeuille. Puis, l'inspiration se tarit. On ne connaissait pas tout le monde et les nouveaux n'avaient pas encore révélé leurs aptitudes...

— Et Eugène Frigon ? demanda Hok.

— L'armée ? suggéra Mohi.

— Pas question, protesta Hok avec dégoût. Caporal, petit caporal du monde.

— Ministre de l'Emploi ? suggérai-je.

La proposition fut acceptée, faute de mieux.

— Et lui, demanda Hok, en pointant le plafond.

— Oui, le patron, il ne peut quand même pas être sous les ordres du gouvernement, ce ne serait pas vraisemblable.

— Ni aux ordres de la reine, ajoutai-je.

— Ce sera Dieu, imposa Mohi.

*

Ainsi naquit le Dieu d'Aux racines de la santé. Et cela entraîna le cours de mes pensées, par une courte association d'idées, vers ma mère et celle de René, qui nous avaient permis d'acheter notre église. Une églisette, en fait. René se plaisait à dire : « ...notre église est une cabane à bébés ». Non, Mohi, il ne sait pas que j'en attends un. J'ignore où il se trouve. Quand bien même je le saurais... Il faut que je mette de l'ordre en moi. J'ai été dévalisée ! Tous les tiroirs sont renversés, les matelas sont déchirés, la dépense est vide et les fenêtres brisées. Tu comprends ? Oh ! oui tu comprends. Ta femme et ta fille sont à l'autre bout du monde. C'est une longue histoire, dis-tu ? Tu me l'offriras peut-être un jour. Tu es seul, je le sens, et tu hurlerais de rage, tu nagerais dans une mélancolie sans frontière si tu te laissais aller. Et nous sourions tous deux au monde humain en nous offrant de légers répits, à l'intérieur de hautes parenthèses que nous hérissons tous les jours, attendant que la phrase reprenne, que le paragraphe change. De fragiles trêves avec la réalité.

*

Puis arriva le mois de novembre. Ma grossesse suivait son cours. Je m'essoufflais rien qu'à monter vers la cuisine chercher des plats. J'étais de plus en plus courbaturée ; chaque jour qui passait alourdissait mes jambes. Parfois, j'avais l'impression d'être persécutée par mon corps. Le bébé bougeait de moins en moins, mais de façon plus volontaire, me semblait-il. Je crois que déjà à cette époque il était d'une grande sensibilité aux sons. En tout cas, pour ce qui est de la musique, je sentais ses préférences. Il avait un faible pour le chant, que ce soit du rock, du jazz, des chants hongrois, lithuaniens, sud-américains ou bangladais.

En décembre, les mouvements s'atténuèrent et je cessai de prendre du poids. Le fœtus devait être tout coincé, incapable de se manifester.

À propos de poids, j'avais réussi, en suivant les conseils de Mohi et Emma, à camoufler ma grossesse sous d'énormes chandails à col roulé et des pantalons trop grands. Ophelia fit des prouesses flagornotechniques. Ce n'était plus des compliments, mais des éloges ! Elle semblait trouver un certain réconfort à côtoyer une camarade d'obésité. Elle déclama une véritable oraison à la gloire de ma nouvelle volupté. « L'esclavagisme de la mode est odieux. Il est temps de cesser d'accepter ses diktats. Et puis, on n'a qu'à regarder les tableaux de Rubens, Titien, Carracci et tant d'autres pour conclure que la beauté est affaire de goût et d'époque. Avec toi, la mode se renouvelle sous nos yeux ! » Eh que je suis belle dans, à l'intérieur, recouverte de mon nouveau poids ! Et que j'excelle dans l'art vestimentaire, imposant des lignes quasi fractales à ces plis de pantalon ! Et l'audace de ces chandails de marin aux cols s'évasant en montant jusqu'au sourire ! Et ces couleurs, madame, ces couleurs ! Toutes surplombées du rouge tenace et conquérant du tablier royal ! Et puis, je travaille au bon endroit pour engraisser sans remords, alors « plonge dans les tartes au tofu et les brownies au caroube de ma sœur et, plus généralement, dans le gras végétal et le sel de mer » !

Ophelia avait beau dire à la cantonade que la beauté n'avait rien à voir avec le poids, on sentait chez elle une jalousie pour sa sœur Zoé ainsi qu'une profonde insécurité qui se traduisait par une grande avidité amoureuse. Désir immodéré qui, j'en ai bien peur, rebutait tous les « bons gars » potentiels qui l'approchaient et attirait d'étranges prédateurs, de ceux qui se nourrissent d'éloges et s'inventent des lauriers ou, du moins, les mettent bien en évidence pour qu'on les fasse reluire avec la buée de nos louanges. Ophelia eut des aventures de un à deux mois avec un grand guitariste, un grand cuisinier, l'inventeur d'un nouveau système de tarot et un prospecteur d'or et de diamant qui possédait quatre mines au potentiel faramineux. La jumelle se persuadait qu'elle aimait ce genre d'hommes, mais n'était pas assez bonne pour eux. Vu de l'extérieur, ça donnait plutôt l'impression d'une course à l'échec par peur de l'échec. Dans tous les cas, Ophelia n'était pas plus malheureuse qu'une autre et nous disait parfois, pressée par nos regards découragés : « Oui, je sais, c'est un trou de cul. Mais il est fascinant, et j'arrive à lui extorquer de bons moments de tendresse. »

*

Puis, Emma et Mohi commencèrent à me demander si j'allais bientôt arrêter de travailler.

— Curieusement, je me sens mieux que le mois dernier. Je m'habitue aux kilos supplémentaires. Il faut croire que mes jambes et mes mollets se sont musclés. Je m'essouffle beaucoup moins qu'avant.

— Il est vrai que vous avez la mine florissante, Majesté.

— Merci, monsieur le premier ministre. Alors, je ne vois pas pourquoi je quitterais mon joyeux royaume pour aller me morfondre chez moi.

— La reine a parlé ! fit la ministre de l'Information.

*

Quand janvier arriva, Mohi et Emma s'inquiétèrent pour de bon, trouvant que je prenais des risques inutiles. Que pouvait-il arriver ? me disais-je. Les contractions, ça sert à quoi, sinon donner une marge de manœuvre ?

Mère poule, Emma revenait parfois vers minuit vérifier si tout allait bien. Un soir, elle arriva ivre d'indignation.

— Je te jure, je vais devenir folle ! Je suis habillée comme une luciole géante, je roule en respectant tout ce qu'il y a à respecter comme signalisation, j'ai un phare à l'avant du vélo, j'agis comme si j'étais invisible et malgré tout ça, cet imbécile furieux écrabouille son accélérateur et réussit à me couper de justesse pour prendre son tournant à une vitesse folle, comme pour aller se porter au secours d'une pauvre petite seconde menacée d'extinction !

Hok, arrivé au milieu de ce torrent, intervint.

— Tu aimerais bien le site Internet que j'ai visité ce matin.

— Quel site ?

— Sur les automobiles. Des tas de trucs sur les chauffards. Tu pourrais aller y raconter ton histoire. Ils ont une section pour ça. Même que, si tu avais une vidéo d'un chauffard, tu pourrais aussi l'envoyer.

— Je vais quand même pas me mettre à espionner !

— Mais non ! C'est pas comme de filmer une belle fille et de propager ça sur Internet.

— Salaud !

— Mais non ! J'ai jamais…

— C'est fait par qui, ce site ? demandai-je, les interrompant.

— Aucune idée. Il ne se nomme pas, mais il écrit que son cœur appartient à une petite église près de l'eau.

Le mien, de cœur, me tomba dans les talons. J'entendais, comme dans un tonneau, la voix assourdie d'Emma qui disait : « Il ? Mais qu'est-ce qui te fait croire que c'est un homme ? Les femmes aussi peuvent être socialement engagées. » Et la voix tout aussi assourdie de Hok qui répondit : « Je suis sûr que c'est un homme. Et un fanatique religieux à part ça ! » Je pense que j'étais toute pâle. Emma me prit par le bras et m'aida à m'asseoir.

— Qu'est-ce que j'ai dit ?

— Hok ! tais-toi !

— Ça va ? demanda Emma, le sous-entendu gros comme le bras.

— Ça va, ce n'est rien. Qu'est-ce qu'il raconte d'autre, ce type ?

— Je ne me rappelle plus, mais je te donnerai l'adresse.

— Je n'ai pas Internet.

Emma me proposa d'aller consulter le site chez elle.

— Non, non, demain j'apporterai mon portable.

— C'est pas nécessaire, Hok.

— Si, si, pas de problème.

— Je t'en prie, Hok, j'aime autant pas !

Je ne tenais pas à prendre des nouvelles (même indirectes) de René avec une foule autour de moi.

— De toute façon, je l'apporte.

Hok eut un léger mouvement d'épaules, exécuta une belle pirouette et, en de longues enjambées, repartit vers les lavabos.

— Je crois que c'est René qui a ouvert ce site, dis-je à Emma.

— Veux-tu venir le voir chez moi ce soir ?

— Non, c'est gentil, mais à bien y penser, c'est peut-être mieux ainsi. Ça va certainement moins m'affecter si je regarde ça ici entre vingt choses à faire.

— Et, avec ce jeune fou à côté, ce ne sera pas facile de se laisser émouvoir…

— Exactement.

*

Le lendemain, Hok ouvrit la porte en lançant, la main en porte-voix : « Où est Dieu ? »

— Dieu est partout, répondit Emma et, miracle, Ben descendit les marches de la cuisine juste comme Hok arrivait à l'aire de service.

— Bonjour, Parhouberham.

— Hok, monsieur, Hok.

— Ah, oui, bonjour.

— Bonjour chez vous, termina Hok, saluant Dieu en portant deux doigts à son front.

Ben continua son chemin tout en suivant du regard le sac à portable suspendu à l'épaule du ministre des Affaires interculturelles. Il enserra son menton entre son pouce et son index, mais ne fit pas de commentaires.

Hok souleva son sac au-dessus de sa tête lorsqu'il me vit dans la cuisine où je consultais le menu du soir.

— Je l'ai apporté !

— J'espère bien, tu as assez insisté !

— Apporté quoi ? demanda Solange, affairée à ses chaudrons.

— Rien ! lança Hok, obliquant brusquement vers la section des lavabos.

— Il veut me montrer des photos de sa famille, dis-je, conciliante.

La journée fut longue et l'heure de pointe, bienvenue. Heureusement qu'il y a le sapiens vegetaris sapiens pour accélérer le temps : le jeune tireur de tarot, foutu ignorant, ridicule avec l'assurance aveugle que lui donne son pseudo-savoir ; le couple de blondinets grisonnants, carnivores frustrés qui protestent parce que le rouge des smoked tofus n'est pas de la bonne teinte et qui veulent toujours plus de sel et plus de beurre, c'est de la margarine ? vous êtes folle ! ; le maigrichon barbu qui tient (de peine et de misère) encore debout parce que ses pieds ont enflé après trois mois, trois mois ! à ne bouffer que des fruits et qui vomira certainement cette nuit, enchanté comme un gamin au Nouvel An, les deux morceaux de gâteau au fromage à la caroube (coupé en secret d'un tiers de chocolat pour que ce soit mangeable) qu'il a dévorés en regardant derrière son épaule comme si on l'espionnait ; la maman boulotte et portant un poncho de laine fruste, qui hurle plus fort que son poupon de quatre mois, le suppliant de cesser de pleurer ; son mari, au regard torve et qui claudique, comme toujours, mais là en portant deux plateaux vite inondés de tisane ; Robert, le chauffeur de taxi, qui veut me raconter la vie de sa journée au beau milieu de son dilemme qui s'éternise : le gâteau au fromage ou les carrés aux bananes ? « Robert ! Le gâteau ou le carré ? » Et puis Stefaan, le Flandrallemand, un psy que si j'en mettais ma main au feu, ce serait du gaspillage de bonne chair, qui s'interroge sur la véritable cause de mon stress, non mais, vous avez regardé autour de vous !? pendant que sa jolie femme, gênée, le tire par la manche de son veston de la poche duquel j'aperçois dépasser un biscuit qu'il n'a pas payé. Et puis Norman, Norman qui me demande combien de minutes ont cuit les légumes qui sont bien sans sel ? sans poivre ? sans herbe ? sans goût. Et le retour des carnivores irrités parce qu'ils ont aperçu un chat, c'est un chat végétarien, je vous assure, qui montait vers la cuisine, si, si, végétarien (et c'était la pure vérité) : blé, avoine, œufs, lait de soja et oh ! un soupçon de sirop de malt de temps en temps, mais bon, vous aussi, dans votre gâteau, il y a du sirop de malt, y a pas de quoi fouetter un chat d'autant plus qu'il n'a aucune puce, je crois.

Et puis ça se tarit. La jungle s'élagua, et sa faune s'en fut. Le calme s'installa. À vingt et une heures, juste comme Emma allait partir, j'entendis Hok dire : « Je crois que Dieu est au ciel ! » Et Zoé, la pâtissière, de renchérir : « Même qu'il est au paradis ! Il vient de verrouiller sa porte. »

Hok se présenta en haut des quatre marches de la cuisine, tenant à nouveau son sac à bout de bras.

— Vas-y, m'enjoignit Emma, je te remplace jusqu'à ce que tu reviennes.

— Merci.

À mon arrivée, le ministre des Affaires interculturelles vidait son sac à dos sur le comptoir principal de la cuisine. Il en sortit trois ou quatre ouvrages de poésie et un ou deux romans avant de mettre la main sur son portable.

— C'est pour un ami, fit-il, un peu gêné, en remettant les livres dans son sac.

En demi-cercle, Parlam, Ophelia, Zoé, Mohi, Alvaro et Hok attendaient, curieux. C'était plus que je ne l'espérais. Ils me firent une petite place puis Hok ouvrit son ordinateur dans lequel il avait transféré tout le site.

René avait fini par m'écouter et par faire de l'activisme. Sa première cible ? Les automobilistes. Sur la page d'accueil, on pouvait lire : « Qui suis-je pour me lancer en campagne contre les voitures individuelles ? Pour l'instant, je ne vous dirai que ceci : mon cœur appartient à une petite église près de l'eau. »

Il accumulait sur son site une quantité assommante de slogans, de réflexions, de statistiques et de suggestions : « Quand on est au volant, la voiture n'est pas la seule chose qui doit bien se conduire. L'automobile individuelle est une aberration qui n'a aucune légitimité. La moindre des choses serait que sa conduite soit assortie du respect le plus strict du code de la route. L'automobile cause plus de morts que les armes à feu et l'on continue à la traiter ici comme un article de sport, là comme un outil de promotion sociale, ailleurs comme un loisir ou un bijou. Elle est à mi-chemin entre la cravate et le jouet. Dans 2000 ans, quand des anthropologues examineront les tonnes d'os brisés par de curieux et inexplicables impacts, ils se demanderont : "Quelle arme terrifiante possédaient-ils donc pour infliger de tels ravages ?" Des écologistes suggéreront peut-être que c'était là un mécanisme d'autorégulation démographique de la planète. »

— C'est tellement vrai, tout ça, fit Ophelia.

— Oui, renchérit Zoé. Et puis, il y a une bonne progression dramatique.

Il parlait également d'une future section « tableau de chasse » à laquelle n'importe qui pourrait avoir accès à condition de laisser ses coordonnées complètes. Le « tableau de chasse » serait constitué de la description de conducteurs coupables d'infractions au code de la route, ou de conduite arrogante ou dangereuse. On y verrait le nom des fautifs, le numéro de leur plaque d'immatriculation ainsi qu'une description de la voiture impliquée. Ceux qui le désirent pourraient même ajouter un court vidéo, advenant qu'ils aient filmé le fautif.

— Mais il encourage la délation, c'est dégueulasse ! s'exclama Emma.

— Mais non, fit Mohi, il n'accepte pas sur son site les dénonciations pouvant conduire à une poursuite au criminel.

— Quand même, ce type écrit dans l'eau, dis-je.

— Oui, fit Mohi, nostalgique, il écrit dans l'eau...

Alvaro hocha la tête pour marquer son approbation.

— Il y aura toujours des cons, continuai-je. Et puis, oui, il encourage la dénonciation ! Il contribue à créer un climat de suspicion. Je vais avoir peur maintenant de regarder une voiture de travers. Un jour, un gars va sortir avec une batte de base-ball pour taper sur un de ces délateurs.

Hok, qui était retourné à sa vaisselle, revint vers nous, les gants dégoulinant d'eau savonneuse.

— Il faudrait se laisser intimider, peut-être !

— C'est le principe de la délation qui m'intimide ! Il prend un canon pour chasser l'araignée de son salon !

— Mais t'as vu la taille des araignées ?

J'étais furieuse, sans trop savoir pourquoi. Cela me semblait bien bourgeois de lutter contre les chauffards pendant que des millions et des millions, tellement de millions, en fait, que cela semble trois fois rien, que trois fois rien d'enfants meurent un peu partout dans le monde, parce qu'on vit comme des pachas pendant que monsieur lutte contre les infractions au code de la route ! Oui, Mohi, me dis-je, il lutte contre les transports individuels, je sais. Courage civique ? Peut-être, Alvaro-yeux de biche, peut-être. Mais aucun argument n'aurait pu calmer l'irritation indignée que suscitait mon impuissance face à cette intrusion. René continuait à vivre ! Pas un mot sur son passé... Et cette phrase sur l'église ? Hok, tais-toi ! L'église ! Coquetterie d'activiste amateur !

— C'est pathétique, tout ça ! explosai-je, sortant de ma rêverie.

Rapidement, le demi-cercle se défit. Je n'avais pas habitué mes compagnons à un tel déploiement d'aigreur.

— La reine est furieuse ! La reine est furieuse ! s'exclama le ministre des Affaires interculturelles, faisant mine de s'enfuir vers les lavabos, ses gants jaunes balayant l'air avec frénésie. Ses facéties réussirent à détendre l'atmosphère et à me dérider. Avant d'aller relever Emma, je me suis approchée de Hok, lui mis la main sur une épaule en disant merci.

— Bon, ne me fais pas pleurer maintenant. Je déteste quand mes bons coups m'émeuvent.

*

Je fis un rêve poignant vers la fin présumée de ma grossesse. Ma mère était dans la cuisine de la maison de mon enfance. Il y avait une réception au salon et elle préparait des petits canapés. Elle agissait comme si tout était normal, me tendant une assiette sur laquelle étaient disposés les canapés en cercles concentriques.

J'étais sidérée : elle avait été morte pendant près de dix-huit mois et agissait maintenant comme si de rien n'était !

Dans le salon, une dizaine de personnes dont je ne distinguais aucun visage entouraient un berceau. Je devinais la présence de Ben Fagen. Je lui demandai ce qu'il faisait là. Il répondit : nous attendons. Il se gratta la barbe en regardant le berceau. Je m'aperçus que ce dernier était vide. Ma mère m'appela alors à la cuisine. Quand j'y arrivai, elle n'y était plus. Je me suis réveillée, pleurant tout mon soûl et habitée par une colère immense que j'aiguillonnai vers René.

J'avais l'impression que René m'avait manœuvrée pour que cette séparation semblât résulter d'une commune décision. Sachant l'effet que cela produirait sur moi, il s'était retiré de plus en plus souvent dans une coquille fermée à clé dont il ne ressortait qu'en arborant une écœurante sérénité ! René profitait alors de ma révolte contre son silence pour se rapprocher et pour me parler de MES besoins de solitude dont ces colères, disait-il, étaient la manifestation mal dirigée. Quand j'y réfléchis maintenant, je me demande s'il savait qu'il me manœuvrait.

*

— Comment ! Tu n'as pas vu de médecin ? s'exclama la grande brune.

— C'est pas ça. J'ai vu un médecin. Je n'en ai pas vu un spécifiquement pour ma grossesse, c'est tout. D'ailleurs, le docteur a dit que j'étais en parfaite santé.

— Et des cours de prénatalité ?

— Emma, c'est gentil de t'inquiéter, mais tout va bien ! Pas besoin de cours, ça se fait tout seul, 40 milliards 179 millions de femmes l'ont fait avant moi... Et puis, j'ai quand même consulté des bouquins.

— Bon, l'essentiel, conclut-elle en m'enlevant un grand récipient de riz des mains, c'est que tout se passe bien.

— Ouais... Et maintenant, ça peut être n'importe quand. D'un jour à l'autre...

— D'une minute à l'autre, répondit Emma à un client en parlant du plat du jour. Il arrive d'une minute à l'autre.

2

Eh bien non. Le bébé n'apparut pas cette semaine-là. En revanche, il se remit à bouger, c'est le moins qu'on puisse dire...

J'avais pris un peu de poids, élargissant peut-être ainsi sa clairière, son carré de sable amniotique. Ce soir-là, seule dans le silence réverbérant de la chambre à coucher, occupant le côté gauche du chœur de l'église, je déposai un doigt sur mon ventre. À peine touchai-je à la peau, tendue comme celle d'un tambour, qu'un des pieds du bébé atterrit sous mon doigt. Je glissai doucement celui-ci. Le pied suivit le mouvement. Je me suis mise à promener mon index sur ma peau en dessinant des trajectoires courbes ; le bébé suivait toujours. Je continuais de tracer des cercles, des ellipses, des ovales ; et le petit pied m'accompagnait, glissant sur sa patinoire de chair. Parfois mon doigt s'arrêtait trop longtemps au goût du petit. Il donnait de légers coups jusqu'à ce que le doigt reprenne sa promenade. Bébé jouait ! Cela m'émut aux larmes et j'éclatai de rire. Bébé s'arrêta, aussi surpris que ces murs et ces vitraux. Puis le patinage en duo reprit et dura jusqu'à ce que l'un de nous s'endorme, je ne me souviens plus lequel. Le lendemain, je sortis les petits patins à deux lames, acquis à la vieille quincaillerie, et les posai sur ma table de chevet.

*

Je serai longtemps reconnaissante à Mohi et Emma. Ils furent jusqu'à la toute fin de janvier comme deux mères poules.

Il y eut de ces jours où c'en était trop, où la solitude de l'église me semblait soudain bienfaisante. Néanmoins, leur sollicitude me touchait beaucoup. Puis, leur attitude changea. Pendant toute la deuxième fin de semaine de février, ils se montrèrent distants, à la limite de la froideur. Je crois qu'ils se sentaient floués. Dix mois ! Cela ne pouvait être qu'une grossesse nerveuse… Ils firent néanmoins très attention pour que Hok et les autres ne remarquent pas leur réserve.

Je comprenais et acceptais (en bonne partie du moins) leur réaction. Mais j'étais déçue. Et choquée. Cela m'enlevait l'envie d'aller leur prouver que j'étais vraiment enceinte. Tous ces mois sans qu'ils n'aient jamais touché ma bedaine ! Il avait fallu que je tombe sur les deux seuls individus dans tout le pays qui ne demandaient pas à tâter le ventre d'une femme enceinte ! Combien de fois Aux racines avais-je vu des femmes se faire palper la bedaine, quelques fois par de parfaits étrangers ! Mais Mohi était bien trop gentleman ! Et pour Emma, ça semblait tabou. Ce qui fait que ni l'un ni l'autre n'avaient jamais senti Bébé donner des coups ou se retourner. Et maintenant, j'avais envie de leur dire : « Eh bien, tant pis pour vous ! Vous le verrez quand il sortira ! »

*

Mon inquiétude augmenta à mesure que les jours passaient sans la moindre contraction. La seule chose qui me réconfortait était un petit rituel qui s'était installé : chaque soir, pour m'endormir, je patinais avec mon bébé. Nous faisions des croissants, des ovales, des huit, jusqu'à ce que l'on s'endorme. Il me réveillait parfois dans le courant de la nuit d'un ou deux coups de pied bien sentis. Nous reprenions alors le patinage jusqu'au nouvel assoupissement. Mais chaque matin, le poids de la journée qui commençait sans contractions me tombait dessus. Des bouffées d'angoisse me suffoquaient et je me sentais plus isolée que jamais. J'avais perdu mes confidents. Et un médecin ? Je n'y pensais même pas. Je n'allais tout de même pas déranger un médecin pour si peu. Un bébé qui bouge comme le mien, me disais-je, est un bébé en santé. En vérité, j'étais paralysée par la peur.

*

Le vendredi suivant, dès mon arrivée, Mohi et Emma se montrèrent plus chaleureux. Cette grossesse était réelle pour moi et c'est tout ce qui importait, dirent-ils.

Après la frénésie de l'heure de pointe, je demandai à Emma d'aller chercher Mohi, discrètement.

— Je ne veux pas voir Hok ni les autres.

— Hok se doute de quelque chose, on sera pas longtemps tranquilles, fit Emma à son retour.

Je les entraînai au fond du galion, à l'abri des regards des quelques clients. Je soulevai mon tablier et mon chandail, découvrant mon ventre.

— Alice ! protesta Mohi en reculant d'un demi-pas.

— Mets ta main là, juste au-dessus du nombril.

Lentement, comme pour amadouer un chat, Mohi approcha sa main et la déposa sur mon ventre. Elle s'y étala avec la délicatesse d'un mouchoir tombant sur le sol. Le corps de Mohi eut un soubresaut, se figea puis se détendit. Sa main appuya avec plus de fermeté, faisant alterner la pression d'un doigt à l'autre. Je sentais Bébé essayer, avec ses pieds, de suivre les changements de pression des doigts. Je pris l'index de Mohi et le fis glisser sur mon ventre. Bébé suivit le doigt avec un de ses pieds.

Mohi me regarda en souriant. Un sourire loin de ceux, énigmatiques, malicieux ou indulgents, qu'on lui connaissait. Un sourire humide sorti tout droit de son âme.

— Merci, dit-il, dodelinant de la tête.

Il se tourna vers Emma, l'invitant du regard.

— NON ! Non. Je ne serais pas capable.

Sans me regarder, elle me serra dans ses bras, appuya son front sur le mien, y déposa une larme puis s'enfuit littéralement, enfilant son manteau tout en marchant vers la sortie.

Je venais tout juste de rajuster mon chandail et mon tablier lorsqu'on entendit les portes battantes de la cuisine. Hok apparut.

— Qu'est-ce qui se passe avec Emma ? Elle s'en va sans même me lancer une gentille méchanceté !

— Oh, rien, répondit Mohi, elle avait un rendez-vous urgent. Elle te fait dire qu'elle a oublié de te dire bonsoir.

*

La dernière semaine de février, un samedi, vers vingt et une heures trente, Hok vint me voir à la caisse, timidement ; je pensais qu'il venait pour se réconcilier. Hok avait pris l'habitude d'utiliser le lecteur de disques numériques portable que Ben laissait à la disposition de l'équipe de la fabrique. De celle-ci, la musique qui jouait au resto n'était guère audible. Quand ses choix musicaux n'étaient pas à l'ordre du jour au resto, Hok installait le lecteur entre la fabrique et les lavabos et faisait jouer sa musique. Nous n'avions pas d'objections, Emma et moi, pourvu qu'il laisse le volume à un niveau acceptable. Mais voilà : quand Dieu n'était pas là, Hok finissait par faire hurler les chanteurs bangladais. À un tel point que ça en devenait irritant pour nous ; aux oreilles de notre délicate clientèle, ces superpositions musicales étaient insupportables. À l'apogée sonore, je montais avertir Hok. Il baissait le volume qu'il remontait petit à petit, de sorte qu'en une heure, la cacophonie reprenait. Je pouvais retourner l'avertir jusqu'à trois fois dans une même soirée. Ce samedi, déjà à bout de nerfs par la démesure de ma grossesse, j'avais craqué.

— Qu'est-ce que tu fais, qu'est-ce que tu fais ?

— Ça se voit pas ? Je débranche ta musique ! Je t'ai averti je ne sais plus combien de fois ! Ça suffit.

Je pris le lecteur sous le bras en me dirigeant vers l'escalier. Hok courut et m'arracha l'appareil. Il me regarda en souriant.

— Le volume remonte tout seul.

— Hok !

— Non, c'est vrai, je te jure ! Je crois que c'est parce que le lecteur est sale. Je vais le laver !

Hok franchit en quatre pas la distance qui nous séparait des lavabos et plongea l'appareil sous l'eau savonneuse.

— Mais t'es complètement fou ! C'est à Ben !

— Non, non. On fait ça tous les jours dans mon pays. Après tout, on connaît ça. Ces trucs, c'est tout fabriqué chez nous... Et chez nous, ceux qui ont les moyens d'en acheter sont ceux qui ont les moyens de se payer assez d'eau pour les laver...

J'abandonnai, estomaquée.

— Reste, reste, tu vas voir, je vais le brancher.

— Hok Shamsoul Mohammed ! Ça va faire ! Je vais pas te laisser t'électrocuter !

La sévérité de mon ton l'arrêta.

— Tu as peut-être raison, fit-il. Je vais le faire sécher avant de le rebrancher.

Cela me donnerait un répit. Je me dirigeai vers l'aire de service pour raconter tout ça à Emma. Je n'avais pas descendu trois marches que j'entendis la porte d'un des fours s'ouvrir.

— Non...

Hok se tenait les bras croisés devant le four, signifiant sa détermination. Hok leva trois doigts : « Trois minutes... »

— Fais ce que tu veux ! Je me désintéresse de ton cas...

Trois minutes plus tard, Hok rebranchait l'appareil qui, contre toute attente, fonctionna à merveille. Toutefois, Hok ne vint pas s'en vanter et, pour le reste de la soirée, la musique ne dépassa pas un volume raisonnable.

On ne s'était pas adressé la parole depuis mon retour à l'aire de service. Je pensais donc qu'il avait attendu le départ d'Emma pour venir s'excuser sans perdre la face.

— Dis-moi, Alice, reine du Monde.

Beau début...

— Oui ?...

— Le type du site, tu sais, l'autre jour...

Sa voix était douce, le ton prudent.

— Oui ?...

— C'était ton mari, non ?

— C'est ce que je crois, Hok, c'est ce que je crois...

— Je le savais ! Je le savais !

Il se tapait les paumes en sautillant.

— Je le savais !

— Ça va, ça va !

— Excuse-moi, je ne voulais pas te fâcher. C'est juste que j'ai continué à visiter son site de temps en temps, au cas où il y aurait du nouveau. Parce que… Je me doutais qu'il y avait un lien entre vous deux !

Je n'eus pas le cœur de lui dire qu'il me semblait évident que tout le monde présent ce soir-là s'en était aperçu.

— Il y avait du nouveau hier... Il fait une collecte d'argent !

— Pour quoi faire ?

— Il veut acheter des caméras qu'il cachera sur des lieux stratégiques afin de filmer les infractions au code de la route de policiers, de ministres, de fonctionnaires de la Régie de l'automobile, et ainsi de suite.

— Encore la même histoire.

— Et puis...

Hok fit une longue pause.

— Et puis quoi ?

— Tu me pardonnes, pour la musique ?

— Tu étais déjà pardonné. L'essentiel, c'est que tu ne te sois pas électrocuté.

— Et que le lecteur fonctionne toujours. Ça t'épate, non ?
— Je dois l'admettre. Mais vas-tu me dire...
— Il a rajouté quelques paragraphes à son introduction...
— Qu'est-ce qu'il dit ?
— Je ne m'en souviens plus...
— Hok, je vais t'étrangler !
— Mais je te les ai imprimés ! J'ai ça dans mon sac.

*

Je lus ces « éléments biographiques » dans le courant de la soirée, entre les clients dispersés.

Qui suis-je pour m'activer ainsi ? Je suis le mari d'Alice. Alice, la femme de ma vie, a toujours aimé l'eau. Parce que c'est increusable... »

— Mais j'ai jamais dit ça !

Elle me disait cela tandis qu'on excavait le sol de notre église pour faire un bassin. Nous avions acheté le bâtiment (à l'abandon, et cédé pour trois fois rien par l'archevêché en faillite) l'été précédent et venions tout juste d'emménager.

— Et nos mères, ce sont nos mères qui nous ont prêté l'argent ! Tu te souviens de nos mères ?!

C'est avec deux petits camions Tonka, baptisés par Alice Assouan I et Assouan II, qu'on enleva le premier pouce de terre. J'avais caché une petite boîte rouillée dans la terre et l'avais placée sur le parcours de son camion jouet. Dans la petite boîte, une bague, moins rouillée. Et puis une suggestion : dis oui.

Deux mois plus tard, le bassin était terminé. Il ondulait sur une quinzaine de mètres avec une largeur maximale de un mètre cinquante ! et une profondeur de un mètre vingt !

Une des extrémités du bassin arrivait au pied d'un immense vitrail bleu, ocre et rouge sang, représentant un australopithèque debout au milieu de la savane. Le ruisseau terminait son cours au pied du petit clocher du haut duquel partait une large glissoire. Le matin, on pouvait, avant de prendre notre café, monter au

clocher et descendre la glissoire aboutissant dans l'eau fraîche du ruisseau. Pour le mariage, on fit construire un petit radeau sur lequel tiendraient facilement trois personnes : nous deux et un des beaux-pères d'Alice, un ancien capitaine de corvette.

— Qu'est-ce qu'il raconte ! Il n'avait été que manœuvre à bord d'un traversier. Et c'est pas lui qui nous a mariés !

De chaque côté du bassin, les pieds pendant dans l'eau, environ 30 personnes assistèrent à notre mariage. Le capitaine récita quelques prières et des poèmes tirés d'une dizaine de cérémonies religieuses différentes : islamique, catholique, hindoue, bouddhiste, inuit, malgache, peule.

— Enfin une bribe de vérité !

Puis le capitaine psalmodia, en pointant le clocher (ça, c'est moi qui l'avais suggéré) : « Montez les marches de la descente afin de glisser vers les eaux sacrées qui béniront votre union. » Alice protesta : « Tout habillés ? » « Bien sûr », répondit le capitaine. Deux minutes plus tard, unis dans une torpille de bonheur, nous glissions du clocher pour nous enfoncer dans l'eau increusable qui nous bénit.

— Il n'a pas le droit de m'associer à une niaiserie pareille !

— Qu'est-ce que tu lis, me demanda Greg, le flûtiste-dans-le-métro, pour jouer le rôle du copain de la prolo. En tout cas, ça doit être fascinant parce que ça fait dix minutes que j'attends après toi : je voudrais un expresso allongé.

— Vraiment ? Je suis désolée.

— Alors, c'est quoi, fit-il, tout intéressé.

— C'est un truc sur la solitude, le mensonge et la peur de la douleur.

— Pas de lait, fit-il sur le ton de celui qui sait vivre.

— Pardon ?

— Le café, fit-il en pointant la machine expresso, sans lait.

— Oui, bien sûr, continuai-je en marchant vers la machine à café.

Je déposai son café sur le comptoir. Pendant qu'il cherchait son argent, il me demanda si je savais qu'il voulait entrer à l'école du cirque et se spécialiser dans les échasses.

— Non.

Dès qu'il eut payé, je lui tournai le dos, prétextant une quelconque obligation à la cuisine. J'étais hors de moi.

— Qu'est-ce qu'il y a, demanda Zoé en arrêtant le malaxeur pour qu'on s'entende.

— Greg...

— Ah !

— Il a quarante-deux ans et il veut entrer à l'école du cirque ! Si c'était pas pathétique, ça me ferait presque plaisir !

— Ce gars est un personnage de série B, fit la pâtissière.

Et elle redémarra le malaxeur.

J'installai une chaise en haut de l'escalier, face au resto. Je m'assis dessus, vidée. Étrangement vidée. Il y avait quelque chose d'insolite, d'inquiétant. Je mis quelques minutes à me rendre compte de ce que c'était. Pendant ces minutes, j'entendis Hok qui entrechoquait des chaudrons, quelqu'un qui se lavait les mains dans le lavabo de la cuisine, des pas rapides derrière moi et encore des mains, des mains qui trifouillaient dans un sac. Et puis, soudain, je réalisai ce que c'était : le silence de Bébé m'oppressait. Il ne bougeait pas, ne remuait pas. Je retins ma respiration pour m'aider à repérer un signe de Bébé. Mais je n'entendis qu'un bourdonnement mécanique qui faisait le tour de ma chaise. Zoé me filmait.

— C'est la plus belle immobilité que j'ai jamais vue !

Je me suis levée pour me précipiter vers les toilettes en répondant à Zoé que ça n'avait rien à voir avec elle. J'ai refermé la porte, soulevé mon chandail et posé ma main sur mon ventre. Malgré sa rondeur, c'est comme s'il ne contenait plus que du vent. Alors, je l'ai caressé, pour faire réapparaître la substance, le bruit, les remuements, pour faire disparaître cet épouvantable vide. Ce n'est que lorsque je me mis à patiner avec mon doigt que Bébé me revint. Le soulagement provoqua un rire nerveux ; des gloussements de larmes.

Peu de temps après, j'entendis à travers la porte la voix de Zoé qui m'avertissait de l'arrivée d'un client. La soirée reprit son cours normal.

*

Hok vint me voir un peu avant minuit.

— Vous vous êtes vraiment mariés de cette façon-là ?

— Mais non ! Il n'y a même pas de bassin chez nous !

— Mais le capitaine ?

— Il n'y avait pas de capitaine ! Et c'est une amie de ma mère qui a lu les prières et les poèmes.

— Dommage pour le bassin. En tout cas, c'est une jolie histoire.

— Je ne comprends pas pourquoi il raconte des inepties pareilles ! Pas un mot sur sa mère ! Et quel est le rapport avec les chauffards ?

— C'est comme un poème qu'il t'écrit.

— Mais il ne sait même pas que je lis ses niaiseries !

— On n'a pas besoin d'un public pour écrire, juste quelqu'un pour qui on écrit.

La porte du resto s'ouvrit, m'empêchant de répliquer. Yéghiyana Parouberhaam arrivait, comme toujours à minuit tapant. Pour Hok, c'était le signal que sa journée se terminait et il avait pris l'habitude d'accueillir le jeune Tamoul avec un poing levé, en criant haut et fort le diminutif dont on l'affublait.

— Yé ! On a un lecteur de CD tout propre !

Ils montèrent ensemble vers les lavabos, Hok débitant à une vitesse ahurissante le récit de son exploit de la semaine.

*

De retour dans mon grand lit, le sommeil ne vint pas. Mes mains étaient jointes sur mon ventre, crispées. J'étais à la fois accablée de fatigue et fébrile comme une innocente mise en accusation. Machinalement, j'ai commencé à tapoter mon ventre. Bien vite, sous ma jaquette de flanelle, les petits pieds de Bébé se mirent à tambouriner.

— Oh non... Chut, bébé, dors !

J'ai donné trois petits coups auxquels répondit un nombre égal de bourrades. Sans réfléchir, sous l'impulsion d'une intuition diffuse, je martelai cinq coups avec mon index. Deux secondes de silence. Puis, cinq coups de pieds.

— Non...

À six coups répondirent six coups, à sept, sept puis huit... Jusqu'à douze ! À douze, le silence se fit plus long et fut suivi d'un seul coup.

— Bébé sait compter jusqu'à douze !

Je pouffai de rire, ivre d'exaltation. Je repris l'expérience une minute plus tard. Il ne dépassa pas le chiffre neuf. Ni les trois ou quatre tentatives subséquentes. Mais tout de même ! J'étais sidérée ! L'extase s'estompa peu à peu néanmoins, remplacée par une extrême torpeur. Bébé, lui, semblait bien réveillé. Une ou deux minutes passèrent sans qu'il ne bouge. Puis il donna un petit coup de pied. Il voulait recommencer.

— Chut, Bébé, dors.

Un, deux, un !

Un, deux, un ? Il a fait un, deux, un ! J'ai répété une troisième fois, en criant vers la croix, seule interlocutrice disponible. Hé ! Il a donné un coup pour : « chut », deux pour : « Bébé », et un pour : « dors » ! C'était peu de chose. Il imitait le rythme des vocables. Mais exténuée comme je l'étais après cette longue journée, j'y vis un prélude à la communication. J'étais transportée par l'amour le plus puissant que j'avais jamais connu. Cela m'enveloppait de tendresse. Je finis par nous endormir en patinant avec mes doigts, faisant des cercles de plus en plus petits sur mon ventre tout en rêvant à de futurs échanges codés.

*

Je commençais à comprendre ces mamans dont les enfants deviennent des super-héros. Il me fallait beaucoup d'abnégation pour épargner à Mohi et Emma les : « Hier, il a utilisé ses deux pieds en même temps ! Et les cercles parfaits qu'il trace ! Et puis, voyez comme il se retourne maintenant avec une agilité remarquable pour un fœtus de son âge ! »

*

Ce mois de mars, non content d'avoir trente et un jours, s'allongea de manière indécente : l'éducation de Bébé ajouta plusieurs minutes à chaque heure de ce mois. Bébé réclamait de plus en plus d'attention et il fallut littéralement le « dresser » pour arrêter ces volées d'orteils et de talons que je subissais cent fois par heure de pointe. Il ne mit que deux fins de semaine à comprendre qu'il ne pouvait rien obtenir de moi lorsqu'il y avait d'autres voix dans les parages. Mais quelles fins de semaine ! On aurait dit que tous les clients s'étaient donné le mot pour me rappeler ma grossesse à tout bout de champ. Robert, le chauffeur de taxi, qui me raconte le coup classique de la femme enceinte qui accouche dans son auto (il a encore du sang autour des ongles) ; le diseur de bonne aventure, tarot, thé et lignes de la main, qui agrippe la mienne, ça va pas, non ! et me prédit « tu ne gagneras pas à la loterie, mais évite quand même les voyages en bateau » ; et Greg, le flûte-de-mes, comme l'appelle ces temps-ci Emma et qui la réclame justement, mais elle est partie se cacher, et qui me lance en pleine face, l'arrogant bâtard, que je serais plus belle avec trois ou quatre kilos en moins, mais que ça doit vouloir dire que la bouffe est excellente, qu'il aille donc chier, dira Emma, merci ; et Stefaan, Stefaan le psy, qui me parle du dernier ouvrage qu'il a « pondu » : *La rage de la maternité chez l'homme*, dans lequel il développe l'idée qu'une large part de l'agressivité des hommes provient de l'incommensurable frustration que ceux-ci éprouvent face à l'impossibilité d'expérimenter la maternité et qui m'observe ensuite tenter de me concentrer entre dix séquences de tambourinements et me répète trois fois son nom de famille que je ne sais pas ce que je pourrais bien en faire : « Van Geisymsheufptaengel », « Von Geisymstheu paengepl », « Van Gisamsfeufchpaglem » pendant qu'il enfouit un carré à la caroube et une canette de jus dans la poche de sa veste, persuadé que je n'ai rien vu, et qui ose de plus me demander, avant de repartir en ne payant, en tout et pour tout, qu'une tisane, pourquoi il me trouble ainsi, est-ce parce qu'il est psychanalyste ? non et bon appétit !

Et pendant tout ce temps, Bébé cognait et tapait pour accompagner les voix des clients, passant d'un tapage rythmique à un autre, selon la personnalité du client (cela me plaisait d'imaginer une certaine cohérence à ces douloureux élans pédestres).

Ce fut un conditionnement éprouvant. Mis à part le fait que ces coups de pieds demandaient un effort de concentration épuisant, la partie de mon ventre où il tambourinait le plus était perpétuellement douloureuse ; la peau s'y teintait de moirures bleutées.

Partant du principe que je ne portais pas un bébé ballot (l'expression était d'Emma), je présumais de certains accès de savates qu'il s'agissait de tentatives malhabiles de communication. Je décidai de lui enseigner quelques mots. Les premiers que Bébé apprit furent, en fait, des chiffres. De un à douze, évidemment. Cela fonctionna ainsi : quand je tapais un coup, je disais à voix haute : « un ». Il tapait un coup. Puis, je disais « un », sans taper. Il s'impatientait et donnait deux coups. Je disais de nouveau « un », sans le ponctuer de l'index. Ce fut long, mais hasard ou intuition de sa part, il finit par répondre par un petit coup sec au vocable « un ». Je passai ensuite au mot « deux » et ainsi de suite. Plus ça allait, plus vite Bébé comprenait. Les mots suivants furent « dormir » et « musique ». Des cercles pour « dormir » et des tambourinements rythmés et légers pour « musique ». Je finis par lui enseigner « non » et « oui ». Au souvenir de cet apprentissage, un fantôme de douleur au ventre m'élance encore. Surtout que cela fut en vain. Bébé ne s'adressa jamais à moi avec ces mots codés. Ils restèrent pour lui un jeu. Il se contentait de répéter les codes, sans les appliquer ni comprendre leur sens ; lorsqu'une musique lui déplaisait, il ne faisait pas « non », mais ruait dans les brancards, en l'occurrence mon ventre… Mais quand venait le temps de se coucher, la communion redevenait absolue. Parfois nous patinions, parfois c'étaient de simples caresses, paume contre pied.

Vers la fin mars, Bébé ébaucha ses premiers gribouillages. Il traçait de longs traits continus en glissant un pied ou l'autre sous mon ventre. On aurait dit qu'il explorait la surface de sa feuille à dessin.

*

Avril et les premières chaleurs arrivèrent. Changement de garde-robe. Chemises bouffantes, pantalons évasés. Toujours personne d'autre que Mohi et Emma qui fût au courant de mon état. Je remercie l'intuition qui m'avait fait garder le secret ! Je n'osais imaginer, dans le cas contraire, à quelle vitesse la nouvelle se serait propagée, franchissant à toute allure la frontière d'Aux racines.

Avril… De plus en plus souvent, Ben Fagen partait pour la campagne dès le vendredi et ne revenait que tard le dimanche.

Ce long vendredi, celui où les premiers symptômes apparurent, commença comme ceci : Hok entra et, comme il le faisait souvent, mit les mains en porte-voix, avant de crier : « Où est Dieu ? » Emma, du pont du galion où elle fumait près de la porte donnant sur la rue Melville, fit un cornet avec ses mains et poussa un vigoureux : « God is up north ! »

Hok s'arrêta au comptoir pour me saluer. J'étais à la caisse, préoccupée par ce que je venais de voir. Le ministre des Affaires interculturelles déposa avec ostentation son sac à dos (dans lequel on devinait la forme de son portable) sur le comptoir. Je ne m'en aperçus pas tout de suite, ayant les yeux rivés sur un petit bout de papier. Petit bout de papier dissimulé parmi le fouillis de la tablette en dessous de la caisse et sur lequel apparaissait une succession de chiffres inscrits à la mine. Hok déplaça bruyamment son sac.

— Je prendrais un café, s'il te plaît, dit-il, faisant alterner son regard de mes yeux à son sac.

— Tout de suite.

Ce n'est qu'en revenant avec la tasse de café que je pris conscience du sac à dos. Je décidai de taquiner Hok en faisant semblant de ne pas le remarquer.

— Merci. Dites donc, ma reine... Vous semblez bien préoccupée aujourd'hui...

— Pourquoi dites-vous cela, monsieur le ministre ?

Il avait mis le sac à la verticale et fit osciller un moment le large rectangle séparant nos torses. Mes yeux ne quittèrent pas les siens.

— Pour rien !

Il partit, dépité, vers les lavabos. Quant à moi, même si je ne voulais pas trop me l'avouer, je languissais d'avoir des nouvelles de René. Mais pour l'instant, autre chose me préoccupait : le papier. J'avais remarqué le manège d'Emma quelques semaines plus tôt, mais espérais me tromper. Aux heures d'affluence, lorsqu'elle était à la caisse, Emma laissait parfois le tiroir ouvert, le temps de passer trois ou quatre clients. Au lieu d'entrer les montants, elle calculait mentalement l'addition. Une fois les clients partis, je croyais la voir inscrire les montants sur un bout de papier. Et c'est cette partie de l'opération qui venait d'être confirmée. Enfin, j'en étais presque certaine. Je devais vérifier ma théorie. J'effaçai subrepticement le chiffre du haut : 18,95. J'étais encore penchée lorsque Emma revint de sa pause. Je fis semblant de chercher un disque.

— Brahms, Ligeti ou Berio ? demandai-je.

— Le caporal est encore là, pourquoi qu'on mettrait pas Runa Laïla, je suis persuadée qu'il appréciera.

— Va pour Laïla. Et ça fera plaisir à Hok.

— Qu'est-ce qui se passe avec lui ?

— Oh, il a apporté son ordinateur et j'ai fait semblant de ne pas m'en apercevoir.

Emma secoua la tête en souriant.

— Encore cette musique yang...

On se retourna en même temps vers Norman qui venait vers nous en tenant un bol entre ses mains.

— Qu'est-ce que c'est ?

— Ça ? répondit-il en passant à côté de nous et en poursuivant son chemin vers la cuisine. C'est une purée de tofu pour le chat.

— Chat, il s'appelle Chat ! rectifia Emma.

— Du tofu ! dis-je. Ça va pas ? Déjà qu'il ne mange que des œufs, de la bouillie de grains et du lait de soja...

— Justement, il est sur la bonne voie pour devenir tout à fait végétarien ! Voilà trois semaines que je lui en donne et il adore ça ! Et puis, le tofu, c'est un aliment royal !

— Monsieur le ministre délégué aux Ressources naturelles, martela Emma, je vous prierais de laisser la royauté en dehors de ça !

— Mais...

— Premièrement, sachez que le tofu, ce plastique blanchâtre plus ou moins comestible et au goût incertain, ne doit jamais se manger seul. Le tofu doit être accompagné de viande ou de poisson, si on n'a pas de viande sous la main. À défaut de respecter cette règle élémentaire...

— Mais, tout de même, il y a un milliard de Chinois qui, depuis 3000 ans, en font leur...

— J'y arrivais ! continua la grande brune. Ça vous fait un milliard de preuves vivantes que le tofu freine la croissance de façon éhontée ! Regardez les Chinois autour de vous. Dès la deuxième génération, les adultes, qui ont incorporé de la viande à leur menu, mesurent 25 cm de plus que leurs aïeux, lesquels, soit dit en passant, n'auront pas vécu 3000 ans, mais seulement quelques années, comme vous et moi. Alors, autant les passer de la bonne taille ! Et c'est ce que font les Chinois d'ici, grâce en soit rendue à la saine adjonction de steak ou de poisson au misérable et insipide tofu.

— De toute façon, la taille, ça n'a pas d'importance...

— Vous croyez ! Allez dire ça à tous ceux que tyrannisèrent Napoléon et Woody Allen.

— Tu exagères encore !

— Peut-être un tantinet. Néanmoins, cet animal (Emma pointa Chat, le traître, qui s'était précipité sur le bol que Norman avait déposé près d'un four) est assez dénaturé comme ça ! C'est un félin, bout de bon Dieu ! Vous semblez l'oublier ! Remarquez que c'est normal, vu les circonstances...

Norman hésitait, se demandant comment réagir. Pour l'aider, je mis ma main au front et dis : « Laissez-nous seules ! Partez ! »

— De toute façon, t'as un client, ajouta Emma.

Un hystérique frappait sur la clochette d'appel comme si sa vie en dépendait. Eugène Frigon passa la porte de l'épicerie pour voir où était Norman.

— Norman ! On nécessite ta présence à la caisse ! cria le caporal avec l'éloquence boiteuse qui, pour le dire à sa façon, le dépeignait si bien.

— Oh ! merde.

— C'est pas un peu yang : merde ? demanda la grande brune.

Il était temps de faire un saut aux lavabos. Hok avait caché son sac sous la grande étagère à vaisselle. Il n'en dépassait qu'un petit coin.

— Qu'est-ce que c'est que ça ?

— Rien !

— Mais ça ressemble à ton portable, là, dans ton sac !

Hok arrêta de récurer son chaudron et se retourna en souriant.

— Mais vous êtes rendue pire que votre humble serviteur, Majesté.

— Oh, il m'en reste beaucoup à apprendre, monsieur le ministre. Alors, dites-moi, y a-t-il du nouveau ?

— Vous verrez ça tout à l'heure...

— Quand ?

— Après le rush, bien sûr.

— Pourquoi pas tout de suite ?

— Parce que ce sera après le rush...

— Devant de tels arguments...

— Ma reine... fit Hok, en saluant bien bas mon départ.

*

Un incident sympathique vint, pendant la frénésie du souper, nourrir notre réflexion sur le régime alimentaire de Chat. Je préparais un sandwich pour un bel homme dans la trentaine qui m'expliquait qu'il revenait d'une tournée à travers le monde entier pour vendre son invention : des sacs de plastique biodégradables. Ophelia, qui a tout de même du flair pour les repérer, arriva, je ne sais d'où, et se planta devant le client en lui disant bonjour.

— J'ai entendu pour les sacs. Quelle idée merveilleuse ! C'est si important de...

Et patati et patata. Ophelia remplit son office. Tant et si bien que Francis, le client, sembla bientôt hypnotisé. Son regard s'arrêta sur celui d'Ophelia et sembla l'envelopper. Cette dernière rougit comme une soubrette et continua de déblatérer sur l'écologie, exhumant de ses connaissances éparses tout ce qui pouvait avoir un rapport avec la récupération. Francis semblait médusé, les yeux englobant toujours le visage enflammé d'Ophelia. Quoique, à bien y regarder (ce que je pouvais faire maintenant que son sandwich était prêt), les yeux du client pointaient légèrement au-dessus de ceux de son interlocutrice. Il plongeait son regard dans une autre paire de prunelles. Sur le plancher de la cuisine, juste en haut de l'escalier, un énorme rat observait en professionnel l'inventeur du sac à ordures biodégradable. Le rat fut le premier à rompre le contact. Non par faiblesse de caractère, mais distrait par Chat qui passait derrière lui, débonnaire et insouciant. Dupé par l'apparence féline de Chat, le rat s'esquiva nonchalamment, si j'ose dire. Pâmée, Ophelia, qui n'avait rien vu de tout cela, demanda à Francis s'il voulait venir la rejoindre à neuf heures. Ils pourraient continuer cette conversation dans un endroit plus propice... Comme je m'étais éloignée, je n'entendis pas la réponse de l'inventeur.

— Elle s'est trouvé une nouvelle proie ? demanda Emma.

— J'ai bien peur que oui.

— Pauvre Ophelia, ses coups de foudre tombent toujours à l'eau…

— On verra, on verra. Dis donc, Emma, faut faire quelque chose pour Chat.

Je lui racontai ce qui venait d'arriver.

— Servons-lui de la viande.

— Je crois que j'ai un reste de foie de volaille à la maison, ça fera un bon début. Je lui en apporterai demain.

*

L'heure de pointe passa. Hok installa son portable sur le pont du galion d'où l'on pouvait surveiller l'arrivée de nouveaux clients. Nous nous rassemblâmes autour du portable.

René annonçait qu'il arrêtait sa campagne contre les transports individuels. Il considérait qu'il avait poussé cette démarche jusqu'à son point ultime. Il avait réussi à surprendre en flagrant délit d'infraction tous les ministres et échevins associés de près ou de loin à la circulation automobile. Un grand nombre de hauts fonctionnaires furent croqués sur le vif. Les médias, affirmait René, avaient refusé de diffuser les vidéos, par crainte de poursuites en diffamation. Seul, affirmait René, un journal à potins jouissant d'une crédibilité nulle en avait fait état. Malgré tout, il avait remporté une victoire morale, écrivait-il. Son site était devenu l'un des plus fréquentés au pays, ce qui lui avait permis, grâce à la publicité sur ses pages et grâce à la générosité de nombreux correspondants, de récolter suffisamment d'argent pour entamer une nouvelle campagne de protestation. Il ne disait pas ce que ce serait. Il terminait avec quelques suggestions pour limiter les transports individuels : accès limité aux centres-villes, voies réservées aux vélos sur toutes les grandes artères et routes secondaires inter-banlieues, etc.

Parlam se montra fort déçu.

— Il abandonne à mi-chemin. Il aurait dû aller jusqu'au bout !

— Ce serait quoi, le bout, d'après toi ? demanda Hok sur un ton protecteur.

— Je ne sais pas. De nouvelles lois, des arrestations !

— Des arrestations ? Mais tout le monde serait en prison ! protesta Mohi.

— Tout le monde en prison ! lança Mendoza, complètement bourré et qui venait d'arriver avec un sac d'engrais.

— La fessée, suggéra Parlam. Elle est toujours légale pour les enfants... Alors, pourquoi pas pour les chauffards ? Après tout, ils sont persuadés qu'ils ont un jouet entre les mains.

— Tout comme certains parents, ajouta Zoé.

— La fessée, chuchota l'ancien en se versant un verre de vin biologique.

— Oui, fit Hok, enthousiaste. Première infraction : avertissement. Deuxième : la fessée, en public ! Et troisième infraction : on confisque le jouet !

— Vous ne savez pas de quoi vous parlez ! fit Alvaro, sévère.

Mendoza se leva.

— Mais oui, ils savent, mon ami, fit-il d'une voix pâteuse. Dans un recoin de leur cœur, sombre et humide comme un cachot, ils savent...

— Bon, bon, bon, fit Mohi en regardant Mendoza se laisser retomber sur sa chaise. Il a fait ce qu'il a pu. Il a provoqué des réactions, de toute évidence... Maintenant, c'est aux autres, à vous par exemple, ministre des Travaux publics, de continuer... Et puis, il voyait plus loin. C'est tout le transport individuel qu'il remettait en question. Et ça, ça va demander bien plus que des élucubrations.

— C'est ce que je dis, il aurait dû aller jusqu'au bout !

— Jusqu'aux manipulations génétiques ? ai-je demandé.

— De quoi parles-tu ? demanda Parlam.

— René étudiait, ou étudie encore, je n'en sais rien, en ingénierie génétique. Alors, il aurait pu proposer quelques mesures d'eugénisme, tandis qu'on y est... Et l'intro, il a changé l'intro ?

— Oui, il a changé son intro.

Hok fit apparaître la page suivante.

René avait possédé ce que je n'avais senti chez personne avant lui : l'intuition de ce que j'étais. Sans jamais prétendre savoir ce que je pensais, sans jamais se vanter d'avoir anticipé une de mes paroles ou de mes actions, ce que j'aurais exécré, René avait longtemps pressenti mon être. Je parle d'un sourire placé au bon endroit, une caresse désamorçant une tension, un repli permettant l'envol d'une d'impatience et, surtout, ces vertigineux plongeons dans mes yeux qu'il réussissait à accomplir, quels que fussent mes états d'âme. Cela m'avait toujours semblé dépasser, et de loin, l'empathie. Illusion ? Mais on s'en fout ! Une illusion comme celle-là, on en veut tous les jours !

L'intuition semblait s'être envolée. Il en avait fourni une belle preuve avec son insipide fabulation – la soi-disant description de notre mariage – et m'en offrait une seconde avec l'invention de notre première rencontre !

Qui suis-je pour m'activer ainsi : « éléments biographiques ».

J'ai été trop impatient en vous racontant notre mariage. Il eût mieux valu que je commence par le début. Je rectifie :

Je n'étais pas encore conçu lorsque ma mère fit ce rêve pour la première fois. Un bûcheron juché sur une grande échelle s'attaquait à un arbre gigantesque avec une hache massive dont le côté opposé à la lame présentait une arête évoquant une dangereuse dent de prédateur. Certains détails s'ajoutèrent lors des occurrences subséquentes : l'arbre était en pierre, il régnait une intense chaleur, l'homme sentait le caoutchouc et portait un curieux chapeau rouge, un champignon dont un rebord eût été échancré.

Évidemment, ma mère, psycho-éducatrice ferrée dans l'interprétation des rêves, ne manqua pas de lui trouver des significations captivantes. Allergique à toute forme d'ésotérisme, maman était loin de se douter qu'il s'agissait d'un rêve prémonitoire. Une prémonition d'une utilité nulle ; mais on ne décide pas de ces choses-là.

J'étais un fœtus de sept mois lorsque, attirée par un attroupement et deux camions de pompiers bloquant la petite rue Cleatr Einee en son milieu, ma mère s'approcha. Un incendie ravageait une ancienne caserne de pompiers convertie en laboratoire de chimie. Des fenêtres de la tour de guet se faufilaient

de courtes flammes et d'épaisses volutes de fumée. Un pompier vêtu d'une lourde veste à carreaux rouge et noir enfila une combinaison ignifugée et cala son grand casque rouge sur sa tête. Ma mère regarda alors, pétrifiée, l'homme de grande taille, muni d'une hachette et d'une lance d'incendie, monter la longue échelle pivotante jusqu'aux fenêtres de la tour afin d'y agrandir l'ouverture. Cela fait, il rangea sa hachette sur le côté de l'échelle, empoigna sa lance et arrosa l'intérieur du bâtiment.

Une fois l'incendie maîtrisé, le pompier, délesté de sa combinaison, passa près de ma mère. Elle sentit la forte odeur de caoutchouc de ses rêves : une des bottes du pompier fumait.

Un bout de papier tomba de la veste de l'homme. Discrètement, ma mère le ramassa avant d'aller de l'autre côté de la rue s'asseoir sur un banc. Elle fut déçue. Ce n'était qu'une banale liste d'achats bourrée de fautes d'orthographe. Lait d'almagnécie, picarbonade de soute, alcol, vitaminne C, caciom lagtate, perogside dogcygenne – dyslexique, le pauvre homme ! C'est ton père qui aimerait lire cette liste, dit-elle à son ventre.

Ma mère remarqua alors qu'une femme, enceinte elle aussi, était assise à ses côtés. Croyant qu'on voulait lui faire la conversation, elle se tourna vers la dame. Cette dernière, seule au milieu d'une tristesse infinie, pleurait en cajolant son gros ventre, tout en répétant : « Alice, oh, ma petite Alice, heureusement que tu es là... »

Je ne lus pas la suite. J'étais furieuse ! De quel droit me mêlait-il encore à ses élucubrations ! Sans savoir pourquoi, je me sentais trahie au plus profond de mon intimité. Mon corps était crispé et Bébé n'osait plus bouger, comme s'il craignait qu'en se tournant ou en touchant mon ventre, il provoquerait une fulgurante contraction musculaire.

Je me levai et allai me chercher une tasse de thé. À mon retour, j'étais calmée. Cinq minutes plus tard, j'eus un violent accès de fièvre. Je fus prise d'étourdissements et ma vue devint embrouillée. Je ne voyais plus que d'épais et visqueux nuages gris-rouge et mes oreilles se bouchèrent : tous les sons semblaient me parvenir à travers un oreiller. Cela ne dura qu'un moment. Lorsque je repris mes sens, la discussion sur la pertinence d'avoir abandonné la direction du site avait repris entre Hok, Alvaro et Parlam. Mohi et Emma, par contre, n'avaient rien manqué du malaise et contenaient mal leur inquiétude. Je répondis à leur muette interrogation d'un léger et discret hochement de tête, ajoutant : « Non, tout va bien » des lèvres.

Emma se leva.

— On manque d'air ici. Je vais ouvrir la porte un moment.

La brise me fit du bien. Le petit groupe finit par se disperser : Parlam et Mohi retournèrent à la fabrique, Hok, à ses chaudrons et Alvaro, à son inventaire, au sous-sol. Emma voulut rester avec moi jusqu'à la fermeture.

— Vraiment, ce n'était qu'un tout petit étourdissement. Sans doute une indigestion. Trop de gâteau au fromage.

— En plus de la lasagne, des brochettes de seitan et de la soupe aux pois ? Cherche pas plus loin... Bon ! J'y vais, dans ce cas. Mais s'il y a quoi que ce soit, donne-moi un coup de fil.

Je n'étais pas aussi rassurée que mon ton le suggérait, mais je tenais à faire la caisse seule. Parlam s'en alla à vingt-trois heures, Hok, à minuit, à l'arrivée de Yéghiyana Parouberhaam. À deux heures, Mohi quitta à son tour. Après avoir verrouillé la porte derrière lui, je pris la caisse et montai au bureau. Il y avait bel et bien 18,95 $ en trop. J'étais peinée. Emma, qui prenait si volontiers la défense de Ben ! Emma, qui nous affirmait, son regard bien planté dans nos yeux, que personne Aux racines n'oserait lui voler de l'argent ! Elle y veillait personnellement, m'avait-elle déjà dit.

Quelle curieuse machine que la psyché humaine. Parce que Emma, je ne me pouvais me permettre d'en douter, était sincère quand elle parlait de Ben. De toute évidence, elle avait de l'estime et de l'affection pour lui. Cette amitié, étourdie par un quelconque séisme, s'était égarée dans les circonvolutions de son cerveau.

*

Cette journée, déjà fort chargée, se termina à l'églisette avec la réapparition du malaise. J'étais étendue dans mon lit. Bébé se tenait tranquille pendant que je contemplais le vitrail au pied du lit, une simple croix bleue perdue dans un ciel crépusculaire. Couchée sur le dos, deux oreillers soutenant ma tête, j'essayais d'imaginer un hominidé taillé dans ces mêmes couleurs... L'image était divertissante ; une vague de plaisir voulut surgir. Je la réprimai aussitôt en repensant au ton badin des fabulations de René. La croix ocre se mit alors à trembler, laissant place à un brouillard gris-rouge, comme plus tôt dans la soirée. Puis, mes oreilles se bouchèrent. Je me suis frotté le front, puis j'ai laissé retomber ma main sur mon ventre. Bébé réagit aussitôt, croyant sans doute que je voulais jouer. Je fis des cercles pour lui dire de dormir. Ce n'est que lorsque je reportai mon regard vers le vitrail que je m'aperçus que ma vision et mon ouïe étaient redevenues normales. Le réveil de Bébé avait arrêté les crises ! J'en déduisis que les besoins en nutriments, ou quelque chose du genre, devaient compenser un déséquilibre dans mon organisme.

*

Je n'ai jamais prisé les visites médicales. René disait que c'était mon côté masculin qui s'exprimait. Lors de mon premier calcul rénal, j'avais préféré boire quatre litres d'eau en une heure que de me rendre à l'hôpital. Dans les *bad lands* de l'Ouest, je m'étais fait une longue entaille au mollet en dégageant un fossile ; j'avais tellement mis de mercurochrome que je m'étais évanouie. J'étais plus que jamais déterminée à me passer d'hôpital et de médecin. De toute façon, je m'aperçus que je pouvais lutter contre la nouvelle oppression de mon corps. J'arrivais à m'abandonner, à laisser passer ces moments d'aberrations sensorielles comme des tempêtes ou plutôt des marées. Je pouvais aussi réveiller Bébé ou le provoquer afin qu'il s'active un peu, mais au resto, cela devenait vite trop dérangeant, sans compter que je n'envisageais pas de gaieté de cœur d'altérer son conditionnement, si ardu à imposer. Une autre stratégie consistait à me concentrer sur ma vision et mon ouïe en faisant une sorte d'introspection sensorielle. Cela demandait beaucoup d'énergie. Je parvins, à force d'exercices, à « syntoniser » ou bien ma vision ou alors mon audition. Jamais les deux à la fois ; lorsque je voyais, je n'entendais à peu près rien, et quand je parvenais à m'ouvrir l'ouïe, mes yeux se couvraient d'huile. Oh ! que je dus faire la joie de Stefaan, le psychanalyste. Je le fais répéter une phrase puis je regarde dans le vide, me concentrant sur l'ouïe, après quoi je fixe la caisse, comme si elle s'apprêtait à me sauter dessus, le temps de reprendre le contrôle de ma vision (juste à temps d'ailleurs pour le voir empocher un carré aux dattes). Il s'adresse encore à moi et, de nouveau, mes yeux, livrés à leur déboire, s'égarent dans le cosmos. « Ma clientèle est exclusivement masculine, mais, pour vous, je ferai une exception. »

Je me doutais bien que c'était mon corps qui réagissait à l'interminable gestation. « Ô ventre, suspends ton vol... », avait blagué Emma. J'espérais qu'il ne s'agisse pas d'un état précurseur et que mon corps s'adapterait sous peu. Avec de la chance, je n'aurais pas trop souvent d'attaques en présence des clients. Ou de Ben. Un jour, ce dernier vint me voir avec beaucoup d'humour après un passage de Stefaan à la caisse.

— Est-ce que ça va ? Tu m'as fait penser à moi pendant un instant...

— Ce n'est rien. De légers étourdissements, je crois que je couve une grippe.

Ces dernières semaines, Ben Fagen s'enfouissait fréquemment dans son petit univers. Parfois, il sortait en sursaut de sa transe et, comme pour justifier sa présence, trouvait quelque chose à redire sur notre travail, faisant ainsi la joie de Frigon qui s'arrangeait toujours pour être présent lorsque Ben réprimandait quelqu'un.

— Laisse-le faire, il est tendu. Il doit préparer une nouvelle invention, avait diagnostiqué Emma.

Il se trouvait toujours dans nos pattes à prendre des mesures dans l'aire de service. Quand on lui demandait pourquoi, il se marmonnait des phrases d'encouragement : « Ça va marcher. Et puis on s'habituera. Ce sera beau en plus. Peut-être. Oui, oui... » Son regard balayait avec une attention particulière un carré de un mètre sur un mètre trente, seul espace disponible, à bien y regarder, dans l'aire de service.

*

Les attaques se succédèrent à un rythme de plus en plus rapide, mais avec une moins grande sévérité. Alors qu'autrefois, les sons, lors des crises, me parvenaient ténus et assourdis, à la limite de l'audible, ils n'étaient maintenant que dédoublés, légèrement hors phase et additionnés d'indésirables harmoniques. C'était tolérable. La vision, quant à elle, n'était plus voilée, mais, tout comme l'audition, déphasée, distordue, anamorphique. C'était très désagréable, mais vivable. Par contre, je m'en faisais pour Bébé. Lors de ces malaises, il me semblait pétrifié de peur.

*

Mes malaises perdurèrent jusqu'à la mi-mai. Pendant tout ce temps, Emma, Mohi, Hok et les autres me traitaient aux petits soins. Leur amitié transformait chaque passage Aux racines en parenthèse apaisante.

Bébé vint aussi à la rescousse. Il commençait à utiliser ses doigts. Ses dessins, quoique toujours des gribouillis, devinrent de plus en plus complexes. Il ne se contentait plus de lignes continues comme il le faisait avec ses pieds. Les rythmes et la pression qu'il exerçait sur la paroi de l'utérus se faisaient variés, comme s'il en éprouvait la résistance à la friction. Il esquissait des surfaces courbes, bien nourries, et hachurait des portions de son ardoise ; il organisait l'espace !

Petit à petit, mon état s'améliora. Cette période noire arriva à son terme un vendredi, comme elle avait débuté.

— Où est Dieu ? demandai-je à Emma en arrivant.

— Dieu est partout. Et particulièrement dans nos jambes. Dis-donc, tu ne remarques rien de nouveau ?

Ma vision, bien qu'elle se fût améliorée, était encore affligée de fluctuations inconfortables. Je parcourus l'aire de service de mon regard boiteux, trébuchant sur une masse métallique supportée par quatre pattes qui lui donnaient l'allure d'un monstrueux cheval de bataille carapaçonné d'acier inoxydable.

— Qu'est-ce que c'est que ça ?

— C'est le nouveau four à pizza ! fit Eugène Frigon, enthousiaste, en marchant fièrement vers nous.

Il tenait dans ses mains un plafonnier halogène qu'il déposa, sitôt arrivé, sur le comptoir du fond.

— Je m'en vais vous illuminer ça, tout ce chrome ! ajouta-t-il.

— Ah, c'est tellement beau, l'illuminescence ! Ça va réfléchir tout partout, renchérit Emma.

Le caporal ne releva pas l'ironie et repartit chercher un escabeau.

— Et qu'est-ce qui nous vaut ce four ?

— Je te l'avais dit qu'il préparait quelque chose.

Dieu arriva sans crier gare, traînant un lourd seau blanc.

— Ah, vous êtes là toutes les deux, c'est bien, je vais vous montrer.

Eugène arriva avec l'escabeau.

— Ah, Ben ! Tu vas voir, ça va flamboyer !

— Oui, oui, merci. Bon, alors, vous prenez une des pizzas déjà tournées que vous aurez, bien sûr, gardées au frais et à l'humidité.

Il en sortit une du récipient.

— Alors là... vous...

Sans ajouter un autre mot, Ben nous tourna le dos et monta vers la cuisine, puis se dirigea vers la fabrique.

— Et puis ? fit le caporal.

— Et puis quoi ?

— C'est pas une merveille quand ça brille comme ça ?

— La huitième, Eugène, la huitième, assura Emma.

Ben revint, tout essoufflé.

— Et puis, vous badigeonnez la pâte avec ceci.

Il se faufila entre nous, une louche pleine à ras bord de sauce aux tomates dont il inonda la pâte.

— Vous en mettez juste un peu, reprit-il, pas comme je viens de faire, c'est juste pour vous montrer.

Emma et moi hochâmes la tête.

— Et puis...

Il fonça à nouveau vers la fabrique et revint avec des bols en acier plein les bras.

Trois sortes de pizzas. La vraie végétarienne. La fausse pepperoni. La fausse fromage avec des flocons de tofu séchés. Avant de partir, Dieu ne manqua pas d'insister sur l'importance de garder l'acier inoxydable du four immaculé.

— T'en fais pas, dit la ministre de la Propagande, ça va lui passer, « La constance est une vertu passagère ».

Quelques minutes plus tard, Ben l'appela dans la cuisine. Je ne pus entendre leur conversation, bien que je me tenais tout près des marches, prétextant un astiquage préventif de l'acier inoxydable. Lorsqu'ils eurent terminé leur délibéré, je vis Emma se diriger vers les toilettes. Ben descendit me voir.

— Tu sais, faut pas être maniaque non plus. Je veux juste qu'il reluise un minimum pendant les premières semaines, pour que les habitués le remarquent.

— On fera attention.

Le visage de Ben était tourné vers le petit frigo sous le comptoir à sandwichs. Je croyais qu'il s'apprêtait à ajouter quelque chose sur les pizzas.

— Tu sais, Emma t'aime bien. Prends-en bien soin. C'est une bonne personne et elle a besoin d'une amie.

Je hochai la tête. Je pensais aux 18,95 $. Le regard de Dieu semblait vouloir s'enfoncer dans la porte du frigo. Il se passa la main dans la barbe, comme pour réorienter son visage, mais sans succès. Il remonta ses lunettes et ajouta : « Tu sais, je te dis ça parce que tu me sembles quelqu'un de bien toi aussi. Emma ne se lie pas d'amitié facilement. » Incapable de rappeler à lui ces traîtres mots qui s'étaient échappés, il s'éloigna en traînant les pieds à toute vitesse, se dirigeant vers l'escalier montant au ciel.

*

La ruée du souper commença tôt. À 17 h 30, le temps avait disparu. Je passai les deux premières heures à remplir les plats, faisant la navette entre la cuisine et l'aire de service, à servir les sandwichs, presser les jus d'oranges ou extraire les jus de carottes. J'évitais la caisse, car les troubles visuels s'étaient accentués tout au long de l'heure de pointe, pour devenir très aigus ; distinguer les touches de la caisse m'aurait demandé un effort démentiel.

Et puis, vers 19 h, brusquement, ma vision redevint presque normale. C'était comme si une pièce de puzzle ayant longtemps tâtonné pour trouver sa pièce adjacente venait de se poser au bon endroit. Les dernières semaines m'apparurent soudain comme une lutte qui venait de prendre fin. Mon ouïe aussi s'améliora d'un seul coup. Les sons n'étaient plus dédoublés.

Quel bonheur que de voir les objets sans distorsion. Une épine retirée du pied ! Je surpris Emma en venant prendre sa relève à la caisse.

— Je crois que je suis guérie, chuchotai-je.

Le temps réapparut progressivement à partir de 20 h. Peu après, Alvaro arriva avec le vieux Mendoza.

— Il est un peu tard pour venir vous occuper des plantes, dis-je.

— Je suis venu voir comment elles dorment, fit-il, caressant le pothos suspendu près de la caisse. Et puis Zoé m'a commandé des cerises de l'Ouest. J'ai oublié de les apporter cet après-midi.

À neuf heures, Norman monta faire sa caisse puis s'en alla.

Emma se servit un café et s'installa avec Alvaro tout au fond du pont du galion, ce que je n'appréciai guère : je ne pouvais même pas les voir de la caisse. Bien vite, j'entendis Mohi et Parlam les rejoindre par les portes battantes. Là, c'était carrément bizarre : ils ne vinrent pas me saluer. Ophelia, dans la cuisine, tenait compagnie à Zoé alors qu'elle quittait d'habitude vers huit heures et ne revenait que beaucoup plus tard. Il y avait quelque chose d'indéfinissable dans l'air.

Il pleuvait maintenant à boire debout et le resto, qui s'était vidé, ne s'était pas renfloué. Il ne restait plus qu'un client qui sirotait un café en lisant. Si Emma et les autres s'étaient installés dans la partie avant du galion, j'aurais pu les rejoindre. Mais d'où ils papotaient, j'aurais risqué de ne pas entendre la clochette et si Ben était venu à se pointer, je me serais fait reprendre comme une enfant. J'étais vexée. L'amélioration spectaculaire de mon état m'avait rendue fébrile : j'aurais voulu en parler aux autres. J'entendais Emma qui, du fond du galion, s'exclamait : « Oui, oui, elle me l'a dit ! Elle se sent presque guérie ! » Je m'attendais à ce que Mohi, au moins, vienne me voir après cette nouvelle. Personne ne se déplaça.

Pour me changer les idées, je suis allée chercher un œuf, du lait de soja et du tofu dans la cuisine afin de préparer un petit plat pour Chat. Ophelia et Zoé se tournèrent vers moi avec méfiance, me sembla-t-il.

— Je viens juste chercher de quoi remplir le bol de Chat...

— Norman s'en est chargé avant de partir.

— Ah, zut !

Les jumelles me tournèrent le dos et reprirent leur conversation.

— Je vais quand même ajouter un œuf dans son bol, dis-je sans obtenir de réponse.

Après avoir battu un œuf, je l'ajoutai au bol de Chat, déjà presque vide, que Norman avait placé sous le four à pizza. Nous avions essayé le poulet, le foie de volaille, le poisson, le bœuf, la bouffe à chat. Rien de rien, Chat s'était habitué au tofu. Nous avions également essayé de remplacer petit à petit le tofu par du fromage râpé, espérant, en quelques mois, éliminer cet aberrant besoin. Mais cela ne fonctionnait pas. Au-delà d'une certaine dose de fromage, Chat refusait son bol, comme s'il était dégoûté.

Yéghiyana Parouberhaam arriva à 21 h. Hok, qui descendait avec une pile d'assiettes, le salua avec l'habituel diminutif.

— Mais qu'est-ce que tu fais là ? m'exclamai-je. Il est même pas dix heures !

— Ouais, fit Hok un peu trop sévèrement, qu'est-ce que tu fais là ?

— J'avais rien à faire, alors j'ai décidé de venir faire la jasette avant de travailler. Et puis, j'avais faim, ajouta-t-il avant d'aller rejoindre les autres, sans se prendre quoi que ce soit à manger.

Pour rendre ça carrément surréaliste, vers dix heures, alors que je restais plantée à la caisse, les yeux perdus dans les ternes pigments beiges du mur, prêtant l'oreille à ce qui se disait par-delà l'escalier du galion, Ben descendit de son appartement, se plaça à mes côtés, et contempla la surface blafarde pendant cinq bonnes secondes avant de parler.

— Je vais te remplacer à la caisse, va rejoindre les autres, si tu veux.

— Ce n'est pas nécessaire.

Je me sentais boudeuse.

— Vas-y, Alice. Ils ont quelque chose à te dire.

— Ah bon ! fis-je en déglutissant.

Deux marches suffirent pour apercevoir la chandelle, une autre pour qu'apparaisse le gâteau autour duquel étaient assis Emma, Mohi, Hok, Alvaro, Mendoza, Parlam, Ophelia et Zoé qui attendaient, tout silence et tout sourire. J'eus un haut-le-cœur, craignant mon secret éventé (après tout, Bébé avait presque un an). Mohi s'en rendit compte. Il se leva en désignant le gâteau du plat de la main : « Pour ta première année Aux racines de la santé ! »

Un superbe gâteau au chocolat couronné de cerises.

— Du vrai beurre et que du chocolat ! annonça Zoé en faisant tourner le gâteau dans son assiette.

— Et des cerises de l'Ouest, ajouta Mendoza, le sourire aux lèvres.

Applaudissements, effusions diverses et quelques cadeaux : un chandail en mohair d'Ophelia, un DVD avec un montage remanié de *Citizen Kane*, de Zoé. Yé me donna une affichette qu'on devinait coupée et sur laquelle ne figurait qu'un bras levé avec le poing fermé. « C'était une affiche de Che, je l'ai coupée pour toi. » Mohi me donna un écusson brodé.

— Ce sont tes armoiries. Tu pourras coudre ça sur ton tablier. Ben est d'accord, même s'il ne sait pas ce que ça représente.

— Hum ! pardon, fit Parlam, qu'est-ce que ça représente ?

— Ben, c'est sa couronne, répondit Hok avec autorité.

— Je vois bien que c'est sa couronne ! Je parlais de ça !

Il pointa une espèce de goutte déformée, penchée à trente degrés et brodée un centimètre sous la couronne.

— C'est une goutte d'eau, fit Mohi. Elle représente tout ce qui débute et qui nourrit. La goutte sur la montagne, dans le ruisseau, la rivière, le fleuve, la mer…

— Et si nombreux que puissent être les méandres de la rivière, celle-ci finira par se jeter à la mer.

Tout le monde se tourna vers Hok.

— Quoi ? C'est un proverbe de ma mère. Y'a pas qu'Emma qui lise.

— C'est de ta mère ou d'un livre ? fit Emma sur un ton inquisiteur.

— Un livre de ma mère !

— C'est splendide en tout cas, fit Ophelia.

— Merci, répondit Hok.

— Pas ton proverbe, la goutte ! Elle évoque tout à fait la matrice nourricière du monde... La fécondité ! On dirait le ventre d'une Vénus aurignacienne.

Emma et moi fûmes les seules à nous apercevoir que Mohi rougissait.

— La Vénus de Gagarino, découverte en Sibérie, a un ventre presque identique à cette goutte, continua-t-elle sur un ton pédant, tout en glissant son doigt sur l'écusson.

— Moi, interrompit Zoé, ironique, ça me fait penser aux bulles des films muets. Par exemple dans *The Astonishing Mister Wittgenstein*, lorsqu'on lui fait dire : « Generally, people know if they went to China or not. »

— Et moi, j'ai ceci, fit Hok, bousculant Ophelia au passage.

Il me présenta un cahier dont les feuilles étaient reliées par un ruban de soie...

— À lire ce soir avant de vous endormir, Majesté.

— Monsieur le ministre, fis-je en me courbant légèrement.

Chacun prit un morceau de gâteau puis, enfin ! Mohi s'enquit de mon état.

— C'est formidable ! lui dis-je. C'est le plus long moment à peu près sans trouble visuel que je passe depuis que ça a commencé.

— À peu près ?

— C'est étrange, je vois et j'entends normalement, sauf pendant de brefs instants, quand je me mets à regarder, je veux dire, à observer quelque chose avec insistance, ou si un nouveau son attire mon attention. Le plus curieux, c'est lorsque je regarde un objet qui a produit un son. Une tasse posée sur une table, par exemple. Alors c'est comme si le bruit ne correspondait pas à la tasse ou la tasse au bruit.

— Comme dirait monsieur Greenspan, lança Emma : « Si on n'a rien compris, c'est qu'elle s'est bien exprimée... »

— En tout cas, on trouve que ton corps a eu une bonne idée de terminer ça ce soir, fit Hok.

— Bonne scénarisation, ajouta Zoé.

Vers onze heures, Ben vint me dire qu'il devait partir.

— Merci beaucoup, Ben, c'était très gentil.

— Y'a pas de quoi. Et n'oublie pas ce que je t'ai dit cet après-midi, à propos d'Emma.

— Non, bien sûr.

Cette dernière attendit que tout le monde soit parti avant de me présenter son cadeau.

— Un stéthoscope ?

— Pour quand il parlera, dit-elle à la blague. J'espère que tu resteras encore longtemps Aux racines, ajouta-t-elle en me faisant l'accolade.

— Quelque temps encore. Ça, c'est aussi sûr qu'imprécis.

*

Arrivée à l'églisette, je fis ma toilette avant de me mettre au lit. Pendant que je me brossais les dents, Bébé se mit à dessiner. Il réalisa son premier cercle complet ! Je tenais encore ma brosse à dents lorsqu'il ajouta, vers le tiers inférieur de son cercle, un croissant approximatif, mais parfaitement identifiable. C'est ravie par cette superbe coïncidence que je m'allongeai enfin sous les draps, épuisée par toutes ces émotions.

J'ouvris le cahier que m'avait donné Hok. Je passais machinalement mon doigt sur mon ventre selon notre rituel nocturne. De la main droite, je tournai la première page du manuscrit.

« *Vichtrouknpash et le crapaud*

par Hok Shamsoul Mohammed, traduit de l'anglais par Emma Nantel »

Joli titre... me dis-je. Je relus à voix haute : « Vichtrouknpash et... » Je m'arrêtai net et, effarée, me redressai dans mon lit. Je lus de nouveau, en m'attardant sur chaque mot. Puis la stupéfaction fit place à l'émerveillement : Bébé, avec une petite main novice et maladroite, ébauchait, à l'envers de mon ventre, les lettres que je parcourais du regard !

*

Vichtrouknpash et le crapaud

Ma mère me racontait qu'il était une fois, dans une caverne profonde, une maman kangourou qui attendait un bébé. Vichtrouknpash, c'était son nom, était souffrante. Elle allait perdre sa poche ventrale. Comme chacun sait, la poche ventrale est essentielle à la survie des nouveau-nés kangourous qui ne savent pas marcher ni sauter, cabrioler ou bondir.

Le bébé allait naître dans un peu plus d'une semaine. Vichtrouknpash dut donc partir au plus tôt à l'aventure afin de se procurer le remède contre la perte de sa poche ventrale.

Ce remède était constitué de miel de sauterelles, de deux kilos et cent vingt-huit grammes de beurre ainsi que de la mèche d'un jeune humain champion de trampoline.

Un périlleux périple l'attendait ; pourtant, Vichtrouknpash s'en alla par bons bonds : c'était une grande optimiste.

Pendant ce temps, à l'autre bout du pays, un jeune garçon nommé Baolam sautait sur le trampoline du village. Un petit village perdu dans le désert. Il rêvait de devenir le meilleur sauteur au monde. Baolam s'exerçait du matin au soir pour sauter de plus en plus haut. Un jour, le jeune garçon bondit tellement haut qu'il aperçut, en regardant au-dessus de lui, une femme aux longs cheveux noirs assise sur un nuage. De sa vertigineuse hauteur, elle lui cria :

— Jeune homme, si tu...

Baolam, retombant vers le trampoline, n'entendit pas la suite. Il remonta et entendit :

— ...moi je t'accorderai un...

Baolam, retombant vers le trampoline, n'entendit pas la suite. Il remonta et entendit :

— ...ça pourra être ce que...

Baolam, retombant vers le trampoline, n'entendit pas la suite. Il remonta et cria :

— Attendez que je remonte et répétez le tout beaucoup plus vite !

À son retour, la femme, penchée vers lui, les mains en porte-voix, cria :

— Jeune homme, si tu parviens à sauter jusqu'à moi, je t'accorderai un vœu, un seul vœu, mais il pourra être ce que tu voudras.

Baolam descendit, remonta et répondit :

— D'accord, mais je me repose un peu avant !

Exténué, le jeune homme débarqua du trampoline sans regarder où il mettait les pieds, ce qu'il ne faut jamais faire dans les petits villages perdus au beau milieu du désert australien. Un serpent venimeux le mordit au mollet. Baolam crut sa dernière heure venue. Mais il se souvint de la promesse de la femme aux cheveux longs et noirs. Espérant vivement qu'elle soit une fée compétente, Baolam sauta, sauta, sauta... À chaque tentative, il sentait le venin monter dans ses veines. Le temps pressait. Il fit un bond prodigieux qui l'amena si près de la fée qu'il put distinguer son visage qui souriait tristement, comme si elle le savait condamné. Ça lui donna l'énergie du désespoir et, au bond suivant, la toile du trampoline toucha le sol, manqua de se déchirer puis, comme avec dégoût, cracha le jeune envenimé jusqu'à la fée qui arrêta le temps.

— Bravo, jeune moribond ! Quel est ton vœu ?

— Je vous le donne en mille ! Pardi ! Faites que je ne meure pas de la morsure du serpent !

La fée ouvrit ses bras, retroussa ses larges manches de soie et ferma les yeux.

— Stop ! fit Baolam.

— Quoi ? Qu'est-ce qu'il y a ?

— Je ne veux pas mourir en tombant à côté du trampoline non plus.

— La confiance règne...

— Laissez-moi reformuler ça différemment...

— C'est bien parce que nous sommes mardi.

— Merci. Faites que je ne meure pas avant très longtemps. En tout cas, pas avant que je ne devienne adulte.

— Soit.

Pendant ce temps, Vichtrouknpash bondissait de contrée en contrée, enjambant des tas de serpents sans se faire mordre. Un beau matin, elle observa, au loin, un étrange cumulonimbus noir qui venait vers elle à grande vitesse. Lorsque le nuage arriva au-dessus de Vichtrouknpash, quelle ne fut pas sa surprise en s'apercevant que ce n'était pas un vrai cumulonimbus, mais une nuée de sauterelles ! Celles-ci la dépassèrent rapidement. La maman kangourou se rappela alors qu'elle avait besoin de miel de sauterelles pour guérir sa poche ventrale. Faisant demi-tour, elle bondit à leur poursuite. Vers la fin de l'après-midi, les sauterelles se posèrent dans un champ de pâquerettes australiennes où elles s'apprêtaient à faire le plein. Les sauterelles étant de fichues bonnes sauteuses, Vichtrouknpash dut jouer des jambes et de la queue comme jamais.

Finalement, Vichtrouknpash en captura gentiment quelques dizaines dans ses mains de kangourou qu'on appelle souvent des mains tout court. Elle secoua, toujours gentiment, les sauterelles qui lui donnèrent tout le miel dont elle avait besoin. La maman kangourou versa le précieux nectar dans une petite fiole de vieux parfum aux épices et se coucha pour piquer un somme.

Re pendant ce temps-là, Baolam, toujours suspendu dans les airs face à la fée espérée compétente et si possible pas méchante pour deux cennes, sentit son corps rétrécir et se métamorphoser en crapaud. Le temps reprit son cours à midi seize, juste au moment où retentissait le premier coassement de Baolam. Ce dernier tomba vers le sol à la même vitesse que s'il eût été l'habituel jeune garçon. Mais vu par les yeux d'un batracien, c'était effrayant ! Lorsqu'il fut stabilisé sur le vaste trampoline, la fée descendit vers lui et demanda s'il était satisfait.

— Ça va pas, non ?!

— Qu'est-ce qui ne va pas ? Tu es vivant, pas vrai ?

— Pourquoi m'as-tu transformé en crapaud !?

— Je t'ai transformé en crapaud VÉNÉNEUX ! D'une espèce qui n'est pas affectée par le venin du serpent qui t'a mordu.

— C'est bien gentil, mais ça me fait une belle jambe !

— Jeune ingrat... dit la fée distraitement, regardant ses ongles.

— Et qu'est-ce que je fais maintenant pour redevenir humain ?

— C'est très simple. Je vais retourner sur mon nuage. Si tu parviens de nouveau jusqu'à moi, je t'accorderai un second vœu : te transformer en petit garçon, par exemple.

— Le même que j'étais ?

— Pour qui me prends-tu ?

— De toute façon, gémit le crapaud qui venait de regarder ses membres abominables, je ne pourrai jamais bondir jusque là-haut avec ces cochonneries de pattes-là !

— Fais-toi aider.

— Mais qui voudra aider un horrible crapaud à monter jusqu'aux nuages ?...

— Surtout quand tu commenceras à expliquer que c'est pour que la fée aux cheveux noirs qui se tient dessus te retransforme en petit garçon !

— Personne ne me croira !

— Ah ! ça, tu as raison. Mais ce n'est pas mon problème. Et puis tiens ! Parce qu'aujourd'hui, c'est la fête nationale de la création du Bangladesh, je resterai au-dessus de ton trampoline, disons, quatre jours !

Au même instant, ou presque, Vichtrouknpash dormait. Mais cela prit fin à son réveil. Et là, c'était le matin. Le soleil se levait sur le champ de pâquerettes australien. Et le matin, dans les champs de pâquerettes australiens, s'ébaudissent et se goinfrent de sympathiques vaches. Vichtrouknpash échangea des nouvelles avec les bovidés bruns puis repartit en gambadant comme une illuminée, car Vichtrouknpash était une grande optimiste.

Deux heures et quarante minutes plus tard, la maman kangourou se figea soudain, hantée par l'image d'un petit garçon dont le père était garde forestier et qui croyait dur comme fer qu'elle était son amie. Non, ce petit garçon (qui, avec une désinvolture odieuse, l'avait baptisée du nom d'une marque de beurre d'arachide) ne sautait pas au trampoline, même s'il aboutissait tout aussi haut quand il montait dans l'hélicoptère de son père. Non. Par contre, ce petit garçon lui avait un jour expliqué (Vichtrouknpash ne se souvenait plus très bien dans quel contexte) comment on faisait du beurre : avec du lait ! On prend du lait et on le brasse comme il faut : longtemps et avec vigueur. Vichtrouknpash vira bord sur bord.

Trois heures et cinq minutes plus tard, elle quémandait un peu de lait aux jerseys du champ de pâquerettes. Un paysan laissa choir sa winchester en voyant l'insolite spectacle d'une maman kangourou étirant au maximum sa poche ventrale pour y recueillir du lait qu'elle trayait de sa main droite. Et c'est son flacon de whisky qui s'envola (Allah est grand) lorsqu'il vit la même maman kangourou effectuer des cercles en bondissant comme une hystérique tout en tenant bien fermée sa poche ventrale avec ses deux mains.

Quatre heures plus tard, épuisée, les jambes et la queue molles et lourdes, Vichtrouknpash s'arrêta. Elle ouvrit sa poche ventrale et y découvrit une belle motte de beurre.

Et là, les choses prennent un raccourci parce que le beurre rancit vite dans le désert australien. Quantité d'aventures imaginables, mais dont il ne sera pas question ici, arrivèrent au crapaud. Disons simplement que, question découragement, Baolam commençait à s'y connaître. C'est donc avec désillusion qu'il s'adressa à la maman kangourou lorsqu'il la croisa sous un petit pont, au milieu d'un ruisseau presque à sec.

— Voudriez-vous m'aider ?

— Désolée, mais je n'ai pas le temps.

— Mais vous me semblez être une bondisseuse hors pair !

— C'est gentil, mais la flatterie ne me fera pas changer d'idée, je suis très pressée.

— Si vous m'aidez, un gentil petit garçon fera de vous son amie pour toujours !

— Ah non ! J'ai déjà donné !

— Mais ce petit garçon est champion de saut au trampoline !

Vichtrouknpash s'arrêta net.

— Vite, amène-moi jusqu'à lui !

— Fais encore deux pas.

— Ah... tu voudrais que je te prenne dans ma poche ventrale ? Désolée, elle est remplie de beurre...

— De beurre !?

— C'est une longue histoire.

— Mais non. Je ne veux pas monter dans votre beurre. Je voulais simplement dire que le petit garçon, c'est moi.

— Toi ?

— C'est une longue histoire.

Ils échangèrent leurs histoires puis s'élancèrent : l'une fit de bons bonds, l'autre, de diligents ricochets ; grande optimiste et petit inquiet.

Ils se retrouvèrent au pied du trampoline à midi quatorze. En haut, tout en haut sur son nuage, la fée bâillait en regardant sa montre. « Bon, c'est pas tout, ça, j'ai de la vaisselle en retard à la maison. »

— Attendez !

Se penchant vers le trampoline, la fée aperçut ce qu'elle crut être une souris géante portant dans sa main un mini-crapaud.

— Mais, les souris n'ont pas de mains !

Dès le troisième bond de Vichtrouknpash, la fée se rendit compte de sa méprise lorsque le kangourou parvint jusqu'à son nuage. À nouveau, le temps se figea. Observant un moment l'étrange couple, la fée finit par dire :

— Bon ! C'est, de toute évidence, au kangourou de faire un vœu.

Baolam connut un instant de panique. Après tout, cette maman kangourou, qu'il ne connaissait que depuis peu, pouvait très bien le trahir et choisir d'être guérie tout de go. Mais non ! Vichtrouknpash a un nom bien trop charmant pour être une déloyale ordure !

— Je souhaite que tu rendes à ce crapaud son apparence originelle.

— Ça va pas traîner !

La fée ouvrit les bras, retroussa ses larges manches de soie et ferma les yeux.

— Arrêtez !

— Quoi ? Qu'est-ce qu'il y a encore !

— Formule ça d'une autre façon, fit le crapaud en se tournant vers Vichtrouknpash. Dis : l'apparence qu'il avait juste avant la morsure du serpent. Je ne veux pas me retrouver avec une couche et une sucette…

— Je souhaite que vous retransformiez ce crapaud de façon à ce qu'il retrouve l'apparence qui était la sienne juste avant la morsure du serpent. Ça va ?

— Ça va.

— Soit, fit la fée en secouant la tête, les yeux au ciel, qu'on en finisse ! On m'y reprendra à faire des conneries ! Quatre jours à tourner en rond avec rien à lire...

Une fois son devoir accompli, la fée s'envola faire sa vaisselle.

Lorsque Baolam, redevenu jeune garçon, et la maman kangourou atterrirent sur le trampoline, Vichtrouknpash sentit des petits coups dans son ventre. Son bébé voulait sortir ! « Mais, c'est bien trop tôt ! Vite, vite ! Une de tes mèches ! »

Vichtrouknpash brassa tous les ingrédients dans sa poche ventrale qui commençait d'ailleurs à se décoller.

— Tu vas vraiment boire ça ?

— Je n'ai pas vraiment le choix.

Elle but. C'était dégueulasse ! Pire que du tofu pas frais ! Abominable, atroce ! La bouche de Vichtrouknpash se contorsionna de dégoût. Tout son répertoire de grimaces allait y passer. Et, question grimaces, les kangourous pourraient enseigner durant de longues années aux chimpanzés. Le bébé kangourou vint au monde juste à ce moment. Lorsqu'il mit pied à terre, la première chose qu'il vit fut le visage tordu de sa maman. Le pauvre se demanda ce qu'il avait bien pu faire pour provoquer de telles souffrances, ou... un tel courroux ! Le petit kangourou prit peur et se réfugia, en bondissant comme un expert, sous le premier arbre venu. Et c'était loin.

L'horrible goût finit par s'estomper et Vichtrouknpash se rendit compte, en apercevant le petit point rose caché sous l'arbre, là-bas, que le bébé savait déjà marcher, sauter, cabrioler et bondir. Elle rejoignit son enfant pour le rassurer et le lécher comme il faut. L'habileté innée du marsupial poupon était due au courage, à l'abnégation et à la persévérance de sa maman. Vichtrouknpash avait, au cours de ses aventures de la dernière semaine, tellement marché, cabriolé et bondi que le bébé, secoué de tous bords, tous côtés dans le ventre de sa mère, avait déjà appris tout cela.

Le soir venu, Baolam et Vichtrouknpash se serrèrent la main. Le petit garçon embrassa le front du bébé kangourou puis les regarda sauter, cabrioler et bondir dans le soleil couchant.

Baolam contempla son trampoline, fier de ses exploits. Puis il retourna tranquillement à son village où l'attendait (après quatre jours d'absence) une sacrée volée.

Et ma maman à moi terminait son récit avec cette conclusion : que le bébé soit en avance ou en retard n'est que de peu de conséquence ; l'important est ce que sa maman a dans le ventre.

*

J'avais lu ça tout d'une traite, essayant de ne pas penser au griffonnage de Bébé. J'eus une pensée amicale pour le jeune Hok. Quelle charmante façon de me dire qu'il était au courant...

Bébé s'était endormi au milieu du conte. Sa main, incapable de suivre les lettres défilant à toute vitesse, avait alors cessé d'ébaucher les traits et les courbes. Simultanément, ma vision eut ce petit soubresaut que j'avais mentionné à Mohi.

Bon Dieu ! On me disséquerait vivante !

3

L'idée d'être atteinte d'une maladie dégénérative du système nerveux m'avait démoralisée. Le fait que ce n'était « que » Bébé apprenant à voir et entendre à travers mes sens m'enleva un réel fardeau. Cela occulta, un certain temps, l'éblouissante bizarrerie de ma condition. Quelle merveille ! Quel fabuleux partage des ressources ! Je me pâmais devant ce stupéfiant mode de communication, cette nouvelle proximité, cette intimité envoûtante !

Quelques mois à peine allaient passer avant que je n'aie l'impression d'être emprisonnée par ce captif et dépossédée de mon intégrité. J'étais pour l'instant trop éblouie et affairée pour que s'épanouisse ce sentiment d'oppression.

Pour dire vrai, j'étais subjuguée depuis les toutes premières fois où Bébé s'était manifesté. Dès l'inauguration des coups de pieds, chaque étape de son évolution m'était apparue naturelle. Une évolution étonnante, certes, mais non aberrante. Et puis, la quantité d'émotions s'entremêlant était telle que la raison et le sens critique ne s'y retrouvaient pas. Il y avait une immense satisfaction. Celle du marathonien ? Et puis de la fierté. De l'amour ? Une sorte d'amour qui m'était inconnu, sur lequel je n'avais aucune prise. Et enfin, ce soulagement ! Le soulagement, comme une lame de fond, comme un cyclone, m'avait soulevée du sol, arrachée à la détresse ! Bébé avait englouti le trou béant, la carrière à ciel ouvert de ma solitude ; pour la deuxième fois de ma vie, je n'étais plus seule. Pendant trois ans, René m'avait offert ce cadeau du ciel : l'illusion de n'être pas seule. Bébé m'offrait quelque chose de plus tangible encore.

Tant que la communication resta sans mots, je projetais totalement mon amour dans ces caresses avant de dormir, et dans nos petits jeux avec les chiffres. C'était la dualité à sens unique telle qu'on la crée avec son chat ou sa perruche. Mais avec la vision et l'ouïe que venait d'acquérir Bébé, nous nous engagions dans quelque chose de beaucoup plus profond et complexe.

*

L'apprentissage par Bébé du tracé digital et plus particulièrement de l'écriture eut pour conséquence l'arrêt définitif des coups de pieds. Que ce fût pour les loisirs ou la communication, Bébé s'était rendu compte de la supériorité du manuel sur le *cum pedibus*. Pendant des semaines, je consacrai le plus clair de mes heures de loisir à lui enseigner les rudiments de la lecture et de l'écriture. Assoiffé de savoir, Bébé exigeait des cours permanents. Comme un enfant normal, quoi. Ce fut le début d'une période sereine et réjouissante.

*

L'été s'annonçait étouffant, comme d'habitude. Il me fallut des trésors d'imagination pour camoufler mon ventre sans suffoquer. Mohi suggéra que j'adopte le sari. Il m'apporta de longues étoffes de soie brute aux teintes vives et estivales et m'apprit comment les enrouler.

— Je t'ai choisi les couleurs et les motifs préférés de ma femme. Elle serait heureuse de te voir les porter.

Ophelia m'ensevelit de compliments. Solange trouva que ça faisait vulgaire, comme si un vêtement, en soi, pouvait être vulgaire ! Le caporal jugeait que cette abondance de couleurs « nuisait à la paisibilité des lieux ». Ben, lorsqu'il me croisa, dit, d'un ton monocorde mais chaleureux, qu'Emma aurait avantage à s'inspirer de mon sari pour s'habiller. Cette dernière portait presque toujours la même chose : une jupe longue en coton bleu cendré et un chandail noir qu'elle recouvrait parfois d'une veste en jean. En tout cas, le sari dissimulait tout à fait mon ventre sous les replis du tissu.

Nous étions maintenant quatre à connaître l'existence de Bébé. Quatre à lui enseigner la lecture, trois à lui enseigner l'écriture : Emma se refusait toujours à toucher mon ventre. Lorsque je lui avais offert de montrer à Bébé comment écrire son nom, Hok, lui, s'était précipité.

— Où est-ce que je pose mon doigt ?

— Par ici, monsieur le ministre, attendez que Bébé bouge son index et le dépose sur le vôtre.

— Comment, ô ma reine, peux-tu savoir que c'est son index ? demanda Hok, sceptique.

— Hok ! fit Emma, c'est sa mère, tout de même.

— Qu'est-ce que ça change ? Ma mère ne sait pas que je porte une casquette de base-ball sur ma tête... Pourquoi ? Parce qu'elle ne me voit pas ! Alors, ça pourrait très bien être son pouce.

— La pie... sait-elle qu'elle crie ?

Hok ignora Emma, se pencha vers mon ventre et y poussa son index comme il aurait pesé sur une sonnette d'alarme.

— Eh ! tout doux…

— Ça pardi ! (Grâce à Emma qui avait utilisé l'expression dans sa traduction du conte, pardi fut un des premiers mots de français que Hok adopta.) Ça pardi ! Le voilà ! Voilà son pouce !

— Bon. Maintenant, vas-y, trace ton nom. Doucement, doucement ! Un mot à la fois.

Hok recommença à tracer son prénom.

— HOK, dis-je à voix haute et sur un ton neutre.

— Pourquoi est-ce que ce n'est pas moi qui le dis, mon nom ?

— Tu t'appelles souvent toi-même ? demanda Emma, impatiente.

— Il l'a eu ! Il a écrit mon prénom ! Il sait mon prénom ! s'écria le jeune Bangladais en se relevant.

Hok tapait des paumes.

— Shamsoul, maintenant !

Bébé ne voulut pas. Hok s'entêta cinq bonnes minutes. Bébé se révéla plus têtu que le ministre des Affaires interculturelles. À SHAMSOUL, Bébé subposait HOK HOK HOK.

— L'entêtement de Hok a trouvé un adversaire à sa mesure. Il est fort, le pas ballot !

Hok se releva en regardant Emma et tapa de nouveau des paumes en répétant : « Il sait mon nom ! Il sait mon nom ! »

— Moins fort ! lança Emma. Zoé est dans la cuisine et Alvaro n'est pas parti.

— Bon, de toute façon, je vous laisse, il y a un client qui entre. Je retourne à mes chaudrons.

*

Le passage du code pédestre à la calligraphie digitale était une expérience enivrante. Des lettres ! sous mon ventre ! « Musique », « non », « dormir »... Mais, bon, d'habitude, Bébé passait son temps à répéter ce qu'il entendait, à lire ce qu'il voyait écrit et à vérifier ses connaissances. Oui, Bébé, c'est bien un four à pizza. Oui, Bébé, caporal. Oui, Bébé, un chat. Oui, Chat.

Bébé apprit en un rien de temps les noms de tous les employés. Pour l'exercer et pour élargir son vocabulaire, on colla des petites notes sur les principaux appareils du resto : « four à pizza », « réfrigérateur », « caisse enregistreuse », « autoclave ». Il tentait d'écrire tout ce qu'il entendait : Ben, client, reine, schlich... Quand les mots étaient trop compliqués, je lui donnais un coup de main.

— Monsieur Van Geisegheimnen, voudriez-vous épeler votre nom ici, en lettres carrées ?

— Pourquoi donc ?

— Pour me faire plaisir.

— Mais encore... Je subodore une raison plus pressante. Pour me faire oublier que vous venez d'empocher un muffin à la caroube, peut-être ?

— C'est pour mon enfant, lui dis-je avec un sourire. Je lui apprends à écrire.

— Ah… Quel âge a-t-il ?

— Je n'en suis pas certaine, fis-je, la mine concentrée. Plusieurs mois en tout cas. Pas encore un an et demi, ça c'est sûr, ajoutai-je en me passant la main sur le ventre.

Un sourire s'étendit sur toute la largeur du visage du psychanalyste. Après plusieurs secondes de silence, il finit par dire : « Ah bon... » et se pencha vers la feuille que je lui présentais.

— Voudriez-vous être assez gentil pour ajouter MONSIEUR avant votre nom ?

— Oui, bien sûr… J'ajoute le numéro de téléphone de mon bureau. Au cas où vous désireriez une consultation gratuite.

— Mais t'es complètement folle ! me dit Emma, une fois Stefaan parti.

— Mais non, il croit que c'est un jeu. Au pire, il s'imaginera que je suis névrosée.

*

Lorsque arriva le mois de juillet, Bébé ne conversait toujours pas. Il répétait les mots, comprenait certains concepts : table, chien, oiseaux, ami, clients. Cependant, l'écriture ne demeurait qu'un occasionnel mode de communication. Il se contentait d'apprendre, d'engranger vocabulaire et concepts. Les échanges se résumaient la plupart du temps à la tendresse ou aux manifestations ponctuelles de contentement et de mécontentement.

*

Un autre étudiant requérait mon attention. Cet été-là, une de nos préoccupations à Emma, Mohi, Hok et moi était de reconduire Chat à la félinité. Il fallait d'abord l'amener à une alimentation carnée et par la suite réveiller son instinct de chasseur. Nous avions vite compris qu'il ne fallait pas sauter d'étapes. On ne passe pas du tofu au pigeon ou au rat sans préparation adéquate. La technique du fromage mélangé au tofu avait prouvé ses limites et les premières tentatives pour incorporer de la viande au tofu s'avérèrent tout aussi vaines. J'eus alors l'idée d'épicer légèrement le tofu.

— Pourquoi ? Pourquoi ?

— Conditionnement, Hok, conditionnement. On va l'habituer au paprika. Paprika sur l'avoine, paprika sur le tofu, dans le lait de soja ; partout ! Et un jour, quand Chat s'y sera fait, on lui donnera de la viande saupoudrée de paprika. Avec un peu de chance, il n'y verra que du feu.

— Ça me semble un peu byzantin, fit Hok.

— Je suis certaine que ça va marcher !

Malheureusement, Solange eut bientôt vent de notre projet. Elle s'étouffa d'indignation.

— Du paprika dans du lait de soja ! C'est dégoûtant !

— Oui… triste jour pour le paprika, fit Emma.

— Et de la viande ! De la viande Aux racines de la santé !

— Si je peux me permettre, intervint Hok, toi-même, tu n'es qu'un petit tas de viande.

Hok et Solange étaient, comme toujours, à couteaux tirés. La cuisinière détestait la musique bangladaise au moins autant que le caporal. Elle ne supportait pas le côté enjoué et adolescent de Hok et trouvait sa bonne humeur suspecte lorsqu'il s'adressait à elle. De plus, Solange le méprisait en tant que plongeur.

— Tu es un concentré de tous ses préjugés, avait suggéré Mohi.

— C'est compréhensible d'être raciste, répondit Hok, mais là, y a pas de raison.

Malgré sa camaraderie avec Yé et Parlam, Hok se disait raciste à l'endroit des Tamouls.

— Ce sont des Noirs, d'éternels insatisfaits, des paresseux et des hindous, nous expliqua-t-il un soir, bien campé sur ses deux souliers de course, une haute pile d'assiettes sur les avant-bras.

— Hok, répliqua Emma, dois-je te rappeler que, pour nous, tu es aussi un Noir ? Et croire, comme toi, que Mohammed a un jour brisé la lune en deux puis l'a recollée, ça ne me paraît pas beaucoup plus sérieux que de croire en une déesse possédant un nombre enviable de bras ?

— Je sais, fit Hok avec un large sourire, mais vous, vous êtes pas racistes !

— Et Yé ? demandai-je.

— Quoi, Yé ? Il est super, Yé. Ne mêle pas Yé à ça !

— Mais, Hok ! Yéparhouberham est tamoul !

— Je veux pas le savoir !

— Laisse-le, grommela Emma, il n'y a rien à faire... La mauvaise foi ne décroît pas avec...

— Je suis une mauvaise langue, interrompit Hok, mais une mauvaise langue de bonne foi...

Et Hok partit tout souriant avec sa pile d'assiettes, croyant dur comme fer nous avoir choquées.

Tout ça pour dire que Solange, alliée à Norman, allait nous mettre des bâtons dans les roues. Faire de Chat un chat n'irait pas de soi.

*

Au cours du mois de juillet, on commença à organiser des soupers en semaine, chacun recevant les membres de notre petit groupe à tour de rôle. Je fus la première hôtesse. Emma, Mohi et Hok firent ainsi connaissance avec l'églisette.

— C'est aussi grand que je l'imaginais, fit Hok en pénétrant dans la nef.

Il est vrai que j'avais tendance à oublier que l'églisette, petite si on la comparait à un véritable lieu de culte catholique, se révélait de dimensions plus que respectables lorsqu'on l'appréhendait en tant qu'habitation. Surtout lorsqu'une seule personne y résidait. D'autant plus que tous les bancs avaient disparu hormis deux, d'un côté et de l'autre d'une longue table à manger (l'autel, dont René avait coupé la base). Il y avait bien ces délimitations artificielles qui découpaient l'espace. René avait conservé quelques agenouilloirs des bancs et s'en était servi pour encadrer la cuisine à droite et la salle à manger à gauche. Le haut plafond, avec ses poutres sculptées qui passaient d'un plan à l'autre du toit pointu, distendait le volume. Peut-on créer de l'intimité dans un lieu qui ajoute trois secondes de réverbération à chaque parole prononcée ?

Pour la première fois depuis bien longtemps, plus d'une personne faisait résonner ses pas sur le plancher de granit grisâtre.

— Y a intérêt à pas échapper de tasse sur le plancher, dit Emma.

— Et en haut ? demanda Hok.

— À gauche, c'est la chambre à coucher.

— Tu habites seule, alors pourquoi mets-tu des rideaux ?

— Hok !

— Laisse, Emma, c'est pas grave. Le rideau était déjà là avant que René s'en aille. On voulait se découper un petit cocon. Et maintenant que je suis seule, je dois avouer qu'une fois la nuit venue, la nef m'intimiderait si je la voyais de mon lit.

— Et à droite ? poursuivit Hok, c'est la chambre pour les enfants ?

— C'est pour faire du patin à roulettes ! coupa Emma.

— Et les toilettes ? récidiva Hok.

— Dans l'abside, derrière cette petite porte.

*

De quoi avons-nous jasé ? Je ne sais plus trop. Je pourrais inventer toutes sortes de choses. De bouffe, j'en suis certaine ; Hok affirmait qu'il était un cuisinier hors pair. Il avait hâte que ce soit son tour de nous recevoir. Sa mère lui avait enseigné dix mille recettes !

— La cuisine asiatique est la meilleure au monde entier de tout l'univers connu !

— Ça tombe bien, fit Emma, à qui j'avais fait part du menu. Nous mangeons du pâté chinois. La Chine et l'Inde dans un même plat.

On évoqua évidemment le boulot. Hok nous rappela quelques anecdotes à propos du caporal et Emma s'en prit à quelques clients. Elle parla également de Ben.

— Qu'est-ce qu'il fait dans cette galère ? C'est pas sa place. Ben devrait être en train de s'occuper des jeunes en difficulté plutôt que de se creuser la tête à inventer des plats végétariens !

— Tu avoueras, plaida Mohi, qu'elle était pas mal, sa dernière trouvaille. Ses crevettes au tofu sont délicieuses.

— Avec la quantité de sucre qu'il met dans sa sauce, j'espère bien que c'est bon ! Et puis, ajouta la ministre de l'Information, il est même pas végétarien !

— Quoi ?!

Mohi perdit son flegme.

— Mais, pourquoi ? demandai-je.

— Il ne connaissait rien à la restauration, alors il s'est dit que la bouffe végétarienne, ce serait plus simple. Et puis, quand il a mis une annonce pour engager un cuisinier, le premier à se pointer fut une première et elle était végétarienne.

— Solange..., fit Hok en soupirant.

— Et l'épicerie ? demanda Mohi.

— Il trouvait les locaux trop grands pour un simple resto. Alors, tant qu'à être dans le grano, je suppose qu'il s'est dit : « Continuons ! »

— Et qu'est-ce qui lui a pris d'ouvrir un resto ?

— Ça, Alice, je ne le sais pas.

— Ah là, vous me décevez, madame la ministre de l'Information...

— Vous m'en voyez désolée, Majesté. Par contre, il m'a dit un truc étrange...

Les traits d'Emma s'adoucirent, lui donnant un aspect à la fois sérieux et triste.

— Il m'a dit qu'il s'ennuyait du centre où il était travailleur social. Quand je lui ai demandé pourquoi il ne laissait pas tomber le resto, Ben m'a répondu qu'il fallait que le commerce devienne rentable avant qu'il puisse l'abandonner.

— C'est normal, fit Mohi. S'il veut avoir un bon prix en le vendant, il faut qu'il puisse montrer des chiffres séduisants.

— Oui, je suppose. Mais ce qui m'a touchée, c'est aussi le ton mélancolique sur lequel il a ajouté : « Sinon, ce serait une impardonnable trahison... »

Il y eut un moment de silence. Hok y pénétra aussitôt.

— Ce serait chouette pour Ben que le resto fasse des profits. Mais pas pour nous ! Il vendrait son commerce et on perdrait notre job.

— Qui te dit qu'on ne serait pas réengagés par d'éventuels acheteurs ? demandai-je.

— Qui nous dit que les nouveaux propriétaires ne changeraient pas la vocation des lieux, répliqua Hok. Il y a des précédents.

— Aux racines de la santé même, admis-je.

La discussion se poursuivit quelque temps.

— De toute façon, nous n'en sommes pas là. Apparemment. Au fait, ai-je ajouté sur un ton peut-être un peu trop brusque, comment se fait-il que Ben ne fasse pas de profits ? Le resto est pourtant assez achalandé...

Je sentis Emma sur la défensive lorsqu'elle répondit. La grande brune continuait de voler Ben. J'aurais peine à estimer le montant qu'elle pouvait empocher par semaine, mais elle encaissait les sous d'environ une dizaine de clients rien que dans l'heure de pointe. Lorsque Emma était à la caisse et moi au comptoir de sandwichs, je l'observais du coin de l'œil. Ma réprobation ne m'empêchait pas d'admirer la puissance de son calcul mental. Je crois qu'elle me surprit à quelques reprises la fixant du regard pendant qu'elle compulsait discrètement ses bouts de papier pour en extraire les totaux. Emma devait bien se douter que j'avais compris son manège.

— Je sais pas, répondit sèchement la grande brune. Ben m'a dit qu'il arrivait à peu près kif-kif en se payant un salaire plus que modeste.

— Peut-être qu'on devrait se modérer avec les repas gratuits, suggéra Mohi en nous regardant successivement, Emma et moi, ne comprenant pas d'où surgissait cette soudaine tension.

— Ça ne changerait rien, protesta Hok. De toute façon, on en jette toujours à la fin de la journée malgré tout ce qu'on mange, alors ça peut pas être bien important. C'est pas là qu'est le problème.

Emma, d'une voix mal assurée, suggéra que le menu y était peut-être pour quelque chose.

— Solange s'entête à faire des plats macrobiotiques alors que les clients qui aiment ça se comptent sur les doigts d'une main.

— Tout ce qu'on peut faire, conclut Mohi, c'est faire notre boulot du mieux qu'on peut.

— Ah ! que c'est beau ce que tu viens de dire là, fit Hok en imitant Ophelia.

*

À la fin de la soirée, on alla s'installer dehors pour humer l'air. Bord de l'eau est un quartier mésestimé. Il a pourtant du charme. J'admets qu'il y a un tas de maisons carrées dont l'architecture donne mal au cœur. Ô qu'il est facile de détester ces briques de verre et ces façades jumelles et jumelles et jumelles encore, tant et si bien qu'un enfant qui a oublié son adresse se retrouve en face de sa maison perdue comme en Patagonie. Abondance de blockhaus de riches de la rue Meilleure ; d'horribles maisons taillées au porte-mine de plastique inventent le rococo blafard. Allez voir la dernière maison au nord-est de la rue Grande-Allée !

Mais Bord de l'eau sent et suinte la nature ! Une odeur de haie, de pelouse et de rivière boueuse ; effluves de lilas, de mimosa ; miasmes de poissons putréfiés, d'anguilles égarées, de pommes molles et flétries. Le tout, curieusement, charme les nez indulgents et attentifs. C'est d'ailleurs ainsi que René évoqua ce quartier la première fois qu'il suggéra d'accepter l'offre de nos mères qui désiraient nous prêter l'argent pour acheter l'églisette. L'été, s'y partagent trois ou quatre sous-saisons. Celle des marrons, celle des fruits fèviformes rouges, celle de la mousse blanche qui s'accumule contre les trottoirs et celle où des tonnes d'hélicoptères tombent des érables. Bruits des cigales, des criquets ; bourdonnement des taille-haies ; plain-chant de la rivière… Bord de l'eau bat la diane des souvenirs. Me rend nostalgique, quoi.

*

Mes invités quittèrent vers onze heures.

— Bonsoir, Mohi.

Pendant qu'on se donnait l'accolade, Bébé écrivit « Mohi ». Cela me fit sursauter.

— Qu'est-ce qu'il y a ? demanda le Bangladais.

— Il vient d'écrire ton nom ! Je crois qu'il te dit bonsoir ! C'est la première fois qu'il communique avec l'extérieur ! Allez, réponds-lui !

— Mais, je ne sais pas son nom. Lui as-tu donné un nom ?

Je reçus la question comme un choc. Je n'y avais jamais pensé. Comme si le fœtus n'avait pas de vie propre. Je ne savais pas quoi dire.

Bébé répondit à ma place en écrivant B-É-B-É-A-L-I-C-E.

— Il dit qu'il s'appelle Bébé.

— Eh bien, bonsoir, Bébé !

Comme je me retournais vers Emma, Hok prit les devants.

— C'est à mon tour.

— Vas-y, vas-y, gêne-toi pas..., fit la grande brune.

Aussitôt après l'accolade, Hok mit sa main sur mon ventre pour sentir les lettres.

— H-O-K.

— Bonsoir, Bébé !

— Bonsoir, Bébé, fit Emma, timidement, après notre accolade.

Cela terminait bien la soirée. J'en oubliais même le fait que personne n'avait dit quoi que ce soit sur le repas. Bon, je savais que je n'étais pas une grande cuisinière, mais quand même. Pas un mot ! Plus tard, en faisant le ménage de la cuisine, je plongeai un doigt dans le reste de pâté chinois. Je dus m'avouer que ce n'était pas fameux ; ça ne goûtait pas grand-chose. Je n'aurais pas dû mettre du maïs en crème. Et la viande était bien trop grasse ! Il y avait trop de sel et pas assez de poivre. L'autoflagellation allait bon train lorsque Bébé intervint.

— Bon-Alice-Bon.

— Quoi, bon ?

— Doigt-Bon.

Je regardai mon index encore humide et repris un peu de pâté.

— Oui-Doigt-Bon-Alice-Bon.

Je m'endormis ce soir-là en rêvant de recettes et de conversations avec Bébé.

*

Vers la fin du mois, René avait ouvert un nouveau site. Sans me prévenir, Hok installa un soir son portable sur la première table du galion. La cour s'agglutina devant l'écran, Ophelia ayant affirmé avoir entendu Dieu se retirer au paradis.

Vous aurez remarqué, si vous êtes parmi ceux qui se plaignent de la concentration de la presse mais ne font rien pour lutter contre ce phénomène (à savoir acheter *Le Petit Journal*), que votre journal était illisible ce matin. Je suis responsable du gâchis. Veuillez excuser cette intrusion dans votre quotidien. Mon équipe et moi avons remplacé l'encre de tous les journaux de la ville, sauf l'indépendant *Petit Journal*. La seule page lisible était, comme vous vous en serez aperçu, la page insérée par nos soins et sur laquelle on lisait notre pamphlet contre la concentration de la presse.

Juste comme j'allais passer un commentaire sarcastique, la voix de Ben nous fit sursauter.

— Ça semble intéressant…

Le patron s'était approché en silence, mais il avait parlé sans ironie. Tout le monde resta assis les fesses serrées, surtout Ophelia qui nous avait assurés qu'il était parti pour de bon.

René continuait en rappelant comment tous les journaux avaient démoli sa campagne contre les transports individuels ; il parlait des croisements incestueux entre la presse écrite et la presse électronique, entre les médias et l'industrie via la publicité, entre les médias et les gouvernements, et ainsi de suite.

L'information est devenue comme un fleuve qui s'étend le long de nombreux méandres, multipliant ses bras et donnant l'illusion qu'on s'abreuve à diverses sources, alors qu'on aura toujours bu la même eau.

— Il a bien raison, dit Ben.

Un fleuve au delta si étendu qu'il est endoréique, ses eaux s'évaporant ou pénétrant le sol de sable avant d'atteindre l'océan Démocratie.

Son geste délinquant, disait-il, avait pour but d'attirer l'attention des masses sur cette attaque contre la démocratie et patati et patata.

— Pour qui se prend-il ! De toute façon, on sait déjà tout cela ! éclatai-je. Il m'emmerde.

— C'est bon de se faire rappeler les évidences de temps en temps, rétorqua Ben avec douceur.

— C'est le mari d'Alice, dit Hok en s'adressant à Ben d'un air entendu.

Je vis Emma foudroyer Hok du regard. Ce dernier se tourna vers moi et se donna une bonne claque sur une joue en lançant sur le même ton que l'aurait fait Emma : « Hok ! »

J'observai Ben. C'était fascinant. On aurait dit une transfiguration. Il ne perdait pas un mot, pas une allusion, pas une intonation ni un regard. C'était comme si j'avais toujours vu cet albatros marcher et que je le voyais soudain prendre son envol. Son regard plana vers mes yeux avec une telle souplesse que son inquisition ne me sembla ni impertinente ni pernicieuse. Un simple panier attendant une pomme mûre. Sans réfléchir, je me mis à lui parler de René et moi. Sans mentionner Bébé, évidemment.

Ben étonna tout le monde lorsqu'une cliente se pointa au milieu de mon récit.

— Hok, va servir la dame, je la connais : elle parle anglais.

— Mais je ne sais pas me servir de la caisse !

— Note les montants sur un bout de papier. Quelqu'un te montrera à manipuler la caisse…

Emma se raidit sur sa chaise pendant que Hok se levait.

— Vraiment !? Ça pardi, j'y vais !

Hok était enchanté. Lorsqu'il revint, fier de son exploit (il avait servi un café et une tarte aux pommes), j'en étais aux fausses biographies de René.

— Allons voir sa biographie d'aujourd'hui, dit le ministre des Affaires interculturelles en se rassoyant aux commandes de son portable.

Le premier contact avec Alice m'avait laissé sur ma faim. Il est difficile de se faire une idée au sujet d'une personne confinée aux entrailles de sa mère. Surtout si l'on se trouve soi-même dans la même situation. Néanmoins, l'apaisement qui irradiait de ce ventre voisin avait percolé jusque dans mon lac amniotique au moment même où ma mère lisait la liste d'achats à voix haute en épelant chaque mot mal orthographié.

À l'âge de quatre ans, je rencontrai plus décemment la femme de ma vie. Cela se passa au dépotoir municipal de Saint-Romuald. Son beau-père du moment y était maître trieur. Plastique ici, verre là, papier en haut et vieux jouet pour la môme : « Hop-là, dans ma hotte ! » Nicolas, le beau-père, recueillait tous les jouets qu'il croyait pouvoir rapiécer. Cela lui prenait parfois jusqu'à trois poupées pour pouvoir en reconstituer une. Il enfournait les morceaux pêle-mêle dans son grand sac en ratine rouge puis, à la fin de la journée, faisait un détour par son atelier et commençait par désinfecter tout ça.

À cette époque, ma mère enseignait dans une petite école de campagne, près de Saint-Romuald, et effectuait matin et soir le trajet en train. Elle me confiait avec hésitation à la garderie du village à huit heures et m'y récupérait une fois ses classes terminées. Nous passions ainsi tous les jours devant le dépotoir municipal de Saint-Romuald. Pendant que je comptais les poteaux d'électricité qui passaient (me contentant de vérifier s'ils étaient

bien groupés par dix), ma mère observait à chaque passage cet homme qui la fascinait. Ce dernier se promenait dans le dépotoir (distant de près d'un demi-kilomètre) comme s'il était chez lui, fouillant dans les monticules de détritus.

Ma mère apprit d'un voisin de banquette que monsieur Nicolas était maître trieur. Elle en fut très impressionnée. Maman répétait souvent que le succès n'importait pas : « Ce qui mérite considération, ce n'est pas le succès, mais l'excellence ! » Elle s'irritait quand les gens confondaient les deux notions. « Et l'on n'atteint l'excellence que si l'on est passionné ! » Elle m'emmena donc un jour au dépotoir de Saint-Romuald pour m'y donner une leçon de choses, pour observer un homme qui, selon certains critères de la société, n'avait pas réussi, mais qui excellait néanmoins et s'investissait avec passion et intégrité dans ce qu'il faisait : trier les ordures. Ce qui précède vaut bien les deux remarques suivantes. Un : ma mère aurait aussi bien pu me parler en chinois. Deux : si j'avais compris ce qu'elle me racontait, j'aurais été sidéré par la phénoménale puissance de son pouvoir déductif : découvrir tant de choses sur un homme, rien qu'à sa démarche dans un dépotoir. Et de si loin.

Ma mère se trompait. La passion de Nicolas, multiple, n'avait rien à voir avec les ordures : Nicolas aimait la mère de ma douce, ainsi que cette dernière. Il adorait aussi rabouter les vieux jouets.

« Nous aimerions vous regarder travailler... », dit ma mère. Nicolas nous regarda. Il finit par hausser les épaules. Juste avant de s'en retourner vers une pile de vieux jouets, il baissa la tête et me fit un clin d'œil.

Ma future épouse se retrouva quant à elle au dépotoir parce que sa mère, ce même jour, voulait rappeler à Nicolas de chercher un vieux compresseur pour réparer leur frigo.

Ma future belle-mère demanda à Nicolas ce que ma mère faisait là. Nicolas, qui se sentait inutilement coupable, comme seuls savent le faire les amoureux innocents, marmonna une incohérence quelconque. Éclata alors une crise de jalousie qui nous permit ma douce et moi de nous éclipser, partant sur des trajectoires quasi parallèles. Après quelques explications, tous trois se calmèrent. Puis, nouvelle explosion d'émois : « Les enfants ont disparu ! » Notre bas âge (nous n'avions que quatre ans) rendait la chose inquiétante.

On nous retrouva assis dos à dos. Je regardais avec l'attention d'un philatéliste une petite mare boueuse où se côtoyaient des araignées, des larves et des cloportes que survolaient de splendides mouches chatoyantes. Ma course de la biologie au génie moléculaire démarrait. Alice, quant à elle, était assise devant un monticule de bric-à-brac. S'y superposaient quelques grille-pain démodés, un cheval en bois, un polichinelle de chiffon, une console de jeu électronique, une poupée russe, un casque 3D, quelques ordinateurs et des écrans tordus. Son engouement pour l'anthropologie et l'histoire venait au monde.

Nous n'eûmes pas l'occasion de nous parler, car nos mères nous arrachèrent à nos contemplations respectives. Mais à travers nos colonnes vertébrales et nos omoplates, nos consciences s'étaient touchées et avaient reconnu dans l'équilibre parfait de nos deux troncs un échafaudage précieux, solide et rempli de promesses. Mon dernier souvenir de ce premier contact ex vivo est la petite voix d'Alice qui disait, avec un calme surprenant chez une enfant de cet âge : « Ne pleure pas, maman. Ce n'est rien. Tu vois, je n'étais pas perdue. Ne pleure pas... »

Sans que je sache trop pourquoi, ce dernier faux souvenir me fit venir les larmes aux yeux. Je dus me mordre les joues pour ne pas m'effondrer en pleurs. Je fis bifurquer ma détresse vers une colère salvatrice.

— Encore ces divagations sur notre passé ! Dans un dépotoir ! C'est charmant ! Il a du talent ! Faire du cucul avec un dépotoir !

Ben ne dit rien et me regarda en silence. Oui, Ben, pensai-je, il y a du vrai dans ces élucubrations, Nicolas a existé et me rapportait des jouets, mais c'était beaucoup plus tard, quand j'avais neuf ans. Non, Hok, je ne me rappelle pas être jamais allée au dépotoir avec ma mère ! Si je consolais vraiment ma mère à quatre ans ? Je ne sais pas, Ben, je ne sais pas…

*

Lorsque Ben et les autres se retirèrent, je pris conscience du silence de Bébé. C'était désagréable et s'apparentait à de la bouderie. Ce n'était pas la première fois que je le sentais ainsi se retirer. Je ne m'y habituais pas. Plus tard, en montant l'escalier pour aller faire la caisse, je crus me souvenir que Bébé s'était tu lorsque Hok avait lu la biographie de René. Quel tas de niaiseries, me dis-je. Cette écœurante scène avec les larves ! Et les enfantillages avec les journaux ! Tiens ! Personne n'a fait remarquer que les journaux n'avaient pas été altérés ! Qu'aucune de ces campagnes n'était autre chose que les élucubrations d'un cerveau troublé. Fabulations, tout ça ! Quelle pathétique façon d'enterrer sa douleur !

Comme j'ouvrais avec rage la porte du bureau de la comptabilité, je reçus un coup de poing dans le ventre.

J'étais tellement habituée à ne plus encaisser de coups de pieds que je faillis tomber sur les genoux. Je dus me retenir à la poignée. Je crois que ce fut la portée symbolique du geste qui m'accabla. Un coup de pied, venant d'un fœtus, on s'y attend, c'est dans l'ordre des choses. Mais un coup de poing ! C'était la terrible violence que porte en elle l'image du coup de poing qui me bouleversait.

— Bébé !

— …

— Pourquoi ?

— Fâché…

— Je vois bien, mais pourquoi ?

— Fâchée.

— Tu l'as déjà dit, mais je te demande pourquoi.

— Fâchée, fâchée e e e !

Parce que moi, j'étais fâchée !

*

Une fois de retour à l'églisette, Bébé se fit tout câlin, me demandant même de fredonner : « Lit de son, lit de son ! » Je savais que cela me ferait du bien à moi aussi, alors je chantonnai. Les vibrations naissaient de ma gorge, résonnaient dans ma boîte crânienne, se propageaient au thorax puis au ventre pour envelopper Bébé. Quand je ressentais ainsi le besoin de tendresse de Bébé, j'oubliais tout. Ce soir-là encore, tandis que je percevais le bien-être de cette petite chose que j'enveloppais d'amour, le souvenir de son geste révoltant s'estompa, obscurci par une nuit de douceur où j'oubliai tout.

Le lendemain matin, le souvenir du coup de poing revint me hanter. Un sentiment de colère et de lassitude me troubla et m'accompagna jusqu'au travail.

— Comment va-t-il ? demanda Stefaan Van Geishemneen sur un ton qui disait clairement : « Jouons à votre petit jeu, je vous suis. »

— Pas très bien. Hier, il m'a foutu un coup de poing, dis-je, une main contractée sur le ventre.

— Un coup de poing ! Ce petit sait ce qu'il veut.

— Ou ce qu'il ne veut pas…

— Ou ce qu'il ne veut pas, bien sûr. Savez-vous ce que c'est ?

— Oui. Il trouve que j'insiste trop sur la grammaire.

— Je ne crois pas que ce soit ça… En général, les pugilistes ne sont guère préoccupés par la grammaire…

— C'est pourtant ainsi. Et ce sera 8,00 $, tout compris !

Comme d'habitude, Mohi vint prendre son thé près de la caisse après son quart. J'avais hâte d'aller le rejoindre pour lui parler du coup de poing et voir ce que ce père de deux enfants en penserait. Je n'avais pas eu le temps d'en parler à Emma : la journée avait été chargée et elle avait quitté les lieux dès neuf heures pour aller rejoindre son nouveau chum.

Mohi semblait morose. Immobile, il entoura sa soucoupe de deux pouces et deux index, comme s'il cherchait à lui soutirer des informations. Dès que je pus, je suis allée m'asseoir à sa table, l'abordant en anglais.

— Longue journée ?

— Il y a quelque chose qui te tracasse à propos du petit ? demanda-t-il au lieu de me répondre.

— Pourquoi dis-tu ça ?

— Quand tu commences en anglais, c'est presque toujours pour parler de lui sans qu'il te comprenne.

— Oui, c'est vrai. Je voulais ton avis au sujet de Bébé, mais là, j'ai plutôt envie que tu me racontes ce qui t'arrive. Je ne t'ai jamais vu dans cet état. Qu'est-ce qui ne va pas ?

Mohi lâcha sa tasse. Il posa ses mains sur ses jambes, près de la table, regardant son thé avec détachement.

— Je suis inquiet, dit-il au bout d'un moment.

— Inquiet ? Pourquoi ?

— …

— Ta famille ?

Il regarda dehors. Une belle nuit. Quelques hauts nuages qu'argentait la lune. La rue était très calme, on entendait même des grillons par la porte donnant sur la terrasse. Mohi finit par hocher la tête.

— Je n'ai pas eu de lettres de ma femme depuis trois semaines.

— Le courrier a peut-être du retard.

— C'est ce que je croyais au début, mais j'ai reçu hier une lettre de mon oncle datée d'il y a une semaine.

— Une lettre se sera égarée, ça arrive, ces choses-là.

— En trois semaines, j'aurais dû recevoir au moins deux lettres.

— Et le courriel ?

— Quand j'ai dû quitter Dacca, ma famille est partie pour la campagne chez une des sœurs de ma femme. C'est un petit village assez reculé, elle ne peut pas s'y connecter.

— Et le téléphone ?

— On le garde pour les urgences ; ma femme peut se débrouiller entre nos économies et son petit boulot, mais elle doit faire attention. C'est pour cela que je ne l'ai pas appelée avant. Mais je l'ai fait ce matin et il n'y avait pas de réponse.

— Tu dis que le téléphone est pour les urgences. Si quelque chose n'allait pas, elle t'aurait appelé.

— Oui, peut-être.

— Oui, sûrement !

Mohi esquissa un sourire. Il secoua la tête pour égoutter ses idées noires.

— Et toi, qu'est-ce qui te tracasse ?

— Non, non, non ! J'en ai pas fini avec toi ! Pour une fois que c'est toi qui te confies. Parle-moi un peu de ta femme et de tes filles.

Et là, ça déboula pendant près d'une heure. Ses yeux brillèrent lorsqu'il évoqua la première rencontre avec sa femme, une Hindoue. Le timbre de sa voix s'enrichit d'harmoniques lorsqu'il me parla de ses deux filles élevées dans les deux religions avec l'espoir d'en faire des agnostiques. Ce n'est qu'en abordant son métier d'ingénieur et les raisons de son exil qu'il retrouva le ton plus pondéré que je lui connaissais.

Mohi avait dirigé la construction de dizaines de barrages, digues ou canaux d'irrigation. Il raconta qu'il avait été témoin de tant d'incompétence et de malversations dans la planification et le développement des ressources hydrauliques et de l'aménagement des eaux en général qu'il en était venu à douter de la bonne foi des dirigeants de la multinationale qui l'employait.

— On construisait des barrages au Bangladesh, en Inde et au Pakistan, et presque une fois sur deux, le résultat était catastrophique : inondation, appauvrissement des sols, destruction du patrimoine culturel, etc. Dans tous les cas, c'était dû au manque de ressources et de sérieux dans les études préliminaires. Ici, on avait négligé l'impact de l'apport des alluvions par les crues du fleuve dont les barrages privaient les sols en aval. Là, quelqu'un avait choisi de planter 100 000 arbres pour consolider les digues d'un lac artificiel ; les arbres étaient d'une essence exotique et ne pouvaient s'adapter à leur nouvel environnement. À la crue suivante, les arbres étaient morts. La fragilisation des sols avait provoqué l'affaissement des digues. Tous les tests et études d'impact étaient réduits au minimum afin de maximiser les profits. Et pour récompenser toute cette incurie, notre compagnie se voyait octroyer des subventions mirobolantes pour fabriquer des « digues d'urgence permanentes », comme ils les appelèrent. On nous offrait tous les contrats qu'il fallait pour réparer nos erreurs, aux frais de l'État, bien sûr.

Quatre ans avant d'aboutir ici, Mohi, dégoûté, avait quitté le secteur privé pour travailler comme haut fonctionnaire affecté à l'aménagement des eaux au sein du gouvernement du Bangladesh. Les partenariats avec l'industrie privée étaient à la mode. Il fut vite confronté aux mêmes problèmes. Lorsqu'il fut question de privatiser le Gange, ce fut donc pour des raisons écologiques autant que par solidarité avec la religion de son épouse que Mohi se révolta. Il créa un mouvement indo-bangladais pour la protection et la sauvegarde du Gange et de l'eau en général.

— Sans négliger le caractère sacré du Gange, nous défendions le principe que l'eau appartenait à tout le monde et que nul ne pouvait s'arroger le privilège de prélever une dîme sur celle-ci. (Il avait été question qu'une fois ses berges aménagées et son débit régulé par une série de canaux et de barrages, on fasse payer l'accès au Gange !)

Mohi perdit son emploi, le ministère arguant que « son engagement social était incompatible avec l'objectivité requise dans le cadre de ses fonctions » ! Il continua à œuvrer dans le mouvement qui s'appelait maintenant la FAW^2O, la *Free All World's Water Organization.* Il commença bientôt à recevoir des menaces. Puis vinrent les petits méfaits : pneus crevés, vitres brisées. La peur s'installa quand il reçut par la poste une photographie de ses deux enfants sortant de l'école.

La FAW^2O était devenu un vaste mouvement qui ne dépendait plus seulement de lui. Ses membres passèrent à la clandestinité et Mohi réduisit ses activités autant qu'il put tout en essayant, lui aussi, d'agir dans l'ombre. Il avait fini par tout arrêter. Cela n'avait pas suffi à calmer ceux que ses prises de position dérangeaient. On considérait qu'il était devenu un symbole et que tant que ce symbole demeurait dans le sous-continent, la FAW^2O ne disparaîtrait pas. Les menaces contre sa famille se précisèrent et on lui fit comprendre que son exil serait la seule façon d'assurer leur sécurité. Il se réfugia ici, se disant qu'il ferait venir sa femme et ses filles sitôt qu'il trouverait du boulot comme ingénieur. Une question de semaines, s'était-il naïvement figuré. Mais ce n'était pas si simple. Il lui fallait se recycler. Entre les frais d'université et la survie (la sienne et celle de sa famille), les économies accumulées du temps où il était haut fonctionnaire fondaient comme banquise au soleil. C'était une course contre la montre : il était impératif qu'il finisse ses études et trouve du travail comme ingénieur avant d'avoir épuisé toutes leurs économies

— Et là, comme si je n'avais pas assez de soucis, plus de nouvelles !

— Mais pourquoi s'en prendraient-ils à ta famille ? Tu ne peux plus leur nuire depuis que tu as quitté le pays.

— Tu as raison. Il ne s'est probablement rien passé. Elles sont sûrement en vacances, fit-il pour clore la conversation.

— Au bord du Gange, il n'est pas encore privatisé.

Mohi réussit à sourire.

Il semblait plus détendu en quittant Aux racines une demi-heure plus tard. J'avais profité moi aussi de la conversation : cela mettait mes petits problèmes en perspective.

Avant de partir, Mohi avait eu la générosité d'oublier un moment son angoisse et de se pencher sur mon problème. Je ne devais pas m'en faire, dit-il, Bébé s'était inquiété, voilà tout. Son coup de poing n'était qu'une question maladroitement posée. Je veux bien, mais que pouvais-je lui répondre, à Bébé ? Et puis, j'y croyais plus ou moins. Bébé s'était choqué parce que je m'étais fâchée : il n'avait pas toléré ma saute d'humeur. Son coup de poing venait de me faire pénétrer dans une cellule où il n'y aurait pas d'immunité pour mes sentiments. Mensonges, affectations, désirs, peines, craintes égocentriques... Autant de costumes qu'en mon ventre on percevait, on observait, comme on goûte un paysage. Il me faudrait doser mon âme !

*

Finalement, c'était une fausse alerte. Deux lettres avaient effectivement été égarées. Mohi ne regrettait pas de s'être confié. Il était heureux d'avoir évacué un trop-plein d'angoisse. Et j'étais heureuse d'avoir pu lui accorder un peu de cette attention et de cette gentillesse qu'il me témoignait depuis qu'on se connaissait.

*

Aux racines, la tension montait entre Hok et Solange. La cuisinière laissait couler des casseroles pleines de sauce dans le lavabo quand le plongeur venait tout juste d'en changer l'eau.

Hok se vengeait en remplaçant le sel par du sucre, le poivre blanc par des grains de coriandre et ainsi de suite. Solange (d'après Hok) glissait subrepticement des couteaux bien affilés au fond du lavabo. Hok répliquait en passant une vadrouille avec de l'eau sucrée devant les fourneaux. Et ainsi de suite.

Ce jour-là, Solange avait délibérément posé (toujours selon Hok) une poêle encore brûlante à côté du lavabo. Hok l'empoigna sans se méfier et se brûla sérieusement. Il courut à la cuisine, ouvrit le frigo, prit un grand contenant de gaspacho et y plongea sa main endolorie en dévisageant Solange, stupéfaite.

— Merci, tu m'as sauvé.

— T'es malade ! Mettre ta main dans...

— T'en fais pas, la poêle que tu m'as refilée toute rouge me l'a bien désinfectée. Mais... à bien y penser, tu as raison, vaut mieux ne pas prendre de risque.

Et Hok vida le contenant de gaspacho dans une poubelle.

— Tu es fou ! As-tu idée du temps que ça prend pour préparer tous ces légumes ! Tu vas me le payer.

— Comme tu veux, mais quant à moi, nous sommes quittes, madame la ministre déléguée aux Colonies.

Ce jour-là, à la fin de l'heure de pointe, Hok vint me voir, ou plutôt, vint NOUS voir avec enthousiasme. Hok s'était mis en tête de converser avec Bébé. Il s'était procuré un dictionnaire anglais-français ainsi qu'une grammaire. Il faisait des progrès remarquables.

— Aujourd'hui, Solange m'a brûlé, dit-il, s'adressant à mon ventre. Mais j'ai jeté la soupe de elle pour me venger.

Il mit sa main sur mon ventre pour lire la réponse. Il faisait cela à tout bout de champ ; c'était insupportable et risqué : Hok oubliait souvent de vérifier s'il y avait quelqu'un dans les parages.

— Bah, ils vont penser que je fais obsession sur les ventres, comme dirait ton Van machin. Tiens, si quelqu'un voit moi tâter ton ventre, j'irai faire la même chose avec celui d'Ophelia !

— Mais tu n'as pas besoin de lire sa réponse, je peux te la dire !

— Je sais, mais comme ça, c'est plus personnel, j'ai un contact direct avec lui.

Bébé aimait beaucoup Hok. Lorsque je voyais ce dernier s'approcher, il se mettait à écrire Hok Hok Hok à une allure effrénée, parfois en utilisant les deux mains ; j'avais l'impression qu'on me pétrissait les chairs. Il faut dire que les fins de semaine, Bébé se sentait délaissé et me faisait de plus en plus souvent savoir qu'il n'aimait pas ça. Par exemple, en se tournant sur lui-même quand j'apportais une tasse de café à un client.

— Il dit « bravo jeté bouffe » ! s'exclama Hok. Il trouve que j'ai bien fait ! Formidable Bébé, très bon Bébé !

En fait, me disais-je, ce n'était pas la vengeance qu'approuvait Bébé. Il avait simplement une dent contre la nourriture d'Aux racines. Pas un repas que j'y prenais sans qu'il ne proteste : « Mauvais mauvais. Sel plus, sel plus. Tofu ? Tofu méchant tofu. » Et l'inévitable : « Pourquoi pas viande. »

— Dites donc, ma reine, Chat, il ne bouffe toujours pas de viande, fit Hok comme s'il lisait dans mes pensées.

— Eh non... Le paprika, ça n'a pas fonctionné.

— Sauf votre respect, l'idée n'était pas fameuse.

— Je sais, fis-je. Mais j'ai un nouveau plan : on va l'affamer ! On l'empêche de manger et quand il n'en peut plus, on lui donne des œufs et des flocons de poisson !

Emma ne fut pas très chaude à l'idée d'imposer cette privation behavioriste à Chat, mais comme c'était pour le bien du dénaturé, elle s'inclina : « La faim est le meilleur des cuisiniers. Proverbe touareg. »

L'application de notre plan s'avéra plus compliquée que prévu. Depuis qu'il travaillait Aux racines, Norman le macrobiotique s'était arrogé la fonction de nourrice du chat. Non seulement l'idée même que Chat redevienne carnivore révulsait Norman depuis toujours, mais il insistait pour qu'on cesse d'incorporer des œufs à son régime. Nous l'avions donc tenu dans l'ignorance de nos manœuvres, lesquelles consistaient à retirer le bol de Chat dès que Norman avait le dos tourné. Nous répétions l'opération deux ou trois jours d'affilée pour ensuite proposer notre recette au dénaturé.

Solange se rendit compte de notre manège et alla nous dénoncer au macrobiotique qui se plaignit au caporal. Ce dernier se foutait du chat, mais y vit l'occasion de nous embêter. Il nous interdit « le plus formellement possible » de nourrir le chat.

— Chat ! fit Hok, il s'appellera Chat tant qu'il ne bouffera pas de la viande !

*

Un jour, vers la mi-septembre, Parlam vint s'asseoir sur le pont du galion aux environs de dix heures. Il me regarda avec insistance servir un client. Une fois ce dernier attablé, Parlam me fixait toujours. J'eus la curieuse impression qu'il emprisonnait un sourire derrière sa mâchoire. Il tenait d'une main un objet qu'il cachait sous la table.

— Quoi ? Qu'est-ce qu'il y a ?

— Chat.

— Non !

— Il a mangé du bouillon de poulet.

— Seul ? Je veux dire…

Je m'approchai de sa table.

— Non, avec du tofu.

— Quand même… C'est formidable ! Grande victoire ! Comment as-tu fait ?

— Je crois que c'est à cause de la cardamome que j'y ai ajoutée. Ou alors…

Il sortit de sous la table un entonnoir.

— Ou alors, reprit-il, c'est parce qu'on lui a enfoncé de force le bouillon dans la gueule.

— Non ! T'as pas fait ça…

— Pas moi, non…

— Hok ?

— Hé… Qui d'autre ?

— Ah le pendard ! Je me disais qu'il se faisait bien discret ce soir. Les assiettes doivent s'empiler tout partout dans la cuisine.

— C'était pour le bien du matou. Et puis, ça a quand même marché. Après l'ingurgitation forcée, il a terminé son bol de lui-même : tofu ET bouillon.

— Eh bien bravo quand même. Tu diras à Hok que je ne mentionnerai pas son initiative à Emma. Elle lui ferait avaler de l'huile de ricin avec un entonnoir géant.

Le regard du Tamoul se dirigea vers le resto puis vers l'aire de service. Les yeux toujours vagabonds, il grommela : « Je te parle de mon fils et tu me parles de... » Il se tapotait le ventre.

— Hok ? demandai-je en chuchotant pour ne pas réveiller Bébé qui, je le sentais, s'était assoupi peu après l'heure de pointe, après m'avoir réclamé quelques caresses.

— Oh, Hok ne m'a rien dit. Mais le jeune fou a beau être aussi névrosé qu'un adolescent, il n'est pas pervers.

Parlam disait cela avec un sérieux qui pouvait autant effrayer que faire rire.

— Lorsque je l'ai vu à quelques reprises faire ces bizarres attouchements sur ton ventre, attentif comme un fauve à l'affût, je me doutais bien qu'il n'était pas en train de te faire la cour.

Je m'étais approché de sa table.

— Et puis Hok n'est pas seul en cause, continua l'austère Tamoul, son sourire d'il y a quelques instants déjà transformé en improbable souvenir. Avec votre comportement à tous les quatre, on a le choix : on devient paranoïaque ou alors on cherche à comprendre. Et les recherches pointent bien vite dans cette direction-là, continua-t-il en avançant la main vers mon ventre. Au début, j'ai cru à un autre de vos jeux, comme pour le foutu cabinet.

— Dont tu es membre à ta demande, lui rappelai-je.

— Un moment d'aberration mentale. Toujours est-il que j'ai bien vite écarté la possibilité d'un jeu et compris ce qui se cachait sous ton tablier de reine du Monde.

— Ça fait longtemps que tu sais ?

— Je m'en suis douté au tout début, puis j'ai cru m'être trompé vu la durée de la chose. Et ce sont finalement les conversations du jeune fou avec ton ventre qui m'ont persuadé. Je peux ?

Il me montrait sa grande main droite. Je hochai la tête.

— Bébé, dis-je en tapotant mon ventre. Bébé, Parlam veut te rencontrer.

L'aigre Tamoul posa sa main sur mon ventre et Bébé traça son nom. Parlam releva lentement la tête. Il souriait…

— Tu crois qu'il y en a d'autres qui sont au courant ?

— Je pense qu'Ophelia est toujours persuadée que tu as pris du poids ; ça l'arrange. Le caporal et Solange ne te voient pas assez et, surtout, sont trop imbus d'eux-mêmes. Trop occupés à vérifier si on fait bien notre travail. Norman est trop affaibli par son foutu régime pour avoir le sens de l'observation aiguisé.

L'effort de concentration plissait le large front brun foncé de Parlam qui repassait les employés dans sa tête et sur ses énormes doigts.

— Quant à Dieu, on connaît son étourderie légendaire.

— Ah, là, tu vois, je ne suis pas aussi sûre que toi. Et les autres ?

— Les autres ne sont pas moins malins que moi.

— Zoé l'aurait dit à sa sœur.

— Si Zoé sait, elle gardera le secret comme un objet précieux : connaître quelque chose qu'Ophelia ignore ! Quelle aubaine !

— Tu es dur.

— Alors, cet échange ?

Je lui fis un résumé rapide. Arrivé au coup de poing, il émit un grognement.

— Ah, les enfants.

Autrement, il eut la même réaction qu'Emma.

— Tu sais, dans un monde où l'on fait le trafic des organes, t'as intérêt à garder ton trésor secret. Pas de doute, tu vaux plus que ton pesant d'or. Y'a un tas de laboratoires qui se feraient un plaisir d'être vos hôtes pour le restant de vos jours, puis de vos restes pour l'éternité, jusqu'à l'expiration de tous leurs éventuels brevets.

Puis, comme convenu, Parlam me parla de lui. Le Tamoul fut professeur dans une école secondaire pendant plus de dix ans avant d'être accusé de faire partie des Néo-Tigres de libération de l'Eelam.

— En réalité, protesta-t-il, cette accusation fut entièrement fabriquée !

— Alors, tu n'étais pas révolutionnaire ? demanda Alvaro, jovial, en donnant une légère claque sur l'épaule de Parlam avant de s'asseoir avec nous. Je suis déçu.

Parlam fut ulcéré par cette interruption pleine d'entrain.

— Dis donc, Alvaro, tu savais pour la grossesse d'Alice ? demanda-t-il d'un ton sec.

Notre pauvre manutentionnaire faillit s'étouffer.

— Ben oui, enfin… On n'était pas certains.

— Qui ça, « on » ?

— Eh ben… Mendoza et moi. On croyait, enfin, on pensait que c'était peut-être une blague, comme nos ministères, parce que… Ça fait bien longtemps quand même…

— Je vous raconterai ça une autre fois, à toi et à l'ancien. Et toi, Parlam, veux-tu me dire ce qui t'a pris ?

— Tu sais, fit Alvaro, on en était presque certains…

— Ça va, c'est tout oublié, dis-je. Allez, Parlam, cesse de bouder et continue ton histoire !

— Alors… Non, Alvaro, je n'étais pas un révolutionnaire. Par contre, je militais dans la « Free All World's Water Organization ».

— Comme Mohi ! dis-je. Est-ce que vous vous connaissiez ?

— Je savais qui il était, mais mon rôle dans le mouvement était trop insignifiant pour qu'il me connaisse.

D'après Parlam, la compagnie Panasiatique des eaux avait fait pression sur le gouvernement du Sri Lanka pour qu'il enraye le mouvement et rende la vie impossible aux membres de la FAW^2O. Les autorités ne se firent pas prier vu que la plupart des militants étaient tamouls, bien que, toujours selon Parlam, la religion ne comptait que fort peu dans sa décision, et dans celle de tous ceux qu'il connaissait, de lutter contre la privatisation du Gange.

— Le Gange n'était qu'un point de ralliement. Qu'un symbole.

Dans ses classes, Parlam expliquait aux jeunes que l'eau ne pouvait être considérée comme une marchandise parce que, tout comme l'air, rien ne pouvait la remplacer. L'eau ne pouvait et ne devait pas s'adapter aux règles du marché !

— Et puis, un jour, on m'a foutu à la porte. On m'a retiré mon permis d'enseigner, prétextant qu'une réunion des Néo-Tigres révolutionnaires avait eu lieu dans ma classe durant la nuit. Quelle nuit ? On ne le précisa jamais ! Alors, c'était fini !

Je n'avais même plus le droit de donner des cours privés chez moi. Voilà, c'est tout.

— Et ton fils, tu voulais me parler de ton fils.

— Tu as un fils ? s'exclama Alvaro, écarquillant ses yeux de Bambi aztèque.

— Oui, j'ai un fils… Ce n'est pas seulement mon boulot, mais aussi ma fierté qu'on m'a enlevés. Mon fils a très mal pris que je sois congédié. Il a surtout été scandalisé que je nie avoir aidé les Tigres : il a pris ça pour de la lâcheté. J'ai bien tenté de lui dire que la cause que j'avais choisie était tout aussi importante que la libération de l'Eelam tamoul. Pour lui, cette cause-là (l'eau) était trop abstraite et manquait de romantisme. En plus, comme je ne pouvais plus faire vivre notre famille, il a dû se chercher du boulot.

Parlam fit une pause.

— Je ne comprends pas comment il a pu faire ça, mais peu de temps après, il s'est fait engager à la Panasiatique des eaux. À la sécurité !

Parlam se serrait les mains, formant un impressionnant assemblage de doigts et d'amertume.

— Cela lui passera, fit Alvaro avec une douce conviction. Quand il comprendra pourquoi il a fait ça, ça lui passera.

J'allais dire quelque chose, mais un type complètement soûl venait d'entrer. En titubant, l'homme s'accota près de l'épicerie dont l'accès était interdit par une mince corde jaune.

— Il y a quelqu'un ? cria-t-il en regardant dans l'épicerie dont toutes les lumières étaient éteintes.

— C'est fermé, dis-je en m'approchant.

Le type était grand et costaud. Il empestait le scotch.

— Ah, mais vous pourrez bien faire zune exception pour moi.

— J'ai bien peur que non. Moi, je travaille au resto, il n'y a plus personne à l'épicerie.

— S'il y a plus personne, ben y'a pas personne qui pourra savoir que tu m'as donné de la lotion au maïs bleu pour ma femme qui m'attend en retard.

— C'est impossible, monsieur.

— Mais non, ma belle, c'est possible, tout est possible, fit-il en appuyant sur mon épaule avec un doigt.

Je sentis Bébé se retourner.

— Il faut partir, je ne peux pas vous aider !

— Ah ben non ! Pas avant d'avoir mon pot de lotion ou ben si c'est en bouteille.

Il me poussa du bout de ses doigts qui s'enfoncèrent juste au-dessus de mon sein gauche.

J'ai tenté de le prendre gentiment par le bras et le coude pour l'entraîner vers la sortie.

— Touche-moi pas ! hurla-t-il en se dégageant d'un geste brusque. Juste un petit pot, c'est pas impossible, c'est même pas difficile, reprit-il d'une voix doucereuse.

Du coin de l'œil, je vis s'avancer Alvaro, calme et souriant. Il se plaça tout à côté du client. Ce dernier le dépassait d'une tête. Tout en délicatesse, l'Équatorien posa sa main gauche sur le cou de l'homme et lui dit : « Tu vas partir maintenant. » Le type voulut se retourner pour faire face au minus. La main d'Alvaro se referma sur son cou, le pouce s'enfonçant sous sa mandibule. L'Équatorien posa son autre main près de la hanche de l'ivrogne. L'homme se raidit et, sans plus un mot, se laissa accompagner à la porte par Alvaro qui lui suggéra d'une voix apaisante de rentrer chez lui à pied.

Je fus très impressionnée et Parlam encore plus que moi, je crois.

— C'est pas la première fois que tu fais ce genre de chose, lança le Tamoul pendant qu'on revenait s'asseoir.

— J'ai eu une formation en…

— Ce que j'ai vu n'est pas de la formation, interrompit Parlam avec vigueur, c'est de la pratique, beaucoup de pratique…

Le ton était rempli de sévères sous-entendus.

Les épaules d'Alvaro s'affaissèrent. L'insinuation l'avait remué. De ses yeux de biche, il cherchait l'interrupteur qui le ferait disparaître.

— Je suis désolé, fit Parlam en dodelinant de la tête. Tu as droit à tes secrets.

Alvaro se leva et revint du réfrigérateur à boissons avec une bière sans alcool, le visage plus détendu.

— Il m'a donné envie de boire, l'autre là, le soûlon.

Il but une gorgée.

— Je vais faire semblant de boire un coup. Ça va me donner du cœur au ventre…

— Ne dis rien. Parlam n'a pas voulu te vexer. Il a raison : on a tous droit à nos secrets.

Évidemment, je brûlais d'envie qu'il nous dise tout.

— Tu m'as dit que tu allais me révéler le tien ; j'ai entendu les confidences de mon ami maussade…

Il donna deux tapes sur le bras de Parlam.

— Alors, je vais vous dire le mien. C'est simple. En Équateur, j'ai travaillé pendant quelques années dans une milice privée. Je n'ai pas d'excuse, à part ma pauvreté, ma jeunesse et le fait que j'avais une femme et deux enfants (un, au début) à nourrir. Les deux premières années, j'étais dans une escouade d'intimidation. Il s'agissait la plupart du temps de contrats du gouvernement. Quelquefois le fédéral, quelquefois le municipal. Alors, je croyais, ou plutôt, je me faisais croire que c'était légitime. On nous disait : allez dans tel bureau, dans tel entrepôt, dans tel hangar. On s'y rendait et on cassait tout. C'est pas désagréable, à dix-neuf ou vingt ans, de casser des ordinateurs et des lampes à coups de batte de base-ball. Quand il s'y trouvait quelqu'un, on le ou les brassait un petit peu. Quelquefois, il y avait des coups. Mais rien de sérieux. Et puis, peu après la naissance de mon deuxième enfant, on m'a nommé caporal. Je devenais responsable d'une escouade.

On a souri malgré nous.

— Oui, je sais... Mais ne vous empêchez pas pour moi de nommer Eugène Frigon ainsi. Ça lui va très bien, quoique notre caporal ne ferait pas... ne SAURAIT pas faire de mal à une mouche. Lui, il serait plutôt le colonel qui ordonne... C'est ridicule d'être caporal. Dans mon cas, ça voulait juste dire de veiller à ce que les ordres, ils soient exécutés. On me disait aussi d'éviter les débordements.

Il fit une pause.

— Je ne sais pas ce qu'aurait pu être un débordement...

Alvaro but une longue gorgée.

— Vous me direz que c'était déjà moche, mais là, ça s'est vraiment gâché. En moins d'un an, on m'a transformé. Lentement, méthodiquement. Avec un mélange pervers de récompenses, de menaces et de punitions. On m'a d'abord impliqué en me faisant assister à de la torture, puis à pire. Pas longtemps après, ils vont plus loin. Ils vous obligent à aller plus loin. Ils font ce qu'ils veulent avec toi. Et assez vite, on croit qu'on ne sent plus rien.

Ses yeux devinrent tout humides.

— Mais tu as fini par quitter la milice.

— J'ai mis deux ans à organiser ça. Tu pouvais pas quitter la milice comme ça. Quand tu en as trop vu, on tient à toi comme l'homme violent il tient à sa femme. J'ai ramassé mon argent et fait acheter nos billets d'avion en Colombie par un cousin. Ça devenait très dangereux pour moi et ma famille. J'avais pris contact avec Amnistie internationale et leur avais donné des informations sur notre milice. Mes supérieurs savaient qu'il y avait un mouchard. J'ai reçu des menaces de mort. J'ai su par la suite que tous les miliciens de bas rang en avaient reçu. On voulait nous intimider. C'était très efficace.

Et puis on a filé, toute la famille. Amnistie internationale m'a parrainé pour faciliter mon acceptation comme réfugié politique.

Alvaro soupira.

— J'ai commis des choses terribles.

— Qui pourrait te juger ? Certainement pas nous.

— Moi. Je me suis jugé et me suis condamné. Et j'ai été pardonné. Par ma femme et mes enfants et, plus tard, beaucoup plus tard, par moi.

— Quel âge avais-tu ? demanda Parlam. Ah oui, c'est vrai, dix-neuf ans. Mon fils en avait dix-huit. Ça fait deux ans déjà...

— Ton fils s'en tirera : il est éduqué ! Son père est professeur !

— Je suis aide-cuisinier pour une petite arrogante et je fais du TOFU, du smoked TOFU ! martela Parlam.

— Tu es professeur ! insista Alvaro. Qu'est-ce que tu enseignes ?

— La géographie.

— Tu vois que tu es professeur ! Tu verras. Dans un an ou deux, ton fils va ressurgir.

L'éducation ! pensai-je. Il y a belle lurette que l'Occident a démontré que l'éducation ne constitue pas une barrière à toute épreuve contre la barbarie. L'intelligence et la culture ne nous protègent pas des assauts de notre bestialité.

— Oui, Parlam, ajoutai-je, l'éducation, c'est comme l'amour : ça percole tout doucement et finit par tremper et teindre nos vies.

N'importe quoi, me dis-je. Ah ! l'amitié...

*

Tout cela venait à point. Bébé avait jusqu'ici accepté, quoique avec réticence, d'être ignoré pendant les heures de pointe, mais il ne comprenait pas pourquoi je ne parlais jamais de lui à d'autres qu'à Mohi, Emma et Hok. Bébé s'adressait de temps en temps à Mendoza, pour demander des mûres ou des fraises ; à Zoé, qu'il remerciait pour les gâteaux et les tartes ; à Alvaro, dont il aimait la voix douce. Il était frustré que je ne relaie pas certains de ses messages : « Dis mauvais caporal, caporal mauvais, dis dis ! »

Je crois que le malaise de Bébé était plus profond. Il vivait une crise d'identité et manquait désespérément de points de repère. Le temps et l'espace, pour ce petit être confiné, se confondaient. Aux racines n'était qu'un moment. Et les conversations dont il était exclu étaient un lieu. Un lieu qu'il me demandait d'éviter. Je me souviens d'une soirée en particulier où j'étais à la cuisine, discutant avec Zoé du dernier amant de sa sœur. Il faisait sa maîtrise en sociologie et sa thèse portait sur une éventuelle corrélation entre la dangerosité des jouets d'enfants et la future obésité de ceux-ci. Bébé écrivit, en voyant Zoé verser du sirop de malt dans un grand bol en acier : « Plus de sirop, plus plus ! » Évidemment, je ne transmis pas sa demande à la pâtissière qui tenait le crachoir. Bébé s'agita et insista : « Dis-lui dis-lui ! » Nous poursuivîmes notre conversation comme si de rien n'était. Je sentis la profonde irritation de Bébé dont l'écriture devint presque illisible : « Ailleurs, va ailleurs » et qui finit par me donner un coup de poing. Si je me souviens avec vivacité de cette anecdote, c'est parce que cette violence physique était quelque chose d'exceptionnel. Il n'y en eut que trois ou quatre en tout et pour tout. Moins rares étaient ce que j'appelais ses « retraits ». Une sensation interne, presque imperceptible lors de ses premières manifestations, mais qui devint très concrète à force d'expérience, me permettait de savoir si Bébé était « connecté » à ma vision et mon ouïe. Quelque chose dans la perception des couleurs et des tonalités m'avertissait de la présence ou du retrait de Bébé. Ce sont ces retraits que j'avais, à plusieurs reprises, interprétés comme des silences. Bébé semblait en mesure d'altérer mon intéroception. Ce qui pouvait se produire quand mes états d'âme ne lui convenaient pas. Lorsque je pleurais, par exemple, il se retirait si loin que je ne sentais plus sa présence physique, comme si mon ventre s'était éviscéré. Un insupportable sentiment de solitude mêlée de tristesse m'envahissait alors.

La crise d'identité de Bébé était aggravée par son incapacité à nous concevoir, lui et moi, comme deux entités autonomes. Les rares fois où il me nommait, Bébé écrivait Alicebébé ou Reinebébé. Je ne crois pas qu'il pût en être autrement. Je me souviens de lui avoir demandé un soir s'il s'était ennuyé pendant la journée. « Comment, m'ennuyer ? avait-il écrit. Comment aurais-je pu m'ennuyer ? J'ai servi 110 clients et couru toute la soirée de la cuisine à l'aire de service ! » J'étais ses yeux, ses oreilles et, surtout, sa bouche. Ce fut justement l'alimentation qui instilla les premiers doutes dans son esprit.

Bébé continuait à protester contre son alimentation de fin de semaine, mais il était hors de question que je retourne manger à l'églisette aux pauses : je n'aurais plus le temps de me détendre. De plus, les repas constituaient une manière de revenu d'appoint dont je ne voulais pas me passer. « La fin de semaine, on mange Aux racines, un point, c'est tout ! » « Manger Aux racines, oui. Mais pourquoi pas viande ? » Pourquoi est-ce que je l'obligeais à une alimentation végétarienne trois jours sur sept ? Il ne comprenait pas pourquoi je-me-nous-lui faisais du mal.

Il me serait difficile d'expliquer comment Bébé me communiqua l'infinie déception qu'il éprouva lorsque je lui fis comprendre que ce n'était pas moi qui décidais du menu au resto, que c'était hors de mon contrôle. Sitôt que j'eus expliqué mon impuissance, je reçus un troisième coup de poing. Mais le plus troublant furent les dessins qui suivirent. Des gribouillis de personnages à grosses têtes et à bouches énormes dont il biffait rageusement les bouches avant d'enfermer chaque cercle évidé dans une cage. Plus émouvant fut son petit corps qui se recroquevilla, ses deux poings retenant près de son thorax le cordon ombilical. Et, plus éprouvant : le silence total, indescriptible agression qui dura plusieurs jours.

Son retour fut progressif et émaillé de reproches : « Tu n'es pas une reine ! Ça se dit reine du Monde et ça ne décide même pas du menu ! Tu es une ingrate ! Moi je donne des caresses et je ne parle pas quand il y a des clients ! Et je ne donne plus de coups de pieds et toi tu n'es pas la reine du Monde ! Et tu me fais manger du seitan ! De la margarine ! De la caroube ! Et du tofu ! »

Il finit par se résigner, mais se vengea en exerçant un contrôle constant sur mes émotions. Le moindre fléchissement de mon enthousiasme se traduisait par un retrait proportionnel.

Tout ça pour dire que l'apparition de nouveaux interlocuteurs fut accueillie, par Bébé et moi, comme une providentielle soupape.

*

Ce serait bientôt au tour d'Emma, en ce début d'octobre, de nous recevoir à manger chez elle. Nous allions être sept : Parlam ainsi qu'Alvaro et Mendoza s'ajoutaient à notre groupe. La nervosité avait rendu la grande brune irritable toute la fin de semaine précédant le souper. Le dimanche, elle avait envoyé promener un de nos clients favoris (un pianiste) qui l'avait reprise sur l'exactitude d'une citation, question sur laquelle elle pouvait se révéler chicanière, même en temps normal.

— Et puis après ! J'ignore peut-être Baudelaire par cœur, mais au moins, je ne joue pas *Over the Rainbow* et *Autumn Leaves* toutes les fins de semaine !

Le pianiste, d'une maîtrise de soi admirable, s'était contenté de se tourner vers moi, me questionnant des épaules.

— Le stress. Elle a un examen de cuisine à préparer pour mardi.

— Il avait raison pour Baudelaire, dit Hok, qui rangeait des assiettes, mais c'est pas une raison pour qu'on te contredise…

— Qu'est-ce que tu en sais, commença Emma, on n'a pas traduit Baudelaire en urdu, que je sache !

— Qu'est-ce que tu en sais ? Tu ne lis pas l'urdu, que je sache !

J'ai désamorcé leur duel en offrant à Emma de l'aider avec son souper, ce qu'elle accepta avec un soulagement manifeste. Soulagement que je jugeais injustifié, compte tenu de mes aptitudes limitées en la matière.

*

Emma habitait au rez-de-chaussée un petit quatre et demi tout en longueur. Il n'y avait aucune plante et les murs aux couleurs ternes et indéfinissables assombrissaient les pièces. Par contre, c'était une véritable ménagerie. Deux chiens, deux chats, deux colombes, une gerboise et une perruche.

— Les chiens ne sont pas malheureux dans ton appartement ?

— Ils deviendraient fous s'ils restaient emprisonnés ici, mais ils entrent et sortent comme ils veulent par cette petite trappe (elle pointa le bas de la porte de la cuisine). Et la cour est très grande. Et puis, les voisins d'à côté adorent mes chiens et vont les promener quand ils jappent trop et deviennent fatigants.

— La trappe n'est jamais cadenassée ? T'as pas peur ?

— Non. C'est trop petit pour un humain, tu penses pas ?

— Oui, mais, disons, un chat, ou un rat ?

— Pour les chats, t'as pas tort. Il y en a plein qui se sont essayés. Les deux seuls que mes chiens ont acceptés, c'est ces deux-là qui dorment près du four. Boucle et Puce. Les autres ont pris leurs jambes à leur cou en voyant comment Pipo et Hop voulaient jouer avec eux.

— Alors, ce sont tes chiens qui ont adopté tes chats ?

— On pourrait dire ça. Et, à propos des rats, souris et autres rongeurs, comme on dit en Pologne : « La chasse est au chat ce que les masses sont aux rois. » Boucle et Puce ne sont pas des chiffes molles dénaturées comme ce pauvre Chat. Ils se procurent eux-mêmes une bonne partie de leur nourriture.

— Toi, la fin de semaine, écrivit Bébé, tu es une chiffe molle ! Tu ne peux pas choisir ta nourriture ! Chiffe molle ! Chiffe molle !

Je ne relevai pas l'insulte.

Nous passâmes l'après-midi à faire des emplettes et à cuisiner. Emma n'ayant aucun livre de recettes, on y alla à la va comme je te pousse.

*

Nous nous en sortîmes plutôt bien. Même qu'Emma récolta de nombreux compliments qu'elle partagea de bonne grâce. Hok applaudissait énergiquement chaque plat.

— Mais, disait-il, attendez de goûter aux dix mille épices du continent indien !

— J'attendrai, répondait Parlam, dubitatif.

Bébé en tout cas se réjouit du menu. Il apprécia les cerises à la mélasse. Il rechigna comme tout le monde quand arriva le maïs pâteux ; apprécia plus ou moins les nouilles chinoises aux épinards « si on ajoutait un peu de mélasse ? »; ne protesta pas quand j'avalai ma patate rissolante de beurre à l'origan piquée d'amandes qu'on n'avait pas eu le temps de rôtir et adora follement ce que nous avions dû nommer « les filaments séchés de poulet à la purée de carottes salée ».

Les animaux, surtout leurs cris, réjouissaient Bébé. Il raffolait de tous ces sons nouveaux et prenait plaisir aux vocables qui les désignaient. Il me demandait de les répéter à voix haute : jappe roucoule miaule, roucoule miaule jappe. Bébé se régalait d'autre part de l'attention qu'il recevait. Chacun voulut lui dire bonjour et écrivit son nom sur mon ventre.

Seule ombre au tableau pour Bébé ce soir-là : l'absence de Zoé. La pâtissière était pour lui un baume sur l'horrible alimentation qui lui était imposée les fins de semaine. Seuls les desserts le satisfaisaient en ces « moments » sans viande. Il la réclama plusieurs fois au cours du souper. Ce fut Hok qui lui répondit, vers la fin de la soirée. Alors que je me levais pour aller faire la vaisselle, il sortit de sa poche deux feuilles pliées en quatre.

— Bébé, fit-il, s'adressant à mon ventre, Zoé sera là au prochain souper.

Il releva le front puis ajouta :

— J'ai fait lire ce conte à notre ministre des Loisirs pour voir ce qu'elle en pensait. Zoé a commencé par me dire qu'elle aimerait en faire un film d'auteur français des années 60. J'ai pas compris ce qu'elle voulait dire par là. En tout cas, elle se trouvait bien drôle. Ensuite, elle m'a demandé si ce serait pas toi par hasard (il se tourna dans ma direction) qui m'avait inspiré cette histoire. Et moi, spontanément, sans réfléchir…

— Tiens donc ! lança Emma.

— Sans trop réfléchir, continua Hok, penaud, j'ai dit oui. Alors Zoé a dit : « Je le savais, je le savais ! » Elle a ajouté de ne pas m'en faire, qu'elle ne le dirait pas aux autres. Je lui ai dit qu'il ne restait plus qu'Ophelia et les membres de l'opposition qui l'ignoraient toujours.

— Et Dieu, fis-je.

— Ah ! Avec Dieu, on ne sait jamais, répliqua Emma.

— En tout cas, Zoé a redit qu'elle n'en parlerait à personne.

— Pas même à sa sœur ? demanda Emma.

— Je le lui ai demandé, comme tu fais semblant de ne pas le savoir, fit Hok en regardant Emma droit dans les yeux. Elle a dit : « Surtout pas. Ça lui ferait trop de peine de se retrouver la seule "enveloppée" des Racines. »

— Ben tiens, fit Parlam en grimaçant.

— Tout ça pour dire que j'ai un nouveau conte pour toi.

*

C'était un court conte tout en atmosphère où il ne se passait pas grand-chose. Une maman qui, nageant dans la Méditerranée, a une crampe. Elle fait la planche pour survivre et est ramenée vers la plage par les vagues. Elle aboutit, tête première, à l'entrée d'un petit bassin creusé dans le sable par sa fille...

*

Le mois d'octobre se termina par l'exacerbation du conflit entre Hok et Solange. Une fois encore, la ministre responsable des Colonies a délibérément (on commence tous à être de l'avis de Hok) mis des couteaux aiguisés comme des rasoirs au fond du lavabo. Hok s'en sortit avec une coupure superficielle, mais se vengea en augmentant la température du four dans lequel carbonisèrent deux grandes lasagnes.

*

En fait, ce mois se termina sur un banal commentaire d'Ophelia.

— Ah, mais tu as maigri, toi !

Le ton portait l'habit d'un compliment, mais sous la bure se cachaient l'envie et la déception.

Cela confirmait mes craintes. Quelques jours plus tôt, Bébé m'avait écrit, sur un ton d'intense reproche (ce que je sentais à l'énergie furibonde avec laquelle il traçait ses lettres), que ses jambes rapetissaient parce qu'il ne mangeait pas assez de viande.

— Quoi ?

— Mes jambes se ratatinent !

— Mais c'est affreux !

Sentant ma colère et mon désarroi, Bébé, pour une fois, ne s'enfuit pas, mais tenta de me rassurer.

— Mais non. Pas affreux. Mes jambes sont inutiles. Ne servent plus.

— C'est pour ça ! Tu devrais les remuer de temps en temps, elles s'atrophient.

— Pas pour ça. Je manque de viande. Pas grave, inutiles.

— Inutiles ? Mais ça va pas ? Le jour où tu seras enfin prêt à sortir, je ne vais quand même pas mettre au monde un Bébé avec des jambes racornies !

— Sortir ???

Ce fut la plus grande surprise que je sentis jamais dans la graphologie de Bébé.

4

J'étais encore secouée, quelques jours plus tard, lorsque Mohi m'a demandé à brûle-pourpoint : « Et ta douleur à toi ? »

— Quelle douleur ?

— La mort de ta mère.

— Je ne sais pas, Mohi, je ne sais pas. Il s'est passé tellement de choses en si peu de temps… Ça fait plus de deux ans qu'elle est partie. Autant dire hier ou il y a dix ans… J'ai longtemps cru que René m'avait manœuvrée pour qu'on décide de se quitter. Je me demande si je n'en ai pas fait autant.

Je fis une petite pause avant de reprendre sur un ton mélodramatique :

— J'ai pris le départ de René et l'arrivée de Bébé et j'en ai fait des objets mous et opaques, d'obscènes parodies de couvre-chefs desquels des langues charnues descendirent me couvrir les yeux.

— Tu n'as pas envie d'en parler, hum ? demanda Mohi.

— Excuse-moi.

— Entre amis, on ne s'excuse pas pour des choses pareilles. On ne peut pas vouloir tous les soirs faire dans le sérieux.

— Mais, je suis sérieuse ! La preuve, c'est que j'ai répondu en anglais. Et ce que j'ai dit à propos de René et de Bébé est vrai, ils sont comme un paravent cachant ma détresse. Seulement, je ne sais pas trop comment en parler. Je ne suis pas sûre de ce que je ressens. J'ai l'impression d'être passée à côté du deuil de ma mère, comme lorsqu'on passe à côté de la jouissance. Il faut alors laisser le temps faire son boulot ; le désir ressurgira bien. Le deuil me rattrapera un jour, je ne le sais que trop bien.

Je fis une pause que Mohi respecta.

— La colère inouïe qui m'a envahie lorsque j'ai appris l'accident, la fureur, l'indignation et le vertige éprouvés à cause de la perte, à cause du VOL qu'elle m'a fait en mourant, cette envie de déchirer le monde, elle était décuplée par une sourde rancœur que je ne pourrai jamais plus exprimer à ma mère !

Merci, Mohi, de ne rien dire, me dis-je, de ne rien demander, car je ne sais pas ce que j'aurais, sans le vouloir, inventé pour préciser une pensée tout juste naissante ; une pensée que les mots que tu, que nous venions d'entendre avaient enfantée. Merci, Mohi, de te taire pour ne pas faire trembler cette larme craintive qui ignore encore son origine.

— Tu sais, Mohi, je n'ai jamais su me mettre en colère.

— Ça c'est vrai. Des colères qui font rigoler les plongeurs bangladais de dix-huit ans, c'est pas sérieux.

— De vraies colères… Sortir de mes gonds, comme on dit, je n'y arrive pas.

— Tu ne sais pas ce que tu manques.

— J'ai l'impression qu'il faut que j'en sorte, de mes gonds.

— J'espère en tout cas que cette violence ne s'exprimera pas sur un client. Ce serait gâcher du bon sang chaud, termina Mohi en me faisant signe qu'un client m'attendait à la caisse.

— Et René ? demanda Mohi à mon retour. Des nouvelles de ce côté ?

— Justement, Hok m'a dit qu'il viendrait avec son portable demain.

*

Dès vingt heures trente, le gouvernement commença à siéger sur le galion. Ben était à la campagne et, grâce en soit rendue aux samedis, le caporal Frigon était dans sa caserne. J'étais encore derrière la caisse lorsqu'ils commencèrent leurs délibérations. Parlam avait ouvert les débats en demandant quelle serait, d'après le gouvernement d'Aux racines, la prochaine cible de René. Ophelia fut la première à répondre.

— Il devrait proposer une ligne de produits qui s'adresseraient de façon grotesque aux sans-abri, fit Ophelia. De coquettes maisons en carton, des taies d'oreillers imperméables, des vêtements en polypropylène couleur trottoir, etc.

— Oui, pas mal, fit Zoé, condescendante.

— Il faudrait qu'il dénonce les investisseurs irresponsables, coupa Parlam avec un sérieux qui dégonfla l'enthousiasme des jumelles.

— Monsieur le ministre des Travaux publics, comment peut-on responsabiliser chaque individu ? demanda Mendoza. Il faut des lois, des règles qui s'appliquent aux individus, pas aux organismes ou aux grandes sociétés. Une compagnie, ça ne se responsabilise pas !

— Mais oui ! intervint le premier ministre. Ce qui a été fait par les lois, les compagnies et leurs droits sans responsabilités, peut être défait par les lois.

— Je l'ai ! s'exclama Emma.

Elle se leva et tendit ses bras en croix.

— Il devrait intenter un recours collectif contre le Vatican !

— Pour toutes les grossesses involontaires à la suite de viols ? demanda Ophelia.

— Non. Pour les coups de soleil et les cancers de la peau ! répondit Emma en se rasseyant.

— Mais de quoi parles-tu ? demanda Parlam.

— Le pape, pas Ben, est le représentant de Dieu, le vrai, sur terre. Il le proclame depuis toujours. Eh bien, qu'il assume !

— Oui, oui, oui ! fit Hok en tapant des mains et en sautant sur sa chaise. Poursuivons le pape !

— Mais pourquoi le pape ? demanda Mohi.

— J'irais bien voir les représentants des autres religions, répondit Emma, mais aucune n'est aussi centralisée ni aussi riche que l'Église catholique. Alors… Vous avez un p'tit coup de soleil ? Perte de jouissance, souffrance physique, etc. ? Des millions en perspective ! Cancer de la peau ? Ça fait rêver...

La grande brune prit une gorgée de café.

— Mais sous quels prétextes ? s'exclama Parlam, ahuri.

Emma posa sa tasse.

— Comme pour les cigarettes ou le café : Dieu ne nous a pas avertis que prendre trop de soleil était dangereux.

— Mais le soleil, c'est à cause de la couche d'ozone !

Emma était ravie de voir l'acrimonieux Tamoul s'emporter.

— Vous avez entendu Dieu nous prévenir que le fréon dévorait la couche d'ozone ? Ou toutes ces autres cochonneries qu'on fout dans l'atmosphère ?

— Mais justement, c'est NOUS qui les foutons là ! martela Parlam en frappant la table du plat de la main, faisant trembler des cuillères contre des soucoupes.

— Vous avez entendu Dieu nous prévenir que nous n'avions pas ce qu'il fallait, génétiquement, pour survivre à nous-mêmes ?

Parlam se tenait la tête entre les mains.

Hok Shamsul ouvrit son portable.

— Bon ! On regarde ce que René propose, oui ou non ?

*

...cette nouvelle campagne aura deux volets d'égale importance : l'action et l'information. Nous savons tous que la concentration des médias constitue un danger majeur pour la démocratie. Pour percer le mur médiatique, il ne suffit plus d'imaginer des actes revendicateurs extravagants : plus ceux-ci seront susceptibles d'ébranler l'ordre établi, moins il y aura d'information à leur sujet et plus cette information sera travestie.

C'est pour cette raison que chacune de nos actions sera dorénavant précédée d'un virus informatique n'ayant pour but et pour effet que de relayer l'information concernant ces actions au plus grand nombre possible de foyers. N'ayez crainte, vos ordinateurs ne seront monopolisés par nos bulletins de nouvelles que le temps nécessaire à leur lecture et leur sauvegarde.

Dans quelques jours, lorsque le premier virus « informatif » aura fait le tour du globe, 15 755 fausses déclarations sous serment seront délivrées à autant de directeurs de banques, de fonds communs de placement, d'industries polluantes et ainsi de suite. Ils y liront un acte d'accusation rédigé, par souci de réalisme, par un de nos amis avocats.

Nos illustres accusés seront filmés en train de marcher vers les cours de justice, l'air ahuri et penaud, encadrés par leurs avocats. L'arrivée de plusieurs d'entre eux pourra être visionnée ici même sur notre site.

Le but de cet exercice est de désacraliser les dirigeants de ces entreprises qui se veulent impersonnelles et anonymes, comme si elles se dirigeaient d'elles-mêmes, guidées par les lois du marché.

Incapable de supporter davantage ces enfantillages, je retournai près de la caisse. Le gouvernement pesa le pour et le contre de cette nouvelle campagne pendant près d'une heure sans qu'aucune décision ne soit prise. Ce qui était dans la nature même de ce gouvernement.

*

— Le gouvernement de Sa Majesté déclare le débat clos. Sa Majesté la reine voudra-t-elle passer à autre chose ? fit Mohi en s'approchant de la caisse.

— Merci, monsieur le premier ministre. Monsieur le ministre des Affaires interculturelles, voudriez-vous me remplacer au Trésor ?

— Ça, pardi, pas de problème ! Je veux dire, certainement, ma reine !

Bien qu'Emma eût entrepris de lire à voix haute le texte, tous ceux qui le pouvaient suivaient les lignes sur l'écran.

Qui suis-je pour m'activer ainsi ?

La première fois que je suis allé chez Alice, j'avais sept ans. Une dizaine de mois plus tôt, ma mère avait découvert que j'étais dyslexique.

C'était le jour de son anniversaire. Grand-mère m'avait donné des sous pour acheter un cadeau à maman. « Achète-lui un disque de Dave Brubeck : elle adore ça ! » Je commis deux erreurs. La première fut de déballer moi-même le disque dans le but de le faire jouer à l'instant où elle soufflerait les bougies du gâteau. La deuxième fut d'acheter un album de Deep Purple plutôt qu'un album de Dave Brubeck. C'est au son d'une agressive guitare électrique jouant l'introduction de *Smoke on the Water* que ma mère souffla ses bougies avant de se tourner vers moi, consternée : son fils était dyslexique !

Je ne vous dirai pas tous les exercices qu'elle m'imposa. Un des plus éprouvants fut sans conteste les déménagements. Ma mère entreposa tous ses biens, ne gardant que le strict nécessaire. Chaque mois, nous déménagions. Ma mère cherchait les logements dans les rues dont les noms étaient le plus susceptibles de me poser des problèmes : Brabant Dalhousie, Adacport, Éphrem-Longpré, Cuthbert de la Broquerie, Mathusalem de Montligeon, Rothburrough, Northridge (maman aimait bien les noms anglais car, n'évoquant rien de rien pour moi, ils représentaient une difficulté supplémentaire). À peine sortis des boîtes, nous partions faire une promenade en voiture. Dix minutes plus tard, elle me laissait au coin d'une rue en me faisant lire trois ou quatre fois notre adresse, imprimée sur une feuille sans lignes. Elle reprenait ensuite la feuille et repartait en voiture, me laissant seul sur le trottoir.

L'idée derrière cette torture, simple, résidait dans l'obligation où je me trouvais de demander mon chemin, donc de prononcer à voix haute ces mots que je trouvais si difficiles à décoder.

Nous habitions au coin de Kincardineshire et de Chrysanthème lorsque je battis mon record : deux heures vingt-huit minutes après que maman m'eut abandonné au coin de Blythwood et McEachran, je sonnais à la porte de notre bivouac.

À côté de l'exercice suivant, c'était du pain béni : maman voulut faire de son fils un lecteur.

Méthode ? D'abord : sélection d'un livre (c'était laissé à mon entière discrétion, histoire sans doute d'aiguiser ma motivation). Ensuite : transport en automobile jusqu'à un lieu choisi au hasard par maman. Une fois dans la rue, je devais sonner à la première porte à partir du coin de la rue et proposer mes services de lecteur. Aussitôt son fils accueilli dans un foyer, ma mère repartait, sereine, sachant que je rentrerais à la maison avant la tombée de la nuit.

Mon livre préféré pour cet exercice ? *Propagation des semences génétiquement modifiées, historique d'un catastrophique scandale.*

Quand il arrivait qu'on me laisse lire (par curiosité ou par pitié), on m'arrêtait bien vite, incapable de subir ce rythme d'une lenteur qui aurait endormi (n'eût été les cahots, bégaiements et autres trébuchements caractéristiques de la dyslexie) le plus résolu chasseur inuit.

Et puis, un jour, maman me déposa devant la maison d'Alice.

C'est donc tenant dans mes bras ce gros livre aux caractères typographiques minuscules et pesant bien deux kilos que j'ai frappé chez Alice. Nous étions en plein dans les grandes chaleurs de septembre, ce qui fait que la porte intérieure était ouverte. Une porte à moustiquaire laissait s'envoler des sanglots ainsi que la voix d'une fillette qui consolait quelqu'un. Je voulus m'en aller, mais maman, dans la voiture, me fit signe de cogner plus fort. Je ne souhaite pas à vos enfants d'être dyslexiques, c'est moi qui vous le dis ! Les sanglots redoublèrent quand la fillette délaissa la pleureuse que je supposais, avec raison, être sa mère.

À travers le grillage, je me présente : nom et fonction. — C'est pas le moment ! — Je comprends... Je me retourne, fais un pas vers la rue quand la mère d'Alice, entre deux sanglots, réussit à dire : « Et qu'est-ce qu'il nous propose de lire, le petit garçon ? » La fillette me laisse alors entrer et j'entends la voiture de ma mère engager la première vitesse puis tourner le coin. Une fois à l'intérieur, je reconnais la petite fille du dépotoir. Le temps étant ce qu'il est, elle a mon âge, comme le jour de notre première rencontre dont elle semble, par ailleurs, n'avoir conservé aucun souvenir. Qu'est-ce qu'elle est belle ! Elle s'en va retrouver sa mère qui s'est remise à pleurer et lui passe un bras autour du cou.

— On vient de regarder un reportage à la télévision sur les inondations en Inde… Ces trucs-là, ça fait toujours pleurer ma petite maman. Tu veux un verre d'eau ? me demanda-t-elle. Et toi, maman ?

— Je veux bien, dis-je.

Sa mère ne répondit pas. Alice se leva et au passage me dit en chuchotant : « C'est pas les inondations… Elle pleure encore la mort de papa. »

Dans l'ensemble, ça s'est très bien passé. J'ai bu mon verre d'eau et sa mère, sans cesser de pleurer, m'écouta plus longtemps que quiconque. Alice, qui était assise à mes côtés, son genou gauche frôlant mon droit, expliqua que sa maman était professeure d'histoire des relations internationales au cégep et que tout ce qui concernait la planète Terre l'intéressait. La mère d'Alice ne cessa de pleurer que lorsque je lui eus expliqué le but psychopédagogique de mes lectures. Ses yeux devirent très grands et son front tout plissé. Elle faillit bien recommencer à pleurer quand j'ai mentionné les déménagements et l'épreuve qui s'y rattachait, mais finalement, elle rigola comme (c'est Alice qui me le dit) cela ne s'était pas entendu depuis fort longtemps.

Heureusement qu'Alice était jolie. La situation, autrement, aurait eu un je-ne-sais-quoi de troublant.

Ce jour-là, en sortant de chez Alice, je me perdis. La tête enfouie dans le souvenir de cette délicieuse pression sur mon genou, je parcourais les rues du quartier, incapable de formuler le nom de l'intersection où nous habitions alors (Mountbathen et Kierkegaard). Quelques heures plus tard, épuisé mais heureux, je m'assis sur le bord d'un trottoir, sans me soucier de savoir où j'étais. À onze heures et quart, ma mère me trouva au dernier endroit où elle me chercha : en face de chez Alice.

Mon père, pendant tout ce temps ? Mon père, pharmacien, participait à un congrès international des pharmaciens qui dura près d'un an.

Tout au long de la lecture, j'avais eu tellement peur de m'enrager ou d'être triste et de m'attirer ainsi les foudres ou le silence insupportable de Bébé que la lecture de mon passé m'avait laissée froide. Je m'étais surprise, pendant qu'Emma faisait dire à la petite Alice : « ...elle pleure la mort de papa », à guetter les réactions de Bébé. « Mais tout va bien, pensai-je, Bébé est paisible. »

La réaction de mes camarades suggérait qu'ils ne prenaient pas à la légère autant que je l'aurais voulu ce dernier « élément biographique ». Déjà, pendant la lecture d'Emma, des rires étouffés avaient surgi ici et là. Ils avaient vite été réprimés, sauf peut-être quand Emma avait buté, avec beaucoup d'à-propos, sur le nom des rues. Par ailleurs, ça se tortillait sur les chaises. « Mais qu'est-ce qu'on fait là comme un club de voyeurs à se faire raconter l'intimité d'Alice ! » Je faisais sûrement de la projection ; mes amis ne pouvaient pas savoir que, pour écrire ces élucubrations, René avait grappillé des souvenirs parmi tous ceux que je lui avais racontés de mon enfance. Comme le dirait Emma : je fais de la projection, mais ils s'en rendent compte et ça les met mal à l'aise. Lorsque la lecture fut terminée, au lieu de la vérification coutumière concernant la véracité de tel ou tel détail, ce fut, dès qu'Emma abaissa l'écran de l'ordinateur, une cacophonie indifférente. Ophelia et Zoé parlèrent de Chat qui, plus tôt dans la journée, avait mangé son premier morceau de poulet (quelques filaments glissés dans un bouillon de poulet au tofu). Alvaro demanda à Mendoza si on allait recevoir des pommes Empire cette semaine. Emma rejoignit Hok pour vérifier si tout allait bien. Seul Mohi vint me trouver alors que je me dirigeais vers la cuisine, en passant par l'arrière du galion, pour ranger le portable de Hok.

— Tu sais, notre passé restera toujours plus riche que la somme de nos souvenirs. Nous ne vieillissons pas, nous accumulons nos âges.

— Je crois que j'ai besoin de voir un bon film. Je vais aller voir Zoé.

*

— Vous ne trouvez pas, vous, qu'elle a maigri ? demanda Ophelia vers la fin du repas. Elle a maigri, insista-t-elle.

Nous étions réunis dans le minuscule appartement de Hok. Un immense « un et demie », comme il le décrivait. Bébé avait farouchement insisté pour que Zoé soit de la partie et il était impensable d'inviter cette dernière sans inviter sa sœur. Cela impliquait qu'il faudrait mettre Ophelia dans la confidence. Au point où j'en étais, je n'avais pas d'objections. Zoé était donc censée lui avoir tout raconté, mais, semblait-il, ça n'avait pas été le cas.

— Mais enfin ! Emma, toi, au moins, dis que j'ai raison !

— Pourquoi t'emportes-tu ? demanda Mohi.

— Mais c'est vous ! s'écria la pauvre Ophelia. Vous me regardez tous comme si je venais de dire une énorme bêtise ! Vous regardez en l'air comme si des mouches venaient de sortir de ma bouche ! Alors que je fais tout bonnement remarquer que...

— Zoé ! tonna Emma.

Zoé se leva (nous étions assis sur des coussins autour d'une longue table à thé rectangulaire).

— Je n'ai pas eu l'occasion de lui dire…

— De me dire quoi ? demanda Ophelia en regardant sa sœur par en dessous.

— On ne sert pas le dessert avant une demi-heure, fit Emma, comme si elle était chez elle.

Zoé comprit et fit signe à Ophelia de l'accompagner pour une petite marche digestive. Ophelia se leva en s'appuyant sur l'épaule de Parlam.

— Mais je n'ai rien à servir pour le dessert ! fit Hok, catastrophé, une fois la porte refermée derrière les jumelles.

Leur départ nous permit de prendre nos aises. À huit dans un « un et demi », il devient vite difficile d'éternuer. Déjà, sans âme qui vive, le salon était encombré. On y trouvait un divan-lit sur le mur de droite avec, à sa tête, une table de chevet où s'amoncelaient une dizaine de romans. Au centre, une table rectangulaire, courte sur pattes, faisait presque toute la longueur du lit. Contre le mur de gauche, étaient appuyées des étagères emplies de livres : d'autres romans et puis des livres d'histoire, d'économie, de mathématique, de poésie et de théâtre entre lesquels se faufilaient quelques photographies, des bibelots, une imprimante, des piles de disques et un casque d'écoute. Contre le mur du fond, se répandait une mini-chaîne hexaphonique dont quelques-uns des haut-parleurs s'empilaient devant la porte coulissante du balcon et le rendaient ainsi difficile d'accès. Le balcon lui-même était un maquis urbain : deux chaises vertes en plastique, un pothos et une misère accrochés au balcon du haut ainsi qu'un séchoir à linge replié enjambant une pile de livres protégés par un épais plastique transparent. Le balcon donnait sur le métro et sur des tours d'habitation. Hok fit remarquer qu'en regardant vers la gauche, en se penchant au-dessus de la balustrade, on pouvait apercevoir, au loin, la montagne.

— C'est pas une vue imprenable, ça ? fit Hok en regardant Emma qui avançait son torse au-dessus du vide.

— Les vues imprenables sont des vues de l'esprit, répondit-elle en se redressant. Proverbe des Prairies.

Malgré son attitude frondeuse, je voyais bien qu'Emma était intimidée par la quantité de livres qu'on retrouvait dans ce minuscule appartement. Je m'apercevais moi-même que toute la bonne volonté du monde ne nous met pas à l'abri des préjugés. Hok Shamsoul Mohammed…

Un comptoir conçu pour prendre ses déjeuners sans lire le journal séparait le salon de la cuisine. Cette dernière, deux fois moins large que le salon, contenait néanmoins une cuisinière, un frigo, quelques étagères et un petit comptoir en L.

*

Pour Hok et moi, ce repas avait commencé deux mois plus tôt, lors du souper chez Emma. Le ministre des Affaires interculturelles avait offert de raccompagner sa reine chez elle. Ça y est, me dis-je, René a récidivé. Hok veut me dire qu'il y a du nouveau sur son site. Je trouvais l'intervalle bien court.

Hok me révéla la véritable raison de sa soudaine serviabilité avant que nous ayons marché vingt pas.

— Alice, fit Hok, j'ai quelque chose à te demander.

— Demande…

— Enfin… Quelque chose à te dire…

— Mais vas-y !

Il prit une grande inspiration, retira sa casquette de baseball et s'immobilisa, les yeux tournés vers le trottoir.

— Je n'y connais rien, absolument rien. Zéro connaissance, aucun rudiment.

Il s'arrêta là.

— Mais de quoi parles-tu ?

— J'ignore totalement tout, pour parler un peu comme Emma, des 10 000 épices du continent indien. Sans en oublier une !

*

On commença à se préparer trois semaines avant le souper. Première étape : documentation. Hok ne mentait pas cette fois : il ne connaissait que le poivre, le sel et la poudre de curry. Il se souvenait pourtant d'avoir accompagné son père, à l'occasion, au marché aux épices.

— Ton père ?

— Oui, chez nous, ce sont les hommes qui achètent les épices. Il y avait des bâtonnets bruns qui sentaient comme vos tartes aux pommes, et des filaments rouges qu'il disait précieux comme l'argent et un truc qui ressemblait à de vieux clous rouillés et puis des petits grains rouges ratatinés et… Et tout ça dans des petits carrés en bois. Des dizaines de carrés en bois disposés en damier sur des étals. Ça formait une immense mosaïque parfumée. Il y avait derrière les étals une grosse balance en fonte noire avec des plateaux cabossés en étain que les clients examinaient avec soin avant de faire peser leurs achats. J'étais fasciné, mais terrifié aussi : mon père me disait d'être prudent, extrêmement prudent. Il affirmait que le marchand gardait un grand coutelas à l'intérieur de sa boutique. Malheur à celui qui renverserait une table ! Alors, tu penses que j'aurais eu le cœur à demander le nom de ces étranges étoiles en bois ? Ou de ces vieilles racines séchées ? Il y avait tellement de carrés ! Pourquoi j'aurais demandé le nom de toutes ces épices ? De toute façon, le poivre n'a pas besoin de s'appeler poivre pour piquer !

Logique implacable de Hok Shamsoul Mohammed.

Première étape, donc : bibliothèque. Quelques livres sur les aromates, quelques livres de recettes. Ensuite, approvisionnement. Aux racines de la santé vendait les trois quarts de ce qui nous intéressait. Le reste, on le dégota dans une épicerie chinoise du sud de la ville.

Le jour où l'on devait essayer notre première recette, Hok avait étalé sur la table du salon les sachets d'aromates ainsi qu'une quinzaine de flacons de verre. Pendant que Hok me préparait du thé, j'entrepris de transvider les épices dans les flacons. Je commençai par les graines de cardamome bien vertes, puis le curcuma en poudre, d'un orange cuivré, puis le sumac (une poudre évoquant de la limaille de fer qui aurait trempé dans un bordeaux avant de rouiller). Je mis, avec un soin exagéré, le bouchon de liège sur ce dernier flacon et le tins quelques secondes entre mes doigts en le penchant pour voir débouler la limaille d'un mauve imprécis ; je déposai le sumac sur la table : minutieusement, sans que le contact avec le bois ne produise le moindre son. Je fus encore plus maniaque avec le fenugrec, tenant le sachet de plastique au-dessus du flacon et transférant prudemment la poudre pâle, à l'odeur vaguement sucrée, avec une cuillère à thé, veillant à ce que pas un milligramme ne tombe à côté. Le dernier milligramme versé, j'appuyai délicatement sur le bouchon de liège jusqu'à ce qu'il entre en contact avec le fenugrec. J'en étais à la poudre de galanga que je transvidais avec d'infinies précautions quand la voix de Hok me fit sursauter.

— Quoi ? Qu'est-ce qu'il y a ? demandai-je, irritée.

— Mais, j'ai juste dit que tu avais l'air de manipuler de la nitroglycérine.

— Je suis désolée, j'étais très concentrée. J'étais en train de me faire happer par mon passé.

— En tout cas, tu n'étais plus dans mon salon.

— J'étais dans la chambre à coucher de mon enfance. Tu sais que mon père est mort quand j'avais cinq ans. Je savais peu de choses sur lui, à part le fait qu'il avait été chimiste. Alors, vers l'âge de huit ou neuf ans, je me suis mise en tête de faire comme lui. Ma mère m'a acheté des ensembles de chimie pour les jeunes. J'ai passé un hiver fabuleux à réaliser toutes sortes d'expériences. Il y avait quelque chose de merveilleux, de magique à ces réactions chimiques qui transformaient deux ou trois produits en élément nouveau et inattendu.

Tout en parlant, je rangeais maintenant avec Hok les flacons sur les étagères au-dessus de la cuisinière.

— Verser les poudres et les liquides dans les éprouvettes me passionnait. Je me concentrais comme si ma vie en dépendait, m'y appliquant comme jamais je ne me suis appliquée à quoi que ce soit par la suite.

— Jusqu'à cet après-midi…

— Oui… dis-je en soupirant. J'adorais ranger tous mes petits flacons sur une tablette, au-dessus de mon bureau, dans ma chambre à coucher. Quand c'était fait, je reculais, comme aujourd'hui, et je contemplais avec une fierté enfantine cet alignement de produits chimiques…

— Comme aujourd'hui, fit Hok en imitant mon ton nostalgique.

— Tu ris de moi !

— Mais je te jure que oui ! Eh, dis donc, pourquoi as-tu arrêté la chimie ?

— Oh, ça m'a passé, tout simplement. C'était une lubie de l'enfance comme on en a tous.

*

Bébé adorait toutes ces journées passées avec Hok. Ils s'entendaient à merveille, ces deux-là. Quand le ministre des Affaires interculturelles était présent, Bébé ne s'ennuyait pas. Hok essayait toujours de l'inclure dans nos conversations ; il s'avérait par moments difficile de savoir à qui était destiné son caquetage. Hok me parlait parfois comme s'il s'adressait à une caméra, faisant les facéties que l'on se permet quand on a l'illusion de distance et d'intimité que procure cet œil électronique.

Il fallait voir le jeune Bangladais quand il nous racontait ses histoires. Depuis le *Conte à la mer*, Hok m'avait soumis, d'une manière ou d'une autre, quatre ou cinq nouveaux récits. Le dernier en lice racontait l'histoire d'Abrhamane la fourmie.

— Abrhamane, avait commencé Hok, était la reine de la plus belle fourmilière du quartier, la mère de centaines de milliers d'enfants. Tout ça ne la rendait pas heureuse. En fait, elle en avait marre. Elle n'arrivait même plus à se souvenir des noms de tous ses enfants. Et puis, ça l'énervait, ces milliers d'enfants matures qui s'occupaient à sa place des nouveau-nés. L'incessant ballet de grains de riz blancs et noirs l'étourdissait.

Hok s'était alors rapproché de mon ventre pour tenter d'imiter la scène avec ses doigts.

— Elle prit alors une décision surprenante. « La prochaine fois, je n'aurai qu'un seul bébé. » Ça n'eut pas l'air de fonctionner, le ventre d'Abrhamane devint rapidement aussi gros qu'à l'habitude. Énorme ventre ! Beaucoup de bébés en perspective !

Hok s'était de nouveau rapproché de mon ventre en faisant de grands gestes.

— Et puis un beau matin : « ploc ! »

Hok émit un gros « plouc » en sortant d'un coup sec un doigt de sa joue. Bébé s'en tortilla de plaisir.

— Un bébé ! Un seul bébé ! Un énorme, gigantesque, colossal bébé ! Abrhamane avait accouché d'un… d'une reine fourmie, laquelle, sur-le-champ, accoucha de 872 008 charmantes petites larves. Abrhamane prit sa retraite, épousa une cigale (pour être certaine de ne plus avoir d'enfants) et vécut heureuse jusqu'à la fin de cette histoire au moins.

Emma et moi avions un jour demandé à Hok ce qui le poussait à écrire toutes ces histoires.

— C'est pas pour dire, Alice, mais tu es la plus incroyable muse du monde entier, de tout l'univers connu. Faudrait être fou pour pas en profiter. Et puis, dans une autre vie, j'étais une femme enceinte…

— Mais tu ne crois pas aux vies antérieures !

— Non, fit Emma, mais dans une autre vie, il y croyait...

Le temps passé avec Hok m'apportait une bouffée d'air frais qui n'avait rien à voir avec Bébé : l'insouciance, l'apparente tranquillité d'esprit du jeune Bangladais me changeait des états d'âme à vingt-huit étages de mes autres compagnons ; Hok ne se confiait jamais.

*

Nous en étions donc à la troisième étape : expérimentation !

En deux semaines, nous n'avions pu essayer que quatre recettes. Manque de temps et d'argent. N'eût été le plaisir que j'eus à pilonner les graines, à faire revenir ceci avant cela, à ajouter, filtrer, blanchir et autres opérations aux desseins obscurs, j'aurais parlé de fiasco. Le beurre, qu'on essaya de transformer en ghee, brûla ; la pâte de curry rouge, qu'on mit trois heures à préparer, nous arrachait la bouche, puait, mais ne goûtait rien de rien, et les grains de poivre carbonisèrent dans l'huile... Bref, ce fut très instructif. Conclusion que l'on pouvait tirer de tous ces efforts ? Nous ne serions pas prêts.

Corollaire de cette conclusion : le soir fatidique, le « spécialiste des dix mille épices » et son assistante émérite décidèrent de se rabattre sur un curry de riz au poulet préparé avec un mélange de curry trouvé au dépanneur du coin ainsi que sur des cubes d'agneau achetés pré-marinés.

De cette débâcle, j'avais réussi à épargner des branches de citronnelle et des crevettes séchées utilisées pour faire une soupe chinoise (laquelle fut immangeable parce que j'avais cru que les crevettes séchées constituaient un aliment plutôt qu'un assaisonnement) ainsi que de la coriandre fraîche qui devait servir à décorer et assaisonner les brochettes d'agneau. Coriandre, je m'en rendis compte le soir du souper, qu'il vaut mieux mettre sur les brochettes une fois qu'elles sont cuites…

Je dois admettre que le ministre des Affaires interculturelles fit montre d'une élégance morale qui fut tout à son honneur. Il partagea avec moi la responsabilité des bons plats (enfin, DU bon plat) autant que des mauvais. Car le curry de poulet eut du succès. D'autant que Hok inventait de long en large comment nous avions séché des racines de curcuma, égrené des piments forts, écossé des graines de cardamome, moulu au mortier des pastilles d'anis étoilé, des grains de coriandre et des flocons de macis ; comment les grains de poivre devaient être grillés avant d'être incorporés au mélange et à quel point tout cela masquait le goût de l'ail, sans compter le fenugrec qui ralentit l'effet des piments. Tout en écoutant son récit enthousiaste, je regardais le couvercle jaune du curry commercial qui dépassait des autres flacons le camouflant. « Pourquoi est-ce que Hok ment ? » écrivit soudain Bébé.

— Hok, il y a une question, ici, pour toi.

Je penchais ma tête vers mon ventre.

Hok passa son bras par-dessus la table, posa sa main sur l'ardoise de Bébé, attendit que ce dernier réécrive sa question puis répondit.

— Parfois, c'est nécessaire pour le plus grand bien de toute l'humanité qui nous entoure.

— Que t'a-t-il demandé ? interrogea Parlam.

— Il voulait savoir pourquoi on fait du recyclage.

Le Tamoul hocha la tête latéralement.

— Hok… fis-je.

— Oui, Majesté ?

Je pointai Bébé du doigt en disant :

— Même question.

— (…) Même réponse.

Le retour des jumelles détourna, heureusement pour le jeune ministre, l'attention de Bébé.

Zoé et sa sœur posèrent leurs coupe-vent sur la patère de l'entrée. On voyait qu'Ophelia avait pleuré. Quoi qu'en pense Parlam, cela n'avait rien à voir (comme elle s'en confia plus tard à Mohi) avec la perspective de se retrouver seule dodue, ou plantureuse, comme elle préférait dire, Aux racines. C'est le manque de confiance que suggérait cette mise à l'écart qui l'attristait.

Ophelia et Zoé étaient debout, attendant que se dégagent deux places. Hok se tassa en effectuant des petits bonds qui bousculaient Emma.

— Ça va, la fève mexicaine, j'ai compris !

Zoé alla s'asseoir à côté de notre hôte. Mohi, à ma droite, dégagea à son tour un espace dans lequel Ophelia se glissa, évitant mon regard. Elle reprit la parole.

— Je vous en veux. Surtout à vous quatre. (Elle regarda Emma, Hok et Mohi.) Je vous comprends et vous avez bien fait. J'aurais sûrement agi de la même manière. Mais je vous en veux quand même. Un peu. J'y peux rien, mais ça me fait chier !

Dans la bouche d'Ophelia, ce verbe résonnait violemment.

— Et laissez-moi vous en vouloir tranquille ; ça ne durera pas, mais il faut que ça sorte si je veux vous pardonner !

Mohi, qui était assis sur ses genoux, prit la tête d'Ophelia à deux mains, la pencha délicatement et embrassa son front. Ophelia, prise de court, s'était laissé faire et en resta muette.

— Tu avais raison, dit Mohi.

— Raison ?

— Pour la Vénus de Gagarino.

Bien que cela n'avait pas été le but du premier ministre, on sentit qu'il venait de s'approcher du pardon.

Bébé, qui s'était tenu coi pendant toutes ces effusions (ce qui témoignait de l'évolution de sa conscience, celle du passage du temps, entre autres choses), réclamait maintenant Ophelia. Cette dernière, justement, demandait : « Alors, c'est vrai de vrai, tout ça ? Zoé ne m'a pas fait marcher ? »

— Ophelia, dis-je, il veut te parler.

— Comment est-ce que je fais ?

— Je peux te répéter ce qu'il écrit, ou alors tu mets ta main sur mon ventre.

— Ici ?

Sans hésiter, elle avait déposé sa main sur l'ardoise de chair.

— Oui. Fermement, mais pas trop fort.

— Hé ! Ça chatouille. Il va trop vite ! Je n'arrive pas à lire !

— Lentement, Bébé. Elle n'est pas habituée.

— Ah ! C'est mieux ! B-I-E-N-V-E-N-U-E.

*

Notre groupe était maintenant complet. J'avais l'impression qu'une étape venait d'être franchie, alors que rien de bien spectaculaire n'était advenu.

— Quelqu'un a mentionné le dessert avant qu'on parte, fit Ophelia, pour se remettre de ses émotions.

Hok regarda Emma avec un air de reproche.

— Zéro dessert, fit-il, penaud. Je n'ai pas eu le temps parce que…

— L'excuse ne remplit pas le ventre, coupa sans vergogne Emma.

Zoé se leva, visita le frigo, nous dit de patienter quelques minutes et revint avec du yogourt au miel et cardamome.

— Qui ne connaît pas sa dépense fait souffrir sa panse, récidiva Emma.

— Fous-moi la paix ! répondit Hok, excédé.

À la fin de la soirée, comme j'allais partir avec Emma, laissant Mohi et Parlam aider notre hôte à tout ranger, ce dernier me présenta un sac de papier dans lequel s'entrechoquaient une vingtaine de flacons remplis d'épices.

— C'est pour toi : à ranger sur une tablette...

*

Emma marcha avec moi jusqu'à l'églisette.

— Pourquoi lances-tu toujours des piques à Hok ? demandai-je.

— Je me suis souvent posé la question. Le pire, c'est que je me retiens. C'est curieux parce que je l'aime bien, Hok Shamsoul Mohammed. Mais en même temps, je voudrais l'étriper. Ou plutôt, je voudrais qu'il ne soit même pas là. Je ne sais pas.

Emma ne réussit pas à répondre. On parla de choses et d'autres jusqu'à notre arrivée sur le parvis de l'églisette.

— Comment va-t-il ?

— Bébé ? Oh, il dort. Il s'endort toujours quand je marche plus de cinq minutes.

— On s'assoit un peu ?

L'air était frais et la brise nous faisait frissonner.

— C'est parce que j'aurais voulu être comme lui quand j'avais son âge, fit-elle, comme si nous n'avions jamais abandonné le sujet. C'est ridicule, mais je lui en veux parce que je n'ai jamais connu son insouciance et sa candeur.

Elle mit son menton dans ses deux mains et regarda le ciel sans étoiles en silence.

— Ben, demandai-je après un moment, tu l'as rencontré au centre d'accueil ?

Elle n'eut pas d'hésitation. Comme si elle s'attendait à une question de ce genre.

— Oui. De treize à seize ans, j'ai passé mon temps à fuguer. Je te raconterai peut-être un jour pourquoi, mais pas ce soir. Je volais. Je vendais de la drogue. Surtout pour pouvoir m'en payer. Quand je pouvais pas en vendre, je trouvais d'autres façons… J'en ai consommé en masse.

Emma mit ses mains sous ses fesses, les paumes contre les marches.

— Il fait froid, tu veux que j'aille chercher des couvertures pour mettre sur nos épaules ?

— Bonne idée.

— Je vais faire du chocolat chaud, ça va prendre deux minutes, j'ai juste à le réchauffer au micro-ondes.

— D'accord.

À mon retour, elle faisait les cent pas. On se réinstalla sur une marche avec les couvertures et le chocolat chaud.

— À seize ans, je me suis retrouvée en centre d'accueil pour jeunes délinquantes. Rendue là-bas, on aurait dit que toute la rage et la violence contenue que j'avais accumulées ont éclaté. J'envoyais chier tout le monde, autant le personnel que les pensionnaires. Je foutais les plateaux de bouffe par terre, j'insultais, piquais des crises de nerfs comme on n'en voyait pas dans les films. Et un jour que je venais d'en revirer une de bord à la cafétéria, ils m'ont emmenée au trou. Deux gardiens m'encadraient. On marchait dans des corridors que je ne connaissais pas. Une porte, un tournant, une autre porte, un couloir et enfin, dans ce couloir, une lourde porte en métal. Quand celle-ci s'est refermée, je ne savais pas combien d'heures ils allaient me laisser là. Il y avait un lit en ciment, moulé à même un des murs. Ça ressemblait plus à une banquette qu'autre chose. Un lit… Ça regardait mal. Deux des murs étaient en ciment, les deux autres en briques peintes en blanc. Dans la porte, un petit judas avec une glissière en fer. Pas de fenêtre, pas moyen de savoir l'heure. Il n'y avait pas de télévision, on m'a dit que je n'aurais pas le droit d'avoir de la lecture. Il n'y avait rien. C'était le trou, c'était l'isoloir. Au bout de quelques heures, quand j'ai réalisé que j'allais passer la nuit dans le trou, je me suis mise à hurler, à maudire les gardiens, mes parents, la chienne qui m'a dit bonjour et l'autre crisse de folle qui s'est assise à côté de moi à la caf'. Tout le monde et ma cousine y sont passés !

— Je croyais que c'était interdit, les cellules d'isolement.

— Ça l'a été. Et puis ils l'ont permis, et puis ils l'ont interdit. Je ne sais plus où ils en sont. En tout cas, le lendemain, je me suis calmée. C'était sûr qu'ils allaient pas me sortir d'ici si je gueulais comme une débile. Mais ça n'a pas marché. Les heures passaient et quand on est venu me porter le repas du midi en silence et sans même me regarder, j'ai sauté sur la pauvre femme qui tenait encore le plateau. Je me suis vite retrouvée à plat ventre sur le lit, deux gardiens sur mon dos, la couverture de laine me râpant le menton. Je me suis arrêtée, sinon ils allaient pas me lâcher, ça, c'est sûr. Mais j'ai hurlé à m'en arracher la gorge quand ils sont repartis. Et puis, ben, ça a été la panique. « Combien de temps peuvent-ils me garder ici ? » Quand la nuit tombait et que les gardiens s'en allaient, refermant derrière eux les portes du corridor, on n'entendait plus rien ! Pas même le bourdonnement d'un néon ! Et là, je te jure, le cerveau s'emballe ! « Qui sait que je suis ici ? Est-ce que mes parents le savent ? Et si le centre prend feu ? Si j'ai une crise cardiaque ? Et s'il y a des rats ? » Quand Hok nous racontait son expérience de l'angoisse, la nuit, Aux racines « au milieu d'un si grand nombre de portes », je me faisais la réflexion que cela n'égalerait jamais l'épouvante que suscitent le silence et la noirceur totale avec pour seule issue une porte de métal fermée à clé au milieu d'un corridor isolé du reste du centre de détention. Il n'y a pas de bruit, mais on s'invente des bruissements, des frôlements, des trottinements ; il n'y a pas de lumière, mais on voit des formes surgir et s'évanouir.

« Les gardiens sont venus me sortir de l'isoloir au bout d'une semaine. La plus longue des semaines. La plus longue et pourtant la plus vide. Je n'avais pas utilisé une seule seconde de cette solitude pour réfléchir à ma situation, à ma vie. Trop occupée à engueuler un univers si merdeux qu'il m'avait enfermée dans un coqueron de peur et de révolte. Ils m'ont emmenée directement dans la cafétéria en m'avertissant que je retournerais au trou si j'arrivais pas à me contrôler. Trente secondes plus tard, j'envoyais chier, en la traitant d'hostie de téteuse, la première fille, toute gentille, qui venait prendre de mes nouvelles.

« Les deux gardiens n'avaient même pas eu le temps de quitter la salle. Quand je les ai vus revenir vers moi, j'étais estomaquée. Je ne le croyais pas. Les bras m'en sont tombés. Je devais avoir l'air d'une folle, les bras ballants, la bouche ouverte. Il a fallu qu'ils me traînent. Je criais, je me débattais des pieds et des mains. J'attrapais des chaises avec les mains, des pattes de table avec les pieds. J'ai donné des coups de pieds aux deux autres gardiens venus en renfort. Rendue dans la cellule, je me suis tapé la tête contre les murs, sans réfléchir, juste pour que tout s'arrête, tout tout tout. Qu'on en finisse et qu'il n'y ait plus rien ici. Je ne sais pas combien de temps ça a pris pour que je me calme enfin et m'endorme. »

Emma regardait sa tasse en souriant. Elle la faisait osciller sur la marche en pesant sur l'anse avec son pouce.

— Trois fois par jour, on venait me porter à manger. C'était le seul contact humain et le seul point de repère chronologique qu'on m'accordait. Pendant mon premier séjour, en tout cas après mon assaut sur la préposée aux repas, c'étaient les gardiens qui m'avaient apporté la nourriture. Au premier matin de ce deuxième isolement, je m'étais enfoui la tête sous la couverture, comme pour dire : « Vous voulez m'isoler ? Je m'isole ! » J'entendis la porte s'ouvrir, puis quelques pas, ceux des gardiens et ceux d'un troisième homme. Puis la voix de ce dernier, grave, mais douce et très calme. Sur un ton dépourvu de toute ironie, la voix dit : « Bonjour, jeune autruche. » Ça y est, un crétin qui fait le mignon ! que je me suis dit sous la couverture. L'homme posa le plateau sur le sol puis sortit. À midi, quand j'entendis les pas s'approcher de la porte, j'enterrai de nouveau ma tête sous la couverture. « Bon après-midi, jeune autruche », qu'il dit de nouveau. C'est ça, c'est ça, du vent !

« J'avais quand même été touchée par cette voix chaleureuse et amicale. "Bonsoir, bonne nuit, beaux rêves, jeune autruche", fit-il au repas de six heures.

« Pendant les quatre jours suivants, quand les pas s'approchaient, je cachais ma tête. Et trois fois par jour, j'entendais cette voix me souhaiter du bien. Malgré moi, je me suis laissé séduire. Ce n'est pas le bon mot. Amadouer. Je me suis fait amadouer. Le septième jour, je fus surprise d'entendre encore la même voix. Personne n'est là sept jours sur sept !

« Le huitième jour, je me suis décidée à sortir de ma couverture. Quand la porte s'ouvrit, je m'étais assise sur les mollets, le dos raide, les mains sur les jambes, le cou allongé au maximum et la tête en arrière, appuyée contre le mur. Un mélange de défi et de défiance.

« Il eut à peine une seconde d'hésitation. Son visage ne montra aucun signe d'autosatisfaction. Juste un sourire bienveillant. En déposant le plateau, il dit : "Bonjour, jeune émeu." J'entendis "jeune émue". J'ai failli bondir et lui crier que je n'étais pas son émue ! Mais il n'avait pas dit MON émue. En fait, tout ce qu'il me disait, avec cette voix calme et réconfortante, mais en même temps ferme et assurée, c'était : je te souhaite une bonne journée, quelqu'un pense à toi. Il avait néanmoins perçu la tension que ma méprise avait causée, car le lendemain, cachée sous le bol de céréales, j'ai trouvé une photo découpée dans une revue. La photo d'un émeu. On le voyait, les jambes cachées par un bosquet, dans une plaine infinie où l'on apercevait, au loin, des kangourous. Je dus admettre la ressemblance avec ma posture de la veille. Ce midi-là, l'homme me trouva accroupie, les genoux écartés, les bras entre les jambes, les mains au sol, paumes renversées sous les fesses. Il m'observa un moment avant de poser son plateau à mes pieds. Il se redressa, fit deux pas vers la porte. Il se retourna à la dernière seconde et dit : "Bonjour, jeune chimpanzé."

« J'attendais maintenant son arrivée avec impatience ; il remplissait toutes mes journées. Jusque-là, j'avais compté les briques et mesuré la cellule avec mes pieds, avec mes mains, mes pouces, n'importe quoi. Là, je passais une partie de la journée à inventer des postures animalières : avec l'oreiller sous la couverture de laine : "Bonjour, jeune dromadaire", le dos rond : "Bonjour, jeune chatte".

Je dus faire un drôle d'air. En riant, Emma se redressa et rajusta la couverture sur ses épaules.

— Je sais… Moi aussi, quand j'y repense, je trouve que c'était franchement ridicule. Un vrai jeu d'enfant. J'en ai des frissons de gêne dans le dos… Mais quand je faisais l'écureuil ou le flamant rose, je m'investissais tellement dans cette sortie de secours que je ne me posais aucune question. Je ne me demandais pas de quoi j'avais l'air. Et puis, je pensais jamais raconter ça à personne. Chose curieuse, c'est à ce moment-là, alors que j'avais enfin trouvé quelque chose pour occuper mon esprit, à ce moment-là seulement que je pris le temps de réfléchir à ce que je faisais dans le trou. Comme si je prenais tout d'un coup conscience qu'il n'y avait pas « rien » dans le trou. Ben, tu as sans doute compris que c'était lui, était ma bouée d'ancrage dans la tempête. C'est ce qui me permit de chercher un port et d'essayer de comprendre comment je m'étais rendue là. Il m'avait arrêtée dans ma course hystérique.

— Et puis, qu'est-ce qui s'est passé ?

— Au bout de deux semaines, les gardiens m'ont dit que je pouvais sortir. J'ai refusé. J'ai refermé la porte sur moi, mais calmement, sans faire de crise. Le lendemain et les deux jours suivants, même chose : je refermais chaque fois la porte en douceur. Et puis quelqu'un a décidé que ça suffisait. Les gardiens ont tenu la porte ouverte et m'ont conduite vers la cour intérieure. Je n'ai pas fait de scène, j'étais plutôt calme. De toute façon, depuis qu'on avait décrété que j'avais fait mon temps, Ben ne venait plus me porter les repas. Les gardiens étaient gentils : ils m'ont promis que si, après avoir vu la cour, le ciel et tout ça, je voulais encore retourner au trou, je pourrais le faire. Ils m'ont laissée, ajoutant qu'on m'accordait une heure, après quoi je devais me rendre à la cafétéria.

« C'était une assez grande cour. Peut-être quinze mètres sur vingt. Du gazon pas trop ras et plusieurs arbres. Dès que j'ai mis un pied sur la pelouse, un chien, un genre de bouledogue qui ressemblait à Churchill, a jappé en traînant un gros ballon sous son ventre. Il voulait jouer. Je kickais le ballon et il courait après pour le rapporter. Au bout de dix minutes, il s'est lassé du jeu et est venu s'asseoir à mes pieds. Quand il nous a vus calmes, un gros matou gris est venu se blottir contre mes jambes. Le chien a levé à peine la tête. Et dans ce silence, une colombe brun et blanc a chanté dans une grosse cage en bois suspendue à un arbre.

« J'ai mis mon doigt dans la cage et la colombe s'en est approchée, marchant comme un crabe sur son support en bois. Elle est restée là, immobile, à roucouler. J'ai failli ouvrir la cage, histoire de voir si la colombe sortirait, elle. Mais quelque chose m'a retenue. Je me suis dit que ces animaux avaient sans doute été installés là par Ben (je ne savais pas encore son nom) et qu'il ne méritait pas que je lui enlève sa colombe.

« Au bout d'une heure, je suis rentrée dans le centre, mais je me suis perdue en errant dans le dédale de corridors. J'ai croisé quelques gardiens, mais comme j'étais calme et semblais dans mon droit, ils ne m'ont pas posé de questions. J'ai continué à chercher la cafétéria et me suis retrouvée par hasard devant la double porte vitrée de l'entrée principale. Par curiosité, juste pour voir ce qui arriverait, j'ai ouvert la porte et me suis assise à l'extérieur, sur la première marche d'un petit escalier en ciment. J'étais persuadée qu'en deux minutes, on se précipiterait pour me ramener en dedans. Dix minutes plus tard, il ne s'était rien passé. Je me suis levée, j'ai marché les 200 pas qui me séparaient de la rue. Une fois rendue au trottoir, il ne me restait plus que trois pas à faire pour que le mur d'enceinte du centre me cache. Et là, je me suis mise à courir comme une folle. J'ai dû galoper pendant trente minutes. Je savais même pas que je pouvais courir autant.

« C'est la chose la plus insensée, la plus imbécile que j'aie jamais faite. J'avais nulle part où aller. Pas d'argent. Je courais et je me disais : mais arrête ! Pourquoi tu fais ça ? Arrête ! Reviens. Et puis, je me suis calmée. À bout de souffle, les mains sur les genoux, je regardais en direction du centre. J'ai pesé tous les arguments auxquels je pouvais penser en faveur ou contre mon escapade. J'ai pas trouvé grand-chose en faveur. J'ai compris qu'il fallait que j'y retourne. Et au plus vite, avant qu'on s'aperçoive de mon absence. Je me suis redressée, j'ai tourné le dos au centre et j'ai recommencé à courir. "Qu'est-ce que tu fais là, crisse de folle ? " Mais j'arrêtais pas.

« Quand le soleil a commencé à descendre, je me trouvais près du boisé de la pointe ! T'imagines ? Demande-moi pas comment je m'y suis rendue, j'ai perdu pas mal de bouts de cette journée-là. J'ai longé le parc sur cinq cents mètres avant d'apercevoir cette cabane d'enfants juchée dans un énorme érable. J'ai grimpé pour m'y cacher. Vers neuf ou dix heures, une voiture de police est passée devant mon refuge en balayant les bois avec son phare. La cabane a été éclairée un moment, mais ils n'ont pas semblé me voir et ont continué leur chemin. Je me suis endormie presque aussitôt, exténuée.

J'ai été réveillée à peine une heure plus tard par la voix de Ben, en bas de l'érable.

— T'as choisi de t'envoler toi-même plutôt que de libérer ma colombe ?

J'avais la tête engourdie par le sommeil.

— Qu'est-ce que tu fais ici, comment m'as-tu trouvée ?

— C'est important ?

— Non. Pour la colombe, je me doutais bien que c'était la tienne. Tu aurais préféré que je lui ouvre la porte ?

— Si tu lui avais ouvert la porte, elle n'aurait pas su où aller. Tu vois, en temps normal, elle habite la campagne, enfin, chez moi. À la maison, je peux la laisser sortir, elle connaît bien les lieux. Elle fait même de petits sauts à l'extérieur, mais elle revient vite se percher sur un meuble, une commode qu'elle aime bien, je ne sais pas trop pourquoi. Mais ici, elle n'aurait pas su où aller. Comme toi.

— Tu ne m'as pas répondu.

— Si tu lui avais ouvert la porte, ça aurait pu vouloir dire que tu te réfugiais dans la cruauté. Je suis heureux que tu ne l'aies pas fait.

Il a fait une pause puis m'a demandé si je descendais ou si lui devait monter.

— Vous êtes venu pour me ramener ?

— Tu crois qu'on pourrait faire autre chose ? »

Emma déposa sa tasse, vide depuis longtemps, sur la pierre des escaliers.

— Je t'inventerai pas tout un dialogue ; l'important, c'est qu'il m'a convaincue de revenir au centre. Il m'a indiqué des directions par où chercher les raisons de ma fuite. Et puis il m'a promis d'arranger les choses pour que je ne retourne pas au trou. Il m'offrait une semaine de cellule de transition. Une chambre, en fait, tout près des autres, mais de laquelle je ne pourrais pas sortir, même pour les repas. Toujours pas de lecture, pas de télé ou de musique, mais j'aurais droit à une heure par jour dans la cour. « Avec les animaux ? » que je lui ai demandé.

« "Bien sûr !" qu'il a répondu, en ajoutant qu'après ma semaine de transition, il allait devoir les ramener chez lui.

« C'est Ben qui m'a apporté les repas pendant cette semaine de probation. Mais il n'y avait plus de jeu. Le premier jour, il m'a dit qu'il n'y aurait plus que deux règlements pour moi. Un : tu me respectes, je te respecte ; tu ne me donnes pas de trouble, je ne t'en donne pas. Deux : tu me parles une heure par jour. De n'importe quoi, mais tu me parles, une heure par jour.

— D'accord, mais en échange…

— En échange !

— Pas pour le respect, mais pour le jasage. Moi, parler une heure par jour et de n'importe quoi, en plus, ça m'angoisse. Il me semble que je vais avoir besoin d'un point de départ. J'aurais besoin de lecture.

« Ben a accepté. Sans trop regarder ce que c'était (c'est pas seulement depuis qu'il a ouvert son commerce qu'il lui arrive d'être dans la lune), il a pris le plus gros livre qu'il a pu trouver dans la petite bibliothèque du centre. "Et c'est écrit tout petit, qu'il a dit, ça devrait te durer pour la semaine." »

— Qu'est-ce que c'était, demandai-je à Emma.

Elle rit.

— Un dictionnaire de citations.

Son récit l'avait épuisée. Elle se leva pour partir. Elle me fit l'accolade et me remercia de l'avoir écoutée. Puis, pour la première fois, elle écrivit « bonsoir » sur mon ventre.

— Il dort.

— Qui dort ne pèche pas, disent les Polonais.

*

Ce n'est qu'en me glissant sous l'édredon, transie d'être restée trop longtemps sur le parvis, que je me fis la réflexion que Bébé n'avait pas émis le moindre commentaire sur le repas. Le lendemain, je lui posai la question.

— Tu as aimé ça, chez Hok ?

— Oui.

— Et le souper, la nourriture ?

— Je ne sais pas.

— Comment ça, tu ne sais pas ? Il y avait deux plats de viande et un dessert. Oui, bon, la soupe était affreuse, mais quand même !

— Je ne sais pas.

Je n'insistai pas. C'était déjà appréciable qu'il ne ronchonne pas.

*

Le mois de janvier débuta par ces paroles étourdissantes, vu l'absence d'émotion avec laquelle Bébé les prononça.

— Je n'ai plus de jambes.

Jusque-là, j'avais gardé espoir que je mettrais un jour au monde un Bébé normal. Qui sait déjà lire et écrire et qui a déjà plus d'un an à la naissance, mais à part ça, normal. L'accouchement était un sujet tabou avec Bébé. Lorsque j'en discutais avec Mohi ou Emma, nous utilisions l'anglais. Ceux-ci se faisaient rassurants, évoquant la grossesse des éléphants qui s'étire sur deux ans, selon Mohi. Et puis, c'est merveilleux, je vais éviter tous ces gazouillis et hurlements d'enfer ! Oui, c'est vrai, Emma : pas besoin de l'envoyer à l'école avant la troisième année du primaire. J'étais bon public : la plus insipide argumentation d'un président régional du Club optimiste aurait porté. J'allais être la mère d'un beau grand bébé savant !

« Cul-de-jatte ! » Mon cri résonna pendant d'interminables secondes dans l'églisette.

J'étais donc agitée et d'une humeur massacrante (d'autant plus que mon trouble risquait d'amener Bébé à me frapper de solitude) lorsque je fis tinter la sonnette d'Aux racines en ce vendredi soir où la vie au resto-épicerie s'apprêtait à basculer.

Emma avait déjà récolté son souper et, de loin, me fit signe avec son plateau qu'elle s'en allait manger.

Un des premiers clients fut Stefaan, comme une apparition synchronisée avec mes tourments.

— Et comment va-t-il aujourd'hui ? demanda-t-il avec son accent flamand.

— Vous tombez à pic ! dis-je, frondeuse. Il vient de m'annoncer qu'il n'a plus d'orteils, plus de pieds ! Plus de mollets !

Je haussais la voix.

— Plus de cuisses ! Je ne sais même plus s'il a encore ses hanches !

Je parlais maintenant moins fort, mais le ton de mes chuchotements frôlait l'hystérie.

— Ah ! Mais lui ! Lui, il trouve que tout va bien ! Ça lui donne plus d'espace, j'imagine ! Moins de soucis : deux membres plutôt que quatre ! Eh bien, que dites-vous de son bien-être, monsieur le psy ?

— (...)

Bébé n'apprécia pas ma crise. Je dus m'appuyer sur le comptoir ; mes jambes voulurent lâcher, tant l'assaut du vide fut violent. Je me suis mise à verser quelques larmes de rage et de frustration en le sentant s'enfoncer dans ce nulle part d'où il m'excluait.

— Bon Dieu, fit Stefaan, comme s'il eût dit « deux sucres ». Je crois que ce petit, que cet enfant, a un problème d'identité. Il ne sait pas qui il est, il ne sait pas qui TU es ; qui VOUS êtes, en somme.

Sa barbe ne parvint pas à camoufler le sourire de commisération qui ponctua son diagnostic. Le jeu avec Stefaan allait trop loin. Mais c'était ma faute, je ne pouvais certes pas en vouloir à Stefaan qui, de toute évidence, prenait mon histoire au sérieux. Il ne croyait pas que Bébé existait réellement, bien sûr. Même que cela lui aurait, j'en suis certaine, gâché son plaisir. Mais l'authenticité de mon désarroi le touchait.

— Ça, je le savais déjà, dis-je, me ressaisissant. Mais c'est gentil quand même, merci.

— Vous avez toujours mon numéro au bureau ?

— Je le connais par cœur, dis-je, ironique et lasse.

Stefaan allait ajouter quelque chose lorsque j'entendis, lorsque tout le monde entendit Hok hurler. Aussitôt, Bébé réagit : « Hol ? Hok ? » Je courus aux lavabos en passant par la cuisine où Solange, imperturbable, touillait une sauce à spaghetti dans un gigantesque chaudron. À mon arrivée, Hok n'avait pas encore terminé une longue phrase en urdu qu'on devinait aisément être un chapelet d'insultes. Le sang éclaboussait le plancher.

— Elle m'a refait le coup des couteaux !

Parlam montait les marches de la fabrique, une boîte de premiers soins dans une main. Ophelia et Frigon étaient juste derrière lui.

— Ah ! Hok s'est encore tranché le doigt ! Tu devrais t'absorber plus dans ton évier, fit le caporal avant de s'en retourner, indifférent, vers l'épicerie.

— Innocent d'enfant de chienne ! lui lança Emma qui accourait avec Mendoza et Alvaro.

Le caporal ne se retourna même pas.

Parlam voulut appliquer un bandage sur la blessure qui semblait longue et profonde.

— Attends, attends, fit Hok. J'ai une petite chose à faire avant.

Tenant toujours sa main droite de la gauche, il marcha vers la cuisine, le front plissé de douleur. Il y avait tellement de sang qu'on ne savait plus quelle main était blessée. Nous étions cinq à observer Solange qui reculait prudemment tandis que le Bangladais s'avançait vers elle, les mains sanguinolentes.

— Va-t'en, tu vas tout saloper ! fit la cuisinière d'une voix mal assurée.

— De toute façon, réussit à dire Hok, c'est moi qui nettoie, non ?

En disant cela, il leva les poignets au-dessus du gigantesque chaudron, reposant maintenant sur le comptoir et dans lequel refroidissait la sauce à spaghetti. Il retira sa main gauche.

Le sang ruissela dans le chaudron. Ça nous permit de voir la longueur de l'entaille : elle couvrait une bonne partie de sa paume.

— Et c'est toi qui cuisines, continua Hok, souriant à travers une grimace.

Avant que Solange ne réagisse, Parlam entraîna Hok à la fabrique où il le pansa.

— Il faut que tu ailles à l'hôpital, fit Emma, son regard alternant entre l'eau sale du lavabo et le bandage déjà traversé par le sang. Je vais y aller avec toi.

Hok la regarda, tout surpris.

— Fais pas cette face-là. Si tu avais douté, ne serait-ce qu'un instant, de mon amitié, tu m'en aurais fait baver depuis longtemps.

— Zéro doute, zéro doute ! Ce qui m'épate, c'est que tu l'avoues presque, c'est tout.

— Pousse pas ta chance...

— Elle a raison, en tout cas, fit Parlam, tu dois aller te faire recoudre ça.

— Bébé demande si ça fait mal ?

— Dis-lui que je ne peux pas lui écrire, que, oui, ça fait mal.

En passant devant la cuisine, on vit Solange qui versait la sauce dans des contenants à refroidir, comme si de rien n'était.

— Tu ne vas pas servir ça !

Hok était médusé.

— Et pourquoi pas ?

— Mais tu ne sais rien de moi ! Je veux dire, je pourrais être malade, avoir l'hépatite ou des parasites : comme tu le sais, d'où je viens, ajouta-t-il, sarcastique, c'est courant.

— Mais ça va cuire, tout ça va être stérilisé !

— Ça réchauffe à peine trois minutes avant d'être rajouté aux nouilles ! De toute façon, c'est pas la question ! Ça se fait pas ! En plus, c'est pas très végétarien...

Personne n'intervint, Hok se débrouillait très bien.

— Ça se fait peut-être, de répandre ton sang dans ma sauce !

Cette fois, Solange perdait contenance.

— De toute façon, qu'est-ce que tu vas faire, petit con ? Tu vas aller le dire à Ben, peut-être ? J'aimerais bien voir ça.

Hok n'hésita qu'un instant.

— Je suis désolé d'avoir à faire ça, mais je m'en vais te contenter.

Et Hok, la main recommençant à dégouliner, monta au ciel.

*

Hok Shamsoul Mohammed émergea du paradis quinze minutes plus tard, le bras dans une écharpe. Il avait la mine déconfite. Solange le regarda passer et descendre vers l'aire de service en affichant un mépris et une suffisance qui me dégoûtèrent. Hok me demanda d'aller chercher Emma et les autres. Deux minutes plus tard, nous étions tous rassemblés près du four à pizza. Solange nous toisait en conquérante, du haut de l'escalier. Hok, tout en bas des marches, enleva sa casquette et, tournant le dos à la cuisinière, nous annonça solennellement la nouvelle :

— C'est fini pour moi, la plonge Aux racines.

— Ah ! tout de même, s'exclama Solange. C'est bien fait pour toi ! Je t'avais prévenu !

Sans nous donner le temps de réagir, elle fit demi-tour et retourna à ses comptoirs. Hok regarda par-dessus son épaule, puis nous couva des yeux et d'un grand sourire, remit sa casquette et nous fit un clin d'œil éloquent.

— Ah oui… Ben fait dire au caporal de monter le voir…

— Je vais le lui dire, fit Parlam.

— Tu viens, Emma ? Ben a regardé ma coupure et il parie qu'ils vont me faire huit points de suture. J'en prédis 12 ! Oh ! Alice, Dieu va venir te rejoindre pour l'heure de pointe.

*

Eugène, lui, était consterné lorsqu'il descendit du ciel. Il vint s'asseoir un moment à la première table du pont du galion où Mendoza, déjà un peu pompette, prenait un café. Je l'entendis confier à l'ancien :

— Il m'a dit d'annoncer à Solange qu'elle est congédiée, qu'elle recevra un mois de paye, mais que c'est sa dernière journée ! Mais comment vais-je lui faire part de ça ?

Mendoza, dont le cœur saignait autant que la main de notre camarade, lui répondit :

— Je ne sais pas, tu pourrais lui dire quelque chose comme : « Solange, Ben me te fait faire part que tu es congédiée ! C'est sans appel et prend dorénavant effet maintenant. Même que compte-toi chanceuse parce qu'un mois, Mendoza trouve que c'est bien trop généreux ! » Je suis certain qu'elle comprendra.

*

— Le salaud ! hurla Solange. Il va me le payer ! Je m'en vais te lui envoyer tous les inspecteurs de la Ville sur le dos ! Avec tous les rats qu'il y a ici, ils vont bien s'amuser !

Le retour de l'instinct de chasse chez Chat devenait une priorité. Le matou faisait des progrès : tant que la viande était réduite en charpie et mélangée à du tofu, il mangeait n'importe quoi, du poisson au foie de volaille. Qui plus est, la proportion de tofu ne cessait de diminuer. Emma prévoyait qu'à la mi-décembre, Chat serait redevenu un parfait petit carnivore. Ne resterait plus qu'à en faire un prédateur impitoyable.

*

Ben descendit à dix-sept heures trente. Je me démenais comme une folle depuis quinze heures : j'étais seule à tout préparer pour l'heure de pointe. C'était d'autant plus paniquant qu'il n'y aurait pas assez de nourriture (nous avions évidemment jeté la lasagne au Bangladais). Je dus improviser. J'avais attrapé une dizaine de bouquets de coriandre afin de préparer un genre de pesto avec de l'huile d'olive du Péloponnèse (pour faire plus chic et justifier le prix d'un plat aussi chenu), du sel et du poivre. À la dernière minute, j'avais ajouté des feuilles de khafir (un genre de citronnier vietnamien) que Mendoza avait apportées au cas où Solange aurait voulu essayer quelque chose de nouveau. Sans grande surprise, il avait vu Solange lancer avec désinvolture le sachet au fond du frigo.

Tout était prêt quand Dieu, à son tour, descendit du ciel.

— Le dernier plat de Solange est délicieux, fit Ben en me rejoignant à la caisse. On pourrait peut-être ajouter quelques champignons et du tofu, pour faire plus consistant. Mais je la comprends d'être partie sans terminer. À sa place, j'aurais sans doute fait pareil. Elle n'est pas mauvaise cuisinière, mais bon, j'étais excédé depuis longtemps ! La manière dont elle traitait tout le monde (à part Norman et surtout Eugène, qui est, en édulcoré, de la même engeance), c'était inacceptable. Ça me virait à l'envers. Si je l'ai gardée si longtemps, c'est entre autres parce que votre… le gouvernement lui faisait une contrepartie qui la rendait inoffensive.

Je le regardais, médusée.

— Je t'étonne ? C'est vrai que je suis souvent dans la lune. Mais, bon, j'ai quand même pas les oreilles dans les poches…

— Comme ça, tu aimes bien son pesto ? dis-je.

— Il est délicieux. Si tu as le temps, tu pourrais peut-être ajouter des champignons et du tofu, celui aux noisettes.

— Pas de problème, j'y vais tout de suite. À propos..., ajoutai-je du haut des marches.

— Oui ?

— C'est pas Solange qui l'a fait, le pesto. C'est moi.

Je fis revenir les champignons et le tofu dans de l'huile de sésame avant de les incorporer au pesto.

— J'espère que ça règle mon problème, fit Ben à mon retour.

— ?

— Ça te plairait, la cuisine ? Hok vient de me dire que tu ferais une extraordinaire cuisinière.

— Il est fou !

— Le pesto est excellent...

— C'est un hasard...

— Heureux.

— Mais je n'ai pas assez d'expérience ! Je ne connais pas ses recettes !

Bébé, frénétique, écrivait : « Dis oui ! Dis oui ! Dis oui ! Dis oui ! »

— J'ai toutes les recettes qu'il faut en haut. Au ciel... rajouta-t-il sur un ton espiègle. Eh oui, ça aussi. Majesté... voilà que la couleur de votre visage s'harmonise avec celle de votre tablier. Alors ?

— Laisse-moi réfléchir un peu.

Bébé continuait sa litanie : « Dis oui ! Dis oui !... »

— C'est bon, c'est bon ! J'accepte !

— Déjà ?

— Déjà. Une offre de Dieu, ça doit se prendre au sérieux.

Bébé écrivit, et cela n'alla pas sans m'inquiéter : « Viande ! Viande ! »

*

Pendant l'heure de pointe, Ben accumula les gaffes, brûlant une pizza, renversant du jus de betterave dans un grand plat de riz, ébouillantant un client avec du café, ruinant un glaçage de gâteau en retirant celui-ci de son moule... C'était ridicule.

À sept heures, profitant d'une courte accalmie, je lui dis de s'installer à la caisse.

— Je m'occupe du reste !

— Mais je ne suis pas très à l'aise avec tous ces boutons et tous ces codes.

Après une seconde d'hésitation, je lui remis une tablette et un crayon dans les mains.

— Fais comme tu avais dit de faire à Hok : note les montants. Je les poinçonnerai après la ruée.

— Bon. Essayons comme ça.

Je ne pus m'empêcher, à quelques reprises, pendant que je faisais des sandwichs ou courais renflouer les plats, d'observer Ben noter les montants sur la tablette. L'ironie de la situation n'était pas très agréable. Quand la clameur de la horde sauvage s'éloigna, Ben me remit la tablette et me remercia pour le pesto. Puis, tout en se dirigeant vers l'escalier avec sa démarche de squale, il me demanda d'arriver vers huit heures le lendemain matin.

— Non-non-non ! écrivit Bébé, effrayé par l'idée de bousculer son horaire.

— Ben…

— Oui ?

— Ça va pour demain, mais faudra penser à un autre horaire, parce que le matin et moi, on n'est pas copain-copain... Je pourrais préparer le soir la nourriture pour le lendemain midi.

— Laisse faire pour demain, alors. On va s'arranger avec les sandwichs et les pizzas.

— Il reste un peu de soupe. Une vingtaine de portions…

— C'est bon, alors. Bonne nuit. Merci encore.

— Bonne nuit.

Ben s'arrêta sur la deuxième marche et mit les mains sur ses hanches, faisant se relever les coins de sa chemise à carreaux qu'il portait par-dessus son pantalon. Il dut réfléchir là, comme une branche de saule, pendant quinze secondes avant de monter au ciel.

— Tu pourrais me dire merci, chuchotai-je en baissant le menton.

Bébé ne répondit pas.

Sur la tablette, les chiffres étaient inscrits pêle-mêle : il y avait des flèches et divers traits un peu partout. C'était parfois difficile de distinguer les prix des totaux. Je ferais de mon mieux, mais tant pis si ça ne balance pas. « Il saura pourquoi... »

J'avais entré les tout derniers montants quand Ben revint. Fidèle à sa manie, il se tint à mes côtés, sans rien dire, balayant le plancher des yeux et peignant sa barbe de ses doigts.

— Je crois qu'Emma me vole.

Sans réfléchir, mais vraiment pas du tout, je répondis :

— Mais tout le monde le fait !

— Je sais. Vous mangez sans payer. Mais ça, je m'en fous, d'autant plus que l'idée de vous faire payer vient d'Eugène. De toute façon, la bouffe se perdrait. Non... Je crois qu'Emma pique dans la caisse.

— (...)

— Ne dis rien. Je ne veux pas savoir si tu étais au courant ou non.

— La tablette ?

Il hocha la tête, lentement.

— J'ai vu faire Emma quelques fois, sans comprendre ce qu'elle faisait.

— J'avais remarqué moi aussi, mais je ne savais pas quoi faire. Je ne pouvais tout de même pas...

— Chut, chut, chut. Je t'ai dit de ne rien dire. Je voudrais que tu fasses quelque chose pour moi. Tu vas la convaincre de venir tout m'avouer d'elle-même.

— Évidemment, sans lui mentionner que tu es au courant...

— Évidemment.

— Tu ne vas quand même pas la congédier !

— Alice… Franchement, me reprocha-t-il. T'en fais pas. Nous avons une longue histoire, Emma et moi.

— Elle m'en a parlé.

— Ah ! Ça me fait plaisir. J'espérais qu'elle te considérerait comme son amie ! Tu sais, je crois qu'elle n'en avait encore jamais parlé à personne.

— (…)

— En tout cas, tu peux être rassurée, je ne vais pas laisser notre vieille relation se terminer en queue de poisson pourrie, comme qui dirait.

— Mais pourquoi fait-elle ça ?

— Ah, ça… De la lune, on ne voit et ne sait quand même pas tout…

*

Juste avant la fermeture de l'épicerie, Stefaan, cette fois accompagné de sa femme, en sortit, portant deux sacs au bout des bras, sa femme en tenait un troisième. Bébé écrivit sur un ton de reproche : « Demande au psy pourquoi Emma vole ! » Contournant les comptoirs de l'aire de service, je me suis dirigée vers lui.

— Monsieur Van Geishemgen ?

— Van Geiseghem.

— Oui. Excusez-moi. Je voulais vous demander... Pourquoi vole-t-on ?

Le psychanalyste posa ses sacs et me regarda avec attention.

— Il y a autant de raisons de voler que de voleurs. Mais, plus généralement, si c'est vous qui volez, cherchez-en la cause lors de votre prochaine dépression.

— Et si c'est une amie ?

— Restez son amie et ne devenez jamais sa mère. Et si c'est un client, soyez indulgente et faites semblant de rien. Mais, cela, vous le faites très bien, je crois.

Pour une fois, sa femme ne rougit pas. Elle semblait par contre bien en mal de retenir un fou rire.

— À propos, votre…

Il regarda mon ventre.

— Vous avez l'impression qu'il vous a volé ses jambes ?

— Ça n'a rien à voir.

— Bien sûr que non ! fit-il en me saluant.

— Il se moque de toi, écrivit Bébé, agressif. Il ne te croit pas. Il pense que je n'existe pas. Comment pourrais-je savoir qu'il se moque de toi si je n'existais pas ? Donc, j'existe.

— Il ne se moque pas, c'est un jeu.

— ?

— Je fais semblant de faire semblant que tu existes. Il ne faut pas qu'il sache la vérité, alors je lui dis la vérité pour qu'il croie que c'est un mensonge et que tout ça n'est qu'un jeu.

— Mais c'est un jeu, non ?

— C'est ce que je dis. Mais ce n'est pas celui qu'il croit.

— Mais tout à l'heure, tu t'es fâchée et tu as pleuré en lui racontant que je n'avais plus de jambes. Ce n'est pas un bon jeu ! Un jeu pour chiffe molle !

Ce n'était pas non plus le jeu que je croyais.

*

Hok et Emma firent une apparition vers neuf heures trente. Dieu s'était retranché au paradis.

— Dommage qu'il soit monté, fit Hok. J'ai gagné ! Douze points de suture ! Douze points, répéta-t-il à l'intention de Bébé, qui écrivit : « Hok est guéri, Hok est guéri ! »

— Comment ça s'est passé ici ? demanda Emma pendant que le blessé montait voir Mohi et Zoé.

Ce n'était pas le moment de lui suggérer d'aller confesser à Dieu ses péchés. On n'assomme pas celle qui vient de faire une bonne action. Je lui racontai les quelques gaffes de Ben en omettant son passage à la caisse.

— J'aurais aimé voir la face de Solange ! s'exclama Hok, de retour avec nous.

— Zoé et Mohi t'ont dit à propos de la menace ?

— Oui.

— Quelle menace ? demanda Emma, se tournant vers Hok.

— Elle veut envoyer les inspecteurs pour les rats ! répondit Hok. Mais j'ai une idée. Je vous dirai ça la semaine prochaine. Au fait, Alice, Ben t'a-t-il annoncé la nouvelle ?

— Pour mon nouveau poste ?

— Et pour le sien, ajouta Emma en pointant le ministre des Affaires interculturelles.

— Je vais travailler avec Emma à l'aire de service ! Avec les clients ! Je vais pouvoir pratiquer mon français !

Hok me raconta alors sa visite chez Ben.

— Dès que la porte s'est ouverte, et sans rien dire, il m'a pris par un poignet et m'a entraîné dans sa salle de bains pour laver la plaie et refaire mon pansement. « Ça va te prendre des points de suture », qu'il m'a dit. J'ai répondu que j'étais pas monté pour me faire bichonner, qu'il fallait que je lui parle de toute urgence avant d'aller à l'hôpital. On va dans le salon, on s'écrase dans des fauteuils. Je lui dis tout. Je crois que j'avais perdu trop de sang : je lui dis tout ! Du gaspacho à la sauce à spaghetti !

— Même pour la radio ?

— Mais elle fonctionne, la radio, non ? répliqua-t-il sans perdre son entrain. Tout ce temps, Ben est enfoncé dans ses épaules jusqu'aux oreilles, les deux mains qui réchauffent son menton. Comme d'habitude, quoi. À la fin, il me dit :

— Qu'est-ce que tu pensais me proposer ?

— Proposer ? que je répète.

— Oui, 50 portions de gaspacho et 200 portions de sauce...

— Et Solange ?

— Solange, je m'en occupe.

— Alors, continua Hok, on a marchandé. Je dois lui copier deux cents minutes de klezmer, lui prêter une vingtaine de romans, lui donner un exemplaire de chacun de mes contes (je parie que c'est Zoé qui lui en a parlé) et faire dix heures supplémentaires, quand je veux.

— Ça, c'est du Ben tout craché ! fit Emma.

*

De retour à l'églisette, Bébé se fit câlin. Il allait parfois jusqu'à se retourner et caresser mes viscères à travers le placenta. Multipliez par dix l'effet d'une séance d'ostéopathie et vous aurez un aperçu de l'étrangeté de la sensation que ces massages procuraient. Nous avions abandonné le patinage depuis longtemps. Bébé préférait maintenant la lecture. Il aimait pardessus tout les romans historiques, surtout quand il y avait des coutumes et des habits différents des nôtres. Il absorbait toutes ces informations avec une facilité déconcertante. J'avais récupéré les livres d'histoire de ma mère. Et lorsque j'en extirpais un de sa boîte de carton, je sentais Bébé avide de connaissances, que ce soit au sujet de la propreté au Moyen Âge, de la vie des simples citoyens dans la Rome impériale, des sociétés iroquoiennes ou du système politique de la Russie kiévienne.

La perte de ses jambes aida Bébé à faire la distinction entre le temps et l'espace : il commençait à comprendre ce qu'étaient « avant et après ». Quand il me demanda, ce même soir, d'aller voir le roi Dagobert, je n'eus qu'à lui expliquer qu'il n'existait plus. Que c'était du passé.

— Le passé, c'est comme tes jambes. Tu ne peux plus aller à tes jambes, n'est-ce pas ? Le passé, c'est comme ça.

— Je ne peux plus y aller, mais je peux penser à elles, fit Bébé.

— Moi aussi, je peux penser à elles…

Bébé ne semblait pas savoir quoi faire de toutes ces connaissances qu'il engrangeait. Nos conversations continuaient de tourner autour de ses besoins primaires. Il avait la curiosité du collectionneur qui accumule, additionne plutôt que celle du classificateur à la Linné, qui divise et multiplie en cherchant à découvrir du sens.

*

En m'habillant devant le miroir, ce matin-là, j'avais vu s'écrire les premiers mots de la journée. Comme cela se produisait souvent lorsque Bébé voyait ainsi son écriture inversée, il s'arrêta, confus, au beau milieu d'un mot. Il ne reprit sa phrase que lorsque j'eus fini d'enrouler mon sari.

— Je suis heureux que tu aies réussi à faire disparaître Solange !

— Mais je n'y suis pour rien !

— Tu as quand même réussi !

— Je n'avais pas désiré ce poste ! J'étais très bien à l'aire de service avec Emma.

— Moi je voulais, tu voulais !

— Si ça te fait plaisir… Mais je te préviens : je ne décide pas du menu.

— Tu seras la cuisinière, tu pourras décider.

— Je te le répète : au début en tout cas, je devrai me conformer aux recettes de Solange.

— Pouah ! Pouah ! Mais je comprends. J'attendrai.

Un répit ! J'aurais un répit !

— Mais attention ! Dépêche-toi parce que personne n'aime ceux qui ne servent pas de viande !

*

Le menu était composé un mois à l'avance. Parlam savait donc quoi faire. À mon arrivée, tout était prêt : les légumes lavés, pelés, coupés ; les deux cents œufs de l'omelette du jour, battus ; les lentilles trempant dans de l'eau et la sauce d'agar-agar attendant que je l'incorpore au ragoût de seitan. Parlam avait secondé Solange depuis l'ouverture du resto et connaissait le menu par cœur ; il aurait pu s'occuper de la cuisine à lui seul. J'étais d'ailleurs un peu mal à l'aise : la place de cuisinier aurait dû lui revenir.

— C'est gentil à toi de me poser la question. Mais ne t'en fais pas, Ben m'a déjà proposé de prendre la place de Solange. Ça faisait un bout de temps qu'il voulait s'en débarrasser. Mais ça ne me tentait pas de prendre ce genre de responsabilité.

Sans le savoir-faire de Parlam, son calme endurci et ses grandes paluches dont Emma disait qu'elles étaient vives comme des truites, mon initiation à la cuisine aurait été éprouvante. Les recettes étaient simples et faciles à réaliser ; n'en reste pas moins que les papillons font la fête dans votre estomac quand vous assaisonnez une omelette de deux cents œufs ! Cuire d'aussi grandes quantités de nourriture fout la trouille sans bon sens. Le fait que ce soit une insipide bouffe de bûcherons bouddhistes ne change rien à l'affaire. D'autant plus que Bébé, malgré sa promesse de me laisser en paix, ne pouvait s'empêcher de me donner des indications : « Moins de paprika, plus de sel, pourquoi pas de sucre dans les légumes ? Il y en a bien dans le ragoût de seitan. » Et ainsi de suite.

*

Cette première journée se passa très bien. À deux heures du matin, tout était prêt pour le repas du midi. L'équipe du matin n'aurait qu'à réchauffer les plats que j'avais mis au frigo.

L'initiation de Hok Shamsoul Mohammed se passa tout aussi en douceur. Son sens de la répartie, sans être aussi redoutable que celui d'Emma, parvenait à dérider nombre de nos lymphatiques quoique impatients clients. De plus, le ministre des Affaires interculturelles avait largement étendu son vocabulaire, de sorte que son français, malgré une forme parfois exotique, suffisait à la tâche. J'imagine également que son accent (qu'il se plaisait à exagérer) en charmait plusieurs.

J'offris à Emma de m'occuper de Hok de vingt et une heures à la fermeture et de faire la caisse avec lui.

*

En montant l'escalier menant à la comptabilité, je remarquai à quel point Hok semblait exténué. Le jeune Bangladais était étrangement calme ; cela lui donnait un air sérieux, incongru sur ce visage surplombé d'une casquette.

— Alors, ça balance ? vérifia Hok, une fois la monnaie additionnée.

— Non. Il y a 10,60 $ en trop. Mais c'est pas bien grave. C'est normal, c'est ta première soirée.

— …

— Je te dis que ce n'est pas grave.

— …

— Fais pas cette tête-là ! Je te répète que…

— Arrête, Alice ! C'est pas ça ! C'est Emma. Elle encaisse l'argent de certains clients sans poinçonner, puis elle écrit les montants sur un bout de papier. Et dès qu'elle a une occasion, elle retire de la caisse les sommes inscrites.

— Je sais.

— Tu sais ? Et tu n'as rien dit !

— Qu'est-ce que tu voulais que je fasse ?

Je lui racontai ma conversation avec Ben.

— Moi, je crois qu'elle vole parce qu'elle veut se faire chicaner ! Je sais ce que c'est de ne jamais se faire engueuler et c'est affreux ! Terrible !

Hok avait retrouvé son ton enjoué.

— Alors, continua-t-il, tout va s'arranger. Elle va aller voir Ben. Ben va la chicaner et elle sera heureuse et arrêtera ses conneries !

— Ah oui ? Et comment va-t-on la convaincre d'aller voir Ben ?

— Je sais ! On lui met une lampe de poche sous la face et on crie : « Avoue ! »

— Excellente idée ! On pourrait même la torturer un peu avant. Mais une fois qu'elle aura avoué, il faudra la persuader de tout répéter à Ben et ça nous ramène à la question précédente : comment ?

— Doit-on résoudre ce problème ce soir ?

— Non.

— Dans ce cas, bonne nuit. Au fait, il y a une autre bonne question…

— Laquelle ?

— Qu'est-ce qu'elle fout avec son argent ? Elle est même pas foutue de s'acheter quelques robes décentes !

*

Je m'en voulais. Je n'avais pas été très franche avec Emma. Plutôt que de lui dire que j'avais remarqué sa combine et de la confronter, j'avais multiplié les allusions, mais de façon à ce qu'elle ne puisse pas être certaine d'avoir été percée à jour. Je me sentais minable. J'aurais voulu la prendre dans mes bras et lui dire que je m'en foutais qu'elle vole, que je voulais juste comprendre. Mais peut-on prendre Emma dans ses bras ?

*

Le lundi suivant, Hok téléphona à Emma.

— Si Alice te donne un coup de fil, rappelle-moi.

Sitôt sa phrase terminée, il raccrocha. La grande brune dut trouver ça suspect : je ne l'appelais que très rarement pendant la semaine. On se voyait déjà trois jours sur sept. Mon appel suivit de quelques minutes à peine celui de Hok. Deux heures plus tard, nous étions tous les quatre réunis au parc Nicolet, autour d'une table à pique-nique faisant face à la rivière. Quatre ? Emma avait deviné au ton de ma voix que c'était du sérieux et qu'elle serait au centre de la discussion. Elle avait invité Mohi, le modérateur, à se joindre à nous. Ou était-ce pour être encore plus en minorité ?

C'était un après-midi magnifique ; un peu froid pour la mi-janvier, mais un air sec et vivifiant. Deux heures plus tard, les conditions atmosphériques étaient tout à fait semblables, hormis, peut-être, la chute de un ou deux degrés. Entre ces deux états météorologiques ? Une alternance de tension et de dédramatisation (« Moi, Hok Shamsoul Mohammed, je te condamne à être mièvre et d'une gentillesse débonnaire pendant deux fins de semaine ! »). Oui, Emma, nous volons nos repas. Nous ratiocinons sur nos petits forfaits comme tous les voyous, ceux en veston cravate ou ceux en jean et t-shirt. Et toi ? On voudrait juste comprendre. C'est vrai, tu as raison, c'est entre Ben et toi. Et Mohi aussi a raison quand il dit que l'être humain est bien trop compliqué et fragile pour être jugé par un autre être humain.

Rivière miroitante, ciel bleu, brise légère et profonde inspiration de la grande brune.

— Quand on tombe, il ne faut pas s'accrocher aux nuages. J'irai vendredi, à votre arrivée à toi et Hok. J'aimerais que tu sois là aussi, Mohi.

— Je serai là, bien sûr.

*

Le jour dit, Emma monta se confesser au ciel à quinze heures trente et en redescendit, rayonnante, à dix-sept heures.

— Il m'a nommée gérante !

5

La première décision d'Emma fut d'accepter la proposition de Hok concernant Chat. Le ministre des Affaires interculturelles s'était procuré une petite souris en peluche. Une fois évidée de son contenu originel, la carcasse molle pouvait contenir trois ou quatre bouchées de viande. Ne restait plus qu'à la plonger dans du bouillon de poulet, lui accrocher une corde puis faire courir Chat. Dès que l'absence de clients le permettait, Hok reprenait l'appât qu'il traînait derrière lui, courant de la fabrique au pont du galion, en passant par la cuisine et l'aire de service. Lorsque le matou avait bien galopé, bien montré sa détermination, Hok le laissait capturer son repas. Chat pouvait alors, en s'aidant de ses crocs et griffes, élargir la petite fente par laquelle la viande avait été insérée et dévorer les entrailles de la fausse souris.

Sa deuxième décision fut de me rendre responsable du budget de la cuisine.

— Mais je n'y connais rien !

— Hok, tu aideras Alice. Tu étudies en administration, non ? Ça te fera un exercice.

— Mais je ne connais rien à la cuisine !

— Ça te donnera l'occasion d'appliquer ton ignorance, répliqua Emma.

Cette dernière conservait son poste à l'aire de service.

— Le contact avec la clientèle est essentiel à mon équilibre psychologique, expliqua-t-elle. Les quelques clients charmants me manqueraient, c'est sûr. Mais les crisses de fous, encore plus ! Qu'est la vie sans ennemis ? À bon chat, bon rat. Qui cultive les ennemis ne récoltera pas l'ennui, et cetera, ainsi de suita…

Seule révélation sur le passage d'Emma au ciel : Dieu ne lui avait donné que deux commandements. Un : préserve tes amitiés. Deux : rentabilise-moi ce foutu commerce ! Rien sur ce qui s'était dit d'autre en une heure et demie. Hok l'interrogea, mais sans trop insister ; il se rendait bien compte qu'il y avait là une zone où il valait mieux ne pas s'aventurer.

À la demande d'Emma, le caporal conserva son emploi, mais en tant que simple commis à l'épicerie. Yé décida de garder le même horaire tout comme le nouveau, Bastide Memba, qui remplaçait Hok à la plonge.

*

Janvier passa. Février fit de même. Emma décida qu'on abandonnerait les plats macrobiotiques ; cette austère fumisterie ne convenait qu'à de trop rares clients. Tant pis pour Norman. Ayant pris de l'assurance, je me permettais maintenant d'apporter de petits changements aux recettes de Solange. Oh, pas grand-chose : un peu moins d'huile, un peu plus d'herbes et d'épices. Et, de temps en temps, j'essayais de nouvelles recettes.

Depuis le souper chez Hok, j'avais relu les livres que nous avions alors consultés. La cuisine asiatique, avec ses préparations élaborées et tous ses aromates, m'attirait. À l'églisette, la vingtaine de flacons offerts par Hok étaient rangés au-dessus de la cuisinière à côté d'une vingtaine d'autres accumulés au gré des lectures et des essais culinaires. Malgré des résultats équivoques, j'adorais préparer mes propres mélanges d'épices et mes propres pâtes de curry. Mais, comme rien n'est simple, Bébé ne tarda pas à se manifester.

— Tu te souviens du souper chez Hok ?

— Oui, bien sûr.

— Je ne savais pas, pour la nourriture.

— Pour la nourriture ?

— Si j'aimais ça ou non.

— Ah oui, je me souviens !

— Maintenant je sais.

— …

— Les épices et les herbes ont trop de goût ! Le piquant est mauvais !

Alors, je me suis mise à négocier. J'oscillais entre le fou rire et l'exaspération : « Je suis en train de parlementer avec mes entrailles ! Mais non, qu'est-ce que tu racontes ? Tu es tout bonnement en train de négocier avec un bébé de vingt-deux mois ! »

S'ensuivit une semaine de ballet psychologique et de diplomatie des profondeurs ; de chantage creux et de promesses émotives.

Il fut convenu que la bouffe à la maison n'aurait pas trop de goût et ne serait pas trop épicée. J'éviterais le sumac, le galanga, la coriandre en grains, le curcuma frais, le cumin ainsi qu'une dizaine d'autres épices, herbes ou racines. Je conservais le droit d'expérimenter avec ces aromates, mais alors je devais me contenter d'y goûter, et surtout, ajouta Bébé, il me fallait éviter les excès de piment, de poivre, de poivre sichuanais, de gingembre ou toute autre substance « piquante ». Aux racines, je pourrais utiliser les épices et les herbes proscrites, mais avec modération. Quant à celles qui étaient tolérées et dont j'assaisonnais la viande à la maison, elles pourraient se retrouver plus tard dans le seitan ou dans le tofu. Lorsque Bébé jugeait la nourriture trop goûteuse ou piquante, il me fallait la refiler à Chat. De plus, attendu que déjà, les fins de semaine, il se voyait contraint de subir les assauts d'une alimentation végétarienne trop relevée, Bébé exigeait, en compensation, une augmentation des portions de desserts.

En vertu de cette convention, Bébé m'offrait une trêve : il cesserait de réclamer de la viande à tout bout de champ.

J'aurais bien voulu avoir un avocat, et ce, malgré le butoir de Bébé parce que, tout de même, question rapidité, l'écriture fait piètre figure en comparaison avec la parole. Je sentais d'ailleurs la frustration croissante du pas ballot dont l'écriture ressemblait de plus en plus à celle d'un médecin. Il prenait également la mauvaise habitude de ne pas compléter ses mots. Il pouvait écrire : « arr li liv recet et li dav liv hist » pour « arrête de lire des livres de recettes et lis davantage de livres d'histoire ». Par moments, même Hok éprouvait de la difficulté à décrypter son écriture.

*

René ne s'était pas manifesté depuis novembre. Quatre mois s'étaient écoulés sans que j'avoue ma curiosité. Par orgueuil, j'avais évité de demander à Hok des nouvelles de chez René. C'est l'austère Tamoul qui m'apprit qu'il y avait eu du nouveau. Nous étions quatre ou cinq à papoter sur le pont du galion lorsqu'il fit référence à la dernière campagne de René qui portait sur les « assistés corporatifs ». Il prétendait cette fois-ci envoyer, toujours à l'aide d'un virus informatique, divers tableaux statistiques à des millions d'internautes. On pourrait y comparer l'aide financière octroyée au milieu des affaires (crédits d'impôt, location à un dollar de vastes terrains, etc.) par les divers gouvernements occidentaux aux montants que ces mêmes gouvernements allouaient aux assistés sociaux. Les chiffres étaient éloquents !

— J'avais oublié de t'en parler, s'excusa Hok, penaud.

— Ce n'est pas grave. Quand a-t-il modifié son site ?

— Il y a plus d'un mois, répondit Parlam.

— Ce n'est plus de l'oubli, c'est de la dissimulation !

J'en compris la raison le lendemain, lorsque Hok me donna un imprimé des pages biographiques.

Qui suis-je pour m'activer ainsi ?

Outre que mon cœur appartient à une petite église au bord de l'eau, je suis celui qui fit un jour rater de façon spectaculaire une expérience de chimie à ma future femme. Et peut-être également celui qui vous a valu, à vous ou à un membre de votre famille, un alitement prolongé, un fameux mal de tête, de terribles nausées ou, qui sait, un séjour à l'hôpital. Je travaillais à la pharmacie de mon père durant les vacances de Noël pendant l'été. Ceux qui ont suivi le cours sinueux de ma jeunesse à travers ce site ne seront pas surpris d'apprendre que c'était une idée de ma mère. Ceux-là auront peut-être même deviné ce qui se cachait derrière cette initiative maternelle. Initiative qui n'était d'ailleurs pas sans déplaire à mon père, un fameux coureur de jupons. Comme maman ignorait, ou voulait ignorer, ce dernier point, ce n'est pas pour jouer le rôle de chaperon que je me suis retrouvé derrière le comptoir. « Si tu parviens à lire les noms de tous ces médicaments et de ces potions sur toutes ces étiquettes et sur ces prescriptions, ta dyslexie ne sera plus qu'un mauvais souvenir, un cauchemar, terrifiant, bien sûr, mais dont tu te seras débarrassé à jamais. » La perspective de ne plus me faire abandonner au coin de rues aux noms abominables était séduisante. Je fis donc de mon mieux. Mais allez donc faire la différence entre : « clarithromycine » et « oxybutynine » quand c'est écrit à la main par un médecin et qu'en plus, vous n'avez pas la moindre idée de la fonction desdits produits. Si vous comptez parmi mes victimes, vous m'en voyez désolé.

Mon erreur la plus spectaculaire fut celle qui détruisit le passé d'Alice, de sa naissance à ses neuf ans.

Un jour, mon père me tendit une liste de produits que je devais aller récolter et lui rapporter pour qu'il en fasse un mélange dans deux bouteilles. Je fus surpris : ce n'était pas une prescription et la jolie calligraphie ressemblait à celle des livres où l'on apprend à écrire. Il m'expliqua que c'était pour une petite fille. Elle avait besoin de ces produits pour une expérience de chimie. « Tiens, en allant me chercher l'iode, le bleu de méthylène et le peroxyde, tu pourras la voir ; elle a à peu près ton âge et elle est très mignonne. » Mon père avait raison : c'était Alice. C'est donc du fait d'une nervosité amoureuse des plus éprouvantes et non de ma dyslexie que j'ai confondu peroxyde et alcool isopropylique. Quant à savoir comment il se fait que mon père pharmacien ne s'en soit pas rendu compte, c'est une autre histoire.

De retour chez elle, Alice mélangea dans un matras en verre les préparations que mon père avait concoctées à partir des produits que j'avais assemblés pour lui. Elle ajouta un ou deux autres produits puis alluma le brûleur. Alice effectuait ses expériences sur une table à ping-pong sous laquelle étaient cordées des boîtes de carton, car la mère d'Alice s'apprêtait à déménager. Dans une de ces boîtes se retrouvaient tous les albums photos de la famille.

Trois minutes après l'apparition de la flamme, une majestueuse mousse bleue déborda du matras par son étroite ouverture et se répandit sur la table qui se mit à crépiter. La mousse s'écoula par l'interstice reliant les deux panneaux de contreplaqué verts et tomba dans la boîte contenant les archives photographiques.

Au risque de sembler vouloir me dédouaner, je crois devoir préciser le contexte dans lequel se déroulaient ces expériences.

Le père d'Alice, mort lorsque cette dernière sortait à peine du berceau, avait été chimiste. Alors que la plupart des petites filles désirent devenir astronaute, géologue, exploratrice des fonds marins ou anesthésiste, Alice, à partir de sept ans, exprima l'espoir de devenir un jour chimiste, comme son père. Cela indisposa sa mère, Michèle, au plus haut point. Cette vive réaction résultait de plusieurs facteurs. Lorsque Michèle rencontra son mari, ce dernier était un jeune chercheur idéaliste explorant de nouvelles technologies pour le recyclage des polymères. Jeune professeur d'histoire, idéaliste émue par les misères de la planète Terre, elle tomba amoureuse du chimiste. Dix ans plus tard, par une suite de petits abandons, de concessions et d'obligations, le jeune idéaliste travaillait pour une compagnie qui vendait des engrais, des insecticides, des herbicides et divers explosifs à usage militaire. Faisant (par un remarquable effort intellectuel dont seuls sont capables les humains) abstraction de la nouvelle absence d'orientation politico-sociale de son mari, la mère d'Alice était toujours amoureuse. Mais le chimiste travaillait jour et nuit, par passion, par insécurité et, pour finir, par inertie. Il travaillait tant qu'Alice dit un jour à sa mère : « Je voudrais être le travail de papa. » Ce fut la goutte qui fit déborder l'éprouvette. La mère d'Alice résolut de faire une scène à son mari le soir même, dès qu'il rentrerait, peu importe l'heure. Il ne rentra jamais. Une explosion dans son laboratoire. Ce serait suffisant pour qu'une maman éprouve des réserves quant au choix de carrière de sa fille. Mais ce n'était pas tout : celle-là avait des plans pour cette dernière. Alice deviendrait historienne et finirait secrétaire générale de l'ONU, qu'elle réformerait en profondeur ! Rien de moins !

Si la maman d'Alice avait su que c'était moi qui avais causé le désastre responsable de la destruction des archives photographiques, elle m'aurait sauté au cou. Et pas pour m'étrangler. J'ajouterai, et c'est là où je voulais en venir, que je n'étais peut-être pas le seul responsable de l'échec de cette expérience. Car la réaction de la mère devant la lubie de sa fille fut celle du judoka : utiliser l'énergie de l'ennemi pour le vaincre. Elle fit mine d'encourager la passion de sa fille, allant même jusqu'à lui procurer pour ses neuf ans une grande boîte contenant un ensemble de chimie très élaboré : moult fioles, éprouvettes, brûleur et produits divers. Mais surtout, un livre d'instructions dont la page couverture était manquante. Le livre eût été intact qu'on aurait pu y lire, sur cette première page : « 200 expériences de chimie », écrit en caractères bleus. Et, en caractères rouges, on aurait immanquablement remarqué l'avertissement suivant : « Pour seize ans et plus ». Alice, neuf ans, s'était fait offrir une grande boîte à échec. Sa mère espérait ainsi décourager Alice et la remettre dans le droit chemin.

Mais, de tout cela, je ne savais rien à l'époque.

— Et puis ? demanda mon père quand la petite fille eut quitté la pharmacie.

— Je la connais, dis-je. C'est la femme de ma vie.

Et mon père de rigoler un bon coup.

*

— Hok, jure-moi que tu ne lui diras pas que je sais !

— Je te le jure.

— Sur la tête de ta mère ?

— Je ne peux pas faire ça.

— Pourquoi ?

— Je lui ai juré de ne jamais jurer sur sa tête.

— Sur la tête de ton père alors ?

— Je te le jure sur la tête de mon père.

— C'est bon.

Hok envoyait des courriers électroniques à René depuis au moins six mois !

— Et jure-moi, ajoutai-je en anglais, que tu as dit la vérité : que tu ne lui as rien dit au sujet de Bébé !

— Sur la tête de mon père, de mon oncle et de ma tante, je ne lui ai pas parlé de Bébé.

Il lui avait raconté qu'il travaillait avec « Alice, la femme de l'églisette ». Il lui avait brossé un tableau impressionniste de la vie que je menais : mes amitiés, le jeu du gouvernement (ce qui me gênait beaucoup), les soupers, les pluies de confidences, ma nouvelle fonction de cuisinière et, bien sûr, mon évocation des expériences de chimie de mon enfance. Mais rien sur ma grossesse. On ne pouvait pas vraiment parler d'une correspondance. Hok lui avait envoyé quelques courriels auxquels René n'avait pas répondu. Le Bangladais fut aussi décontenancé que moi lorsque René intégra à sa biographie des informations qu'il lui avait fournies.

— Alors, il a inventé tout ça à partir de ce que je lui ai écrit ?

— Non. Comme toujours, il y a du vrai dans ce que René raconte. Je n'ai effectivement plus aucune photographie d'avant mes neuf ans. Ça, je le lui ai déjà dit. Mais que ma mère m'ait donné un livre d'instructions et un ensemble de chimie trop avancés pour moi dans le but de me décourager, ça, il l'a inventé ! Maman considérait que j'étais une enfant précoce, et voulait me fournir les moyens de développer mes capacités. Elle a peut-être un peu exagéré, mais certainement pas pour les raisons que suggère René !

— C'est pas pour ça que tu as abandonné la chimie ?

— Mais non ! Je te l'ai dit, c'était un engouement de jeunesse ! Ça m'a passé, c'est tout.

— Et…

— Pour mon père ? Ce qu'a écrit René est à peu près vrai.

— À peu près vrai… Ah bon !

— Alors, plus de cachotteries, d'accord ?

— À peu près juré !

Hok m'informa que René avait mis à jour son site à trois reprises. Trois autres campagnes que personne n'avait suivies, dont à peu près personne n'avait entendu parler : une pour la réforme de l'ONU, une en faveur des placements socialement responsables, et enfin une contre l'eugénisme par manipulations génétiques où il affirmait que bien que ce soit un cauchemar empli de promesses, la durée du cataclysme que cela engendrerait ainsi que la probabilité extrêmement faible de résultats satisfaisants en faisaient un pari absurde.

Et, bien sûr, il poursuivait ses éléments biographiques en mélangeant toujours réalité et fiction. Bien que je dus admettre que la réalité occupait une place grandissante dans les anecdotes qu'il relatait.

Dans la première, il évoquait les leçons de yoga de ma mère.

À douze ans, ma mère me fit prendre des cours de yoga. D'après ses lectures, la dyslexie avait quelque chose à voir avec la proprioception et la capacité de percevoir son corps en mouvement dans l'espace. Dès le premier cours, j'aperçus Alice, toujours aussi belle, toujours du même âge que moi, sagement assise en position du lotus, attendant que sa mère Michèle fît le chat, dernier exercice de nos séances. Au début, je n'osais pas manifester ma présence et Alice ne me remarqua pas. Je finis par prendre mon courage à deux mains et, effectuant le salut au soleil, je tournai la tête vers elle en lui souriant, espérant que mon amour me reconnaîtrait. En vain. Elle croit, me dis-je, que je fais des exercices du zygomatique. J'étais dans l'erreur : Alice était myope et sa mère ne s'en était pas encore rendu compte.

La deuxième, je ne m'en souvenais pas, mais elle me semblait plausible. Ne serait-ce que parce que sa banalité suggérait que René ne l'avait pas inventée.

Pendant un mois, j'ai fréquenté la même école secondaire qu'Alice. Nous n'étions toutefois pas dans la même classe. Un jour (j'ignorais encore que nous partagions le même bâtiment !) que je me présentais au bureau du prof d'histoire (Madame Boutin) pour lui remettre un travail en retard, je vis, au fond de la petite pièce, Alice et Madame Boutin, assises côte à côte près de la fenêtre. Le prof d'histoire pleurait, un bras d'Alice autour de ses épaules. Lorsque Alice me vit avec le paquet de feuilles froissées dans les mains, elle reprit son bras, se leva, se dirigea vers la porte, m'arracha les feuilles et, avant que j'aie le temps de sourire bêtement ou de marmonner quoi que ce soit, me claqua la porte au visage. Après quoi, j'eus tout le temps voulu pour

marmonner une stupidité quelconque et sourire comme un abruti.

Je conservais par contre un vif souvenir de cette troisième anecdote. Je porte d'ailleurs toujours une légère marque sur le nez qui m'empêche de l'oublier. J'ignorais par contre jusqu'à ce jour l'implication de René.

Toujours avec l'objectif de vaincre ma dyslexie, ma mère insistait pour que je m'inscrive à tous les sports parascolaires possibles. Je me suis donc retrouvé, bien malgré moi (et au grand dam de mes coéquipiers), à une compétition intercollégiale de ballon chasseur. La seule qualité que je possédais était d'être toujours le dernier éliminé. Pour cela, mes coéquipiers devaient remercier mes cours de yoga. Je parvenais à une immobilité totale (dans des positions complexes) qui, d'une part, intimidait les adversaires et que, d'autre part, j'interrompais avec une fulgurante énergie lorsque le ballon s'approchait trop. Le problème résidait dans mon incapacité à propulser le ballon dans des trajectoires cohérentes ; je l'envoyais la plupart du temps dans des bras ennemis.

Dès le début de la joute, j'aperçus Alice dans l'équipe adverse. Alice, qui ne portait toujours pas de lunettes, jouait pour ainsi dire mon rôle dans son équipe. Elle se retrouva avec moi la dernière à devoir être éliminée : sa grande beauté avait inhibé tous les joueurs de notre équipe (je fréquentais à l'époque un collège de gars). Personne n'aurait osé avoir le mauvais rôle auprès d'elle. Moi, le dernier. C'est pourquoi j'ai visé bien au-dessus de sa tête lorsque mon tour fut venu d'avoir le ballon. J'aimerais bien pouvoir dire qu'Alice bondit de toutes ses forces pour tenter d'attraper le ballon. Eh bien non. Avec sa myopie, elle ne l'avait même pas vu venir. Ma maladresse fut donc seule en cause : elle reçut le ballon en pleine face, ce qui fit éclater son nez. Nous avions gagné. Les membres de mon équipe étaient soulagés, mais leur enthousiasme était teinté de prudence.

Vous imaginez ma nervosité lorsque j'ai vu la mère d'Alice descendre des estrades et se diriger vers moi. « Bravo, jeune homme », me dit-elle sans ironie, avant de tourner les talons et de se diriger à grandes enjambées vers Alice, effondrée au sol et cachant dans ses mains son visage couvert de sang. Michèle se mit à engueuler sa fille, lui reprochant sa maladresse presque autant que sa souffrance. « Si tu crois que je vais attendre que tu aies fini de pleurer, tu te trompes ! Va à l'infirmerie si tu veux, mais nous n'irons certainement pas à l'hôpital ! On ne va pas déranger un docteur pour si peu ! On se retrouvera à la maison quand tu seras pansée et que tu auras cessé de pleurnicher ! » Alice releva la tête, reluquant le dos de sa mère qui s'éloignait. Nous la regardions nous aussi, en état de choc, incrédules et outrés. La blessée se redressa puis nous dit entre ses sanglots : « Elle est très angoissée en ce moment : il y a une famine au Mexique. Et puis, elle n'aime pas me voir souffrir. » Alice se dirigea ensuite vers l'infirmerie. Elle ne cachait plus son visage. Je lui tendis au passage mon chandail qu'elle prit sans même jeter un regard dans ma direction. Elle y enfouit son nez ensanglanté et s'éloigna de moi pour quelques années.

Cette fois, je fus réellement troublée. Je n'avais jamais raconté cet incident à René. Était-ce vraiment lui qui m'avait fracturé le nez ? Et ma mère ! Lui avait-elle réellement dit bravo ? Et les autres souvenirs de René ? Troublée… Je me souviens de m'être concentrée sur les petits détails de l'anecdote plutôt que sur l'attitude de ma mère. Je sentais confusément que Bébé ne me laisserait pas aller plus loin.

*

La trêve avec Bébé fut de courte durée. Le déclenchement des hostilités, provoqué par Chat, introduisit un nouveau mode de communication. Depuis près d'un mois, Chat ne mangeait plus de tofu. Nous avions même l'impression qu'il avait commencé à s'intéresser aux rats. Les apparitions des rongeurs se faisaient de plus en plus rares, et lorsqu'au début de mars un inspecteur finit par se pointer (les services sanitaires de la Ville ayant reçu une plainte anonyme...), il ne put apercevoir le moindre museau, la moindre queue. Bon, il récolta bien quelques excréments séchés en passant une espèce de long râteau sous la cuisinière, mais c'est tout. Une légère amende et quelques conseils sanctionnèrent cette négligence. Deux jours après le passage de l'inspecteur, le couple de blondinets grisonnants portant des pantalons de cuir se planta devant Hok qui était à la caisse. Le hasard voulut que je sois sur le pont du galion avec Emma ; j'eus donc le bonheur d'assister à cette scène.

— Il y a un chat sous notre table, fit l'homme en mordant chaque mot.

— C'est le chat du propriétaire, s'excusa Hok. Je vais le chercher tout de suite. Il descend parfois de chez le patron, c'est un accident. Désolé.

Avant que Hok ne pût bouger, la dame ajouta :

— Il mange, sous la table...

— Ça pardi ! J'y vais tout de suite !

Par solidarité, Emma alla rejoindre Hok derrière le comptoir.

— Il mange un rat, sous notre table ! termina l'homme, englobant les deux commis d'un regard furibond.

Hok et Emma se regardèrent en silence. Emma pouffa de rire en premier. Hok tapa dans ses mains et courut à la cuisine annoncer la bonne nouvelle.

— C'est confirmé ! Chat est renaturé ! Il est bel et bien redevenu un prédateur !

Emma riait encore, tout en s'excusant auprès du couple, prétextant une crise de nerfs ou je ne sais quoi. À travers ses rires, j'entendis sourdre une plainte, comme un chant de baleine, un appel lancinant et puissant qui montait et noyait les derniers soubresauts du rire d'Emma. Cette dernière se dirigeait maintenant vers notre nouveau prédateur, sans que ni elle ni le couple ne fassent cas du mugissement. Cela me prit un moment pour réaliser que ce cri provenait de mon ventre.

*

Je connaissais déjà la réponse, mais j'ai quand même demandé à Bébé si c'était lui qui avait produit ces sons. Il ne me répondit pas directement. Il écrivit : « Ce n'est pas juste, ce n'est pas juste ! Chat mange de la viande tout le temps et pas moi ! »

Le singulier chant reprit, mélange de feulement et d'onde pure telle que peut en produire un doigt sur le rebord d'un verre de cristal.

— Qu'est-ce que c'est ? Pourquoi fais-tu ce son ?

— Ça veut dire la même chose : Ce n'est pas juste, ce n'est pas juste ! Chat mange de la viande tout le temps et pas moi !

— Tu veux dire que ça exprime que tu es fâché ?

— Non, écrivit-il, agacé, ce sont les mêmes mots ! Je les chante, maintenant !

— Je ne comprends pas. Comment fais-tu ? Tu as inventé un langage ? Quand ?

Depuis longtemps, m'expliqua Bébé, chaque fois qu'il pensait à un mot, une onde sonore s'imposait à son esprit. Et quand il écrivait une phrase, ce sont des bribes de chant qui roulaient autour de lui. La frustration et la jalousie, sans qu'il le veuille consciemment, lui avaient fait projeter son premier chant.

— Ça va plus vite qu'écrire, fit Bébé dont l'irritation diminuait, faisant place à la fierté de l'enfant qui montre son nouveau jouet à un copain.

— Ça irait plus vite si je comprenais, mais pour l'instant...

— Tu apprendras. Ce sera moi, maintenant, le professeur !

*

Trois jours après avoir entendu Bébé à l'aide du stéthoscope, Hok me fit lire un nouveau conte dans lequel on retrouvait une baleine venant d'avaler son baleineau tout juste baptisé Jonas. Jonas est perdu dans l'immense ventre. La maman ne sait pas comment expliquer à son baleineau qu'il faut qu'il revienne sur ses pas car le bébé ne sait pas parler. Autres personnages de ce conte : une marionnette portant un short et chantant en harmonie avec un criquet. Le criquet finit par épouser la baleine et par adopter le baleineau.

*

L'apprentissage du nouveau mode de communication se fit autour de nos lectures. Bébé chantait les romans et les livres d'histoire. Je mis un temps étonnamment court à maîtriser cette nouvelle langue, comme si mon subconscient avait déjà engrangé toute cette information qui n'attendait qu'à être organisée et utilisée. Non seulement le mode de communication de Bébé changeait, mais sa pensée, bien que ne s'articulant qu'autour de ses besoins, devenait plus complexe et plus critique.

— Les clients d'Aux racines sont des humains, non ?

— Oui, bien sûr !

— Ils ont tous des canines, comme moi ?

— Oui. Où veux-tu en venir ?

— Alors, pourquoi ne mangent-ils pas de viande ?

Longue discussion sur la liberté et le droit à la différence.

— Mais ils ne sont pas différents ! Ils ont des canines !

— De toute façon, je te l'ai dit cent fois, je n'y peux rien ! Ce n'est pas moi qui décide ! Aux racines est un restaurant vé-gé-ta-rien !

— Mens !

— Quoi ?

— Fais comme Hok, mens ! Fais des plats avec de la viande et dis qu'il n'y en a pas !

Il y avait un étrange contraste entre ce doux chant, cette musique voluptueuse qui se répandait dans mes viscères et ce que, dans sa grande beauté, ce chant exprimait : mens, trompe, dupe !

— Il n'en est pas question ! Je ne peux pas tromper Dieu !

Et Bébé modula son premier chant d'insulte.

— Tu es une chiffe molle dénaturée !

*

La vie continuait, il le fallait bien. Et puis Bébé n'était pas toujours exécrable. Nous passâmes de belles et longues soirées à lire. Dans l'église, les chants de Bébé étonnaient par l'absence de réverbération, car bien qu'ils étaient confinés à mes entrailles, ils semblaient se déployer dans tout l'espace autour de nous. C'était comme être au milieu d'une chorale qui chanterait juste pour vous, chacun des choristes tourné vers vous. Au rappel de ces soirées, un grand réconfort m'enveloppe, m'enfonce dans un bain d'émotions chaud et parfumé.

*

Bébé commençait graduellement à faire la différence entre fiction et réalité. Je lui avais expliqué que les journaux relataient, à leur manière, des faits réels et faisant presque partie du présent. Il fut stupéfié d'apprendre qu'il y avait des tas d'autres lieux dans le présent. Il avait toujours cru qu'à un présent ne correspondait qu'un et un seul lieu. L'idée que quelque chose se passe « ailleurs » lui sembla longtemps absurde. À la longue, à la lecture des journaux et à force de converser avec mes amis (lesquels, réalisa-t-il, existaient même quand nous n'étions pas là), il finit par admettre une certaine multiplicité des choses.

Quant à savoir si c'était le temps qui était multiple, ou les lieux et les événements, cela restait à élucider.

*

La vie suivait son cours. Hok prenait à cœur son rôle d'assistant-administrateur de la cuisine. Il devint également le conseiller administratif d'Emma. Rapidement, des solutions furent trouvées pour réduire les pertes au resto et à l'épicerie. En deux ans, Hok avait beaucoup changé. Si la candeur et la fougue adolescente animaient toujours le jeune Bangladais, elles s'étaient teintées d'un certain cynisme, mais surtout d'une plus grande ouverture d'esprit. À son arrivée, Hok affirmait sa foi en ne buvant pas et en professant la chasteté hors mariage. Il ne considérait plus maintenant la religion que comme une partie de son identité culturelle. Il buvait à l'occasion et, maintenant qu'il se trouvait derrière le comptoir, ne se gênait pas pour faire de l'œil aux dames.

Le caporal finit par démissionner et fut remplacé par Lei Quiang, un joueur d'erhu d'une trentaine d'années. « Un Chinois ! » Norman accueillit Lei Quiang en allié, en héros ! Amère déception. Lei affirmait que seuls les ignorants et les superstitieux croyaient encore au yin et au yang. « Vous n'importez que notre folklore ! »

Alvaro continuait à divertir les enfants et à remplir ses tablettes. Il emmenait parfois son garçon de huit ans, Rodolfo, qui prenait plaisir, comme c'est encore le cas à cet âge, à aider son père, ce qu'il faisait fort bien, c'est-à-dire sans trop le ralentir.

Mendoza explorait tous les recoins de la ville en quête de nouveaux légumes et de nouvelles herbes que je pourrais essayer.

Ophelia se remettait de son choc, d'autant plus que mon poids, qui s'était maintenant stabilisé, me maintenait dans une catégorie voisine de la sienne. Emma avait demandé à Ophelia des suggestions pour redécorer le resto. « Il faut repeindre, se débarrasser des Tiffany, teindre le bois, accrocher des tableaux... « Fais-moi un devis et quand on aura fait des profits, on refera une toilette au resto. »

Zoé annonça qu'elle se marierait à l'automne.

Bastide Memba, le nouveau à la plonge de soirée, s'intégrait fort bien à notre équipe et fut nommé ministre sans portefeuille, en attendant de le connaître un peu mieux.

Parlam avait adapté son horaire au mien et on se croisait maintenant pendant cinq heures plutôt que trois.

Mohi poursuivait ses études qu'il allait bientôt terminer.

Emma, radieuse, explorait son nouveau personnage avec passion et doigté. « L'autorité est un instrument tranchant et délicat comme un scalpel de glace : il s'émousse quand il chauffe trop. » Elle n'agissait pas comme une patronne, mais comme une maître d'œuvre, une coordonnatrice.

Quant à moi, j'apprenais à connaître les épices, les aromates et tous ces nouveaux produits que Mendoza dénichait. J'essayais tout d'abord les nouvelles recettes à l'églisette. Lorsque j'étais satisfaite, lorsque Bébé et moi étions satisfaits, je tentais de les adapter aux contraintes de la restauration. Une fois sur trois, les plats que je préparais étaient commercialisables et trois fois sur cinq, je pouvais les manger. Parce qu'autrement, Bébé apposait son veto : « Trop piquant ! Trop de goût ! Du cumin ? Ça va pas ! » En conséquence, Chat, qui au fil des semaines avait acquis une résistance remarquable aux épices, se régalait. Même qu'il ne pouvait plus se passer de piment. Hok avait même déposé dans un recoin de la cave un petit bol de pâte de piments dans lequel nous soupçonnions le matou de tremper ses proies avant de les dévorer.

Malgré la regrettable perte de notre ennemi le caporal, l'amicale complicité régnait toujours au resto-épicerie.

*

La première semaine du mois de mai, l'impensable se produisit.

Ma dernière expérience culinaire, un ragoût d'autruche aux épinards, galanga, ail et harissa, révolta Bébé. Au beau milieu de la recette, il avait cessé de regarder, dégoûté par le mélange d'anis étoilé et de poivre sichuanais que je pilonnais. Il était hors de question que j'y goûte, ne serait-ce qu'une cuillerée à thé : l'allusion à la menace d'évocation d'une hypothétique possibilité de retrait avait suffi. C'est donc un ragoût dont j'ignorais la saveur que je versai dans le bol de Chat en arrivant Aux racines en cette première fin de semaine de mai.

Juste comme j'allais déposer le bol sous le four à pizza, Mendoza me demanda de l'aider à monter une boîte de légumes du sous-sol. Son dos, prétendait-il, le faisait souffrir. Sa démarche bringuebalante suggérait autre chose. Je déposai le bol sur le comptoir. À mon retour, le bol, sur lequel, pour des raisons d'hygiène, était écrit en toutes lettres : « CHAT », avait disparu.

Ben émergea de la fabrique, une cuillère à la bouche et le bol à la main.

— C'est délicieux, ce petit plat.

— C'est la collation de Chat.

Sa cuillère plana un moment dans les airs. Il prit une nouvelle bouchée et finit par racler le fond du bol avec sa cuillère pendant que je le regardais en souriant.

— C'est la meilleure bouffe à chat que j'ai mangée de ma vie ! C'est même un des meilleurs plats que j'ai jamais mangés ! Alors… Qu'est-ce que c'est ?

— C'est un truc aux épinards. Une expérience. J'ai essayé ça hier, à la maison.

— Je veux qu'on en serve ici dès demain !

— Mais c'est que…

— Arrête ! Ne dis plus rien ! C'est décidé. Même si c'est cher. Si c'est très long à préparer, fais-toi aider par Parlam et Mohi. Ce plat est fantastique !

— Oui, mais…

— Non, non, non ! Pas de mais ! dit-il gentiment.

— Tu es certain ?

— Je te dis que oui ! Je me fous des coûts. On peut bien se payer un petit luxe de temps en temps.

— Très bien, fis-je en souriant.

Ben me tourna le dos et monta au paradis.

— Que ta volonté soit faite, murmurai-je.

— Allah ak bar ! chanta Bébé.

*

Un peu plus tard dans la soirée, Bébé lança un chant en mineur.

— Il était temps, pour la viande...

— Je sais, je sais.

— Non, tu ne sais pas.

— Je ne sais pas quoi ?

— Mes bras… Ils ont presque disparu.

6

Tandis que les bras de Bébé se ratatinaient et, j'imagine, se faisaient digérer par mon organisme, mes émotions se rigidifiaient, gelaient, comme un gaz soumis à une trop grande pression. Il faut m'imaginer vomir un repas sans épices et sans aromates. M'imaginer, la tête entourée de porcelaine blanche, assommée par la vision de ces bras qui se sclérosaient, se racornissaient, dépérissaient, disparaissaient ; m'imaginer, la gorge douloureuse, le plexus solaire qui semble vouloir déchirer mon diaphragme et ce chant, ce chant qui se propage dans mes entrailles, ce chant, ample et solennel, rempli d'une allégresse majestueuse et qui, comme une houle sans fin, répète : « Allah ak bar, Dieu est grand et miséricordieux ! » Quiconque se laisse pénétrer par cette image aura une idée de la pression qui s'exerçait sur mes émotions et finit par les engourdir. Oui, Mohi, c'est légitime de s'accorder une pause, un répit, mais il est tout aussi normal de s'inquiéter quand on voit la lumière s'éteindre sans qu'on ait touché à l'interrupteur.

En sortant des toilettes, je croisai Ophelia qui me regarda d'un drôle d'air. Je ne compris la signification de son regard désapprobateur qu'un peu plus tard, lorsqu'elle me dit, d'une voix où se mêlaient la sympathie et le reproche : « Tu as encore maigri... »

— Non, Ophelia, je ne suis pas anorexique...

— C'est pas ce que je voulais dire.

— Oh ! que si. Mais ne t'en fais pas, Bébé ne se laisserait pas faire. Par contre, tu as raison : j'ai maigri. Bébé perd ses bras, il me dit qu'il ne lui en reste que deux petits chicots.

Mais non, Ophelia, ce n'est pas si terrible. Des tas d'animaux n'ont pas de membres et ne s'en portent pas plus mal.

*

Au moins trois clients entrèrent dans le resto pendant que Ben, immobile, les bras ballants, fixait l'affichette qu'Ophelia avait confectionnée. Un client le frôla du coude sans qu'il ne s'en aperçoive. Je l'observais du haut des marches de la cuisine et attendais. Dieu finit par lever les yeux vers la cuisine, hocha la tête et d'un bref sourire me concéda la victoire avant de se servir une généreuse portion.

*

Ce fut un tel succès qu'il fut décidé qu'on aurait un plat de viande par jour. Nous nous imposâmes néanmoins quelques restrictions : la viande serait achetée à des éleveurs indépendants pouvant garantir que leur ferme respectait les normes écologiques les plus rigoureuses. Ben ne voulut rien savoir du bœuf ou du porc. « Pas même du porc kascher ? » demanda Hok. Poisson, volaille, autruche, gibier, ce serait tout. Mendoza ajouta au réseau de coopératives agricoles qui fournissaient déjà Aux racines des coops d'élevage, de pisciculture et même une coopérative de bouchers. Et, chaque fois, je cuisinais deux versions des recettes. Les versions édulcorées ne faisaient pas fureur et entraînaient un gaspillage fou. Elles représentaient une perte de temps difficile à justifier auprès de Ben. Mais la paix et l'ordre utérins qui résultaient de ce compromis valaient cent fois ses inconvénients.

— Il est trop tard pour mes bras. Mais ne t'en fais plus, tout va bien maintenant ! J'ai beaucoup apprécié la façon dont tu as manœuvré Dieu.

— Mais je ne l'ai pas manœuvré ! Tu étais là ! C'est lui qui ne m'a pas laissée parler !

— Voyons donc ! Comme tu dis, j'étais là… Tu n'avais qu'à dire un mot : « viande », par exemple, et il n'aurait pas insisté. Tu l'as laissé se piéger.

— Eh ! Jimini. Tu as eu ce que tu voulais, alors laisse mes intentions tranquilles !

— Jimini ?

— Tu demanderas à Hok !

— En tout cas, mille fois merci. Et je t'adore et j'ai hâte qu'on soit sous les draps et qu'on lise ensemble. Je chanterai de douces berceuses pour t'endormir et te faire rêver.

J'aurais dû être émue, mais cette promesse de récompense me laissait un arrière-goût désagréable.

*

Mohi reçut son diplôme à la fin mai et cherchait maintenant du travail comme ingénieur. Tout en étant très heureuse pour lui, la perspective de le voir quitter Aux racines assombrissait mon humeur. Et Emma était moins disponible, toute à ses nouvelles responsabilités ; là encore, j'étais heureuse pour elle, mais…

Plus les semaines passaient et moins je me sentais motivée. Je prenais toujours plaisir à expérimenter chez moi, mais la chimie culinaire avait perdu de sa magie. Le travail Aux racines me semblait monotone et les restrictions de Bébé me pesaient de plus en plus. À la fin du mois de mai, ce dernier n'était plus qu'un tronc et une tête. Les bras avaient disparu beaucoup plus vite que les jambes. Dépourvu de membres, Bébé se déplaçait avec une lenteur extrême. Les brusques cabrioles me manquaient. Sa conscience de mon, de son environnement s'aiguisait ; les individualités devenaient tangibles. Cela amenait Bébé à s'exprimer davantage ; il devenait plus exigeant tant du point de vue émotif qu'intellectuel. Il absorbait maintenant avec une efficacité dépassant de loin la mienne toute information à sa portée. Ayant épuisé les livres légués par ma mère, nous fréquentions la bibliothèque du quartier où il choisissait immanquablement des livres d'histoire. Et puis, on aurait dit qu'il retenait comme une éponge tout ce qui se disait autour de lui. Il passait des commentaires d'une grande sensibilité sur une foule de sujets : l'actualité, la clientèle, nos compagnons de travail, l'histoire du monde.

Tout un pan de la psyché de Bébé mûrissait à une vitesse impressionnante alors que sa fixation sur ses besoins primaires (réconfort, bouffe et attention) était pire que jamais.

*

Le passage de l'écrit à l'oral de Bébé avait troublé Hok beaucoup plus que ce à quoi j'aurais pu m'attendre. Le pas ballot avait été sa principale motivation pour apprendre le français, et maintenant qu'il parvenait à une certaine fluidité dans cette troisième langue, Bébé lui faisait faux bond. Je comprenais sa déception.

— Mais tu peux continuer à lui parler en français !

— Je sais bien ! Je n'étais pas en train de m'imaginer apprendre à chanter dans un seau rempli d'eau collé à ton ventre ! Je sais bien que je peux lui parler et que tu me traduiras ses chants ! Mais ce ne sera plus jamais pareil. Maintenant, c'est par ta bouche que j'aurai ses réponses. Quand je collais ma main contre ton ventre et qu'il s'adressait directement à moi avec ses délicates pressions sur ma paume, c'était comme si je retrouvais mon petit frère.

— Mais tu n'as pas de frère.

— Non, je n'ai jamais eu de frère.

C'était la première fois que je lisais de la mélancolie sur le visage du jeune Bangladais. Elle s'effaça presque aussitôt. Hok sortit de sa poche un stéthoscope qu'il venait tout juste d'acheter et le brandit comme un trophée.

— Je vais quand même pouvoir écouter ses réponses ! Je finirai bien par attraper quelques mots.

Hok n'arriva jamais à décoder le nouveau langage de Bébé. Mais en bon ministre des Affaires interculturelles, il s'entêtait. Dès que la discrétion était assurée, il plaquait le stéthoscope sur mon ventre dans l'espoir de capter quelque chant de Bébé.

Mais sous la façade joyeuse et bon enfant de Hok, je sentais, affleurant, une blessure disproportionnée à sa déception.

*

Un dimanche, je rejoignis Hok et Mendoza sur le pont du galion. Il y avait trois bouteilles de vin sur la table. Deux vides et une troisième, entamée du tiers. Ben était au paradis et il ne restait plus que deux clients qui s'attardaient, bien que la porte soit verrouillée depuis dix minutes et que Hok, entre quelques gorgées de vin, ait mis la moitié des chaises à l'envers sur les tables. Chaque fois qu'il revenait s'asseoir, il ouvrait un grand cahier qu'il masquait d'un avant-bras et écrivait tout en nous écoutant parler de choses et d'autres. De temps en temps, il remplissait son verre.

— Je te revaudrai ça, dit-il à Mendoza, relevant la tête de son cahier.

— Penses-tu ! Pour une fois que tu te joins à moi ! Quoique, si tu n'arrêtes pas d'écrire, je vais commencer à trouver que tu profites de mon hospitalité…

— J'ai presque terminé. Quand les idées sortent, vaut mieux pas les retenir, si on veut pas qu'elles brisent la porte.

Sur ce, Hok se leva pour ouvrir celle du resto aux clients qui, enfin, avaient reçu le Saint-Esprit et compris qu'il était temps de vider les lieux. On sentait à sa démarche que le vin commençait à faire son effet.

— Eh ! fit-il en revenant. C'est privé. Je veux pas qu'on lise ce conte-là !

— Désolé, fit Mendoza, refermant le cahier et le remettant à sa place.

— D'habitude, dis-je, c'est plutôt le contraire…

— Celui-là, c'est pour moi ! répondit-il en se versant un autre verre.

Mendoza plissa le front.

— Tu n'y vas pas un peu fort ?

— Penses-tu ? pour dire comme toi. Nous, musulmans, si on ne boit pas, c'est pas pour une raison religieuse. Ah ben non ! C'est pour une raison économique ! On porte si bien l'alcool qu'on se ruinerait si on prenait goût à l'ivresse ! On se ru-i-ne-rait !

— Si tu le dis… De toute façon, il y a une quatrième bouteille.

— C'est tout ? demanda Hok, déçu. Parce qu'aujourd'hui, c'est jour de fête !

Et il replongea dans son cahier, nous laissant avec notre question sur les lèvres. Mendoza s'apprêtait à la poser, mais je lui fis signe d'attendre. Hok continua d'écrire quelques lignes puis ferma son cahier. Il releva la tête, satisfait, et déclara : « J'ai fini ! » Puis, il nous toisa l'un après l'autre à quelques reprises.

— Ah ! c'est la tactique du silence. Vous attendez que je n'en puisse plus d'attendre que vous n'en puissiez plus d'attendre que je réponde à vot' question ! Ah ! bonne tactique. Ah ! Oui !... Oui !... Mes parents ont eu deux bébés ! En même temps. C'est comme ça. Enfin, pas mon père, mais deux ! Ouaip ! Comme si vous saviez pas que je voulais dire ça ! Et j'en suis tout plein de fête ! La bouteille ! Une autre ! Une autre bou-teille bou-teille bou-teille !

— Il reste encore un fond dans celle-ci, fit Mendoza.

— Ah, vaut mieux la prévoir ! C'est au cas z'où…

— Je ne crois pas que tu en auras besoin, Hok. Tu sembles avoir assez bu. Attends donc un peu avant ton prochain verre. Quand est-ce que vous avez commencé à boire ? demandai-je à Mendoza.

— Penses-tu que j'aurais commencé à boire avant la fermeture ? Quelle heure es-tu ? Ah ! Ça fait vingt-deux minutes qu'on dissimule du vin dans ma gorge !

— Trois bouteilles en vingt minutes ! Et tu l'as laissé faire ?

— Je voulais l'arrêter, mais il est têtu, Hok. Et puis, il n'en a bu qu'une seule.

Le jeune Bangladais se leva en titubant.

— Je crois que les toilettes sont par là, non ?

— Oui.

— Je crois que je vais faire du café, dis-je.

— C'est par là, fit-il, pointant la machine à café. Et ne lisez pas dans mon conte sans ma permission avant que j'aie disparu par la porte des toilettes.

Il nous fit un clin d'œil grotesque puis marcha d'un pas mal assuré vers les toilettes.

— C'est une étrange permission, dit Mendoza, ouvrant le cahier tout en tapant une invitation sur la chaise à côté de lui.

— J'arrive tout de suite, dis-je, tandis que je versais de l'eau dans la cafetière à filtre.

*

Le vendeur de carrés de sable

Un conte de Hok Shamsoul Mohammed

Mowgli Brown était vendeur de carrés de sable dans une grande ville. Il avait commencé par s'attaquer au marché des parcs municipaux. Son produit, sobre, au sable raffiné, séduisit la mairie. Les caissons qu'il proposait étaient en bois franc. La ville en commanda pour tous ses parcs. Bientôt, toute la ville parlait de ces carrés de sable pour lesquels on avait trouvé ce judicieux surnom : « les carrés de sable sobres au sable raffiné qui séduit ».

Puis, il vendit une variante de son produit aux garderies. Le caisson était en polymère souple et résistant aux impacts de crâne. Le sable était constitué de grains d'un calibre supérieur. Il était également teint d'une couleur qui rendait leur ingestion par les enfants improbable. Ces deux marchés, auxquels il faut ajouter celui des écoles primaires, furent bien vite saturés.

Mowgli Brown s'attaqua alors à l'immense marché des particuliers. Il se paya des annonces publicitaires où l'on voyait sa tête occuper le côté gauche de l'écran, tandis qu'à l'arrière-plan se profilaient des bambins mafflus s'amusant dans un carré de sable à la couleur ingesto-résistante.

Un peu partout au pays, on se mit du jour au lendemain à acheter les carrés de sable de Mowgli Brown. L'expression « se vendre comme des petits pains chauds » fut bientôt détrônée par « se vendre comme des carrés de sable sobres, au sable raffiné qui séduit ». Dire que les affaires de Mowgli allaient bien serait un euphémisme mesquin.

Mowgli Brown commença à se dire que le temps était peut-être venu de fonder une famille. Ne serait-ce que pour voir l'effet que ça produisait de voir sa progéniture s'amuser dans un de ces foutus carrés de foutu sable.

Il n'en eut pas le temps. Une catastrophe s'abattit sur lui ! Il y eut des carrés de sable défectueux : certains des carrés de sable cachaient des sables mouvants !

Mowgli, comme on le sait, était un enfant de la jungle ; une biographie non autorisée et abracadabrante a déjà été publiée. La vérité, c'est que ses parents dirigeaient un cirque ambulant. Ils firent un jour une tournée dans ce que l'on appelait à l'époque « les Indes ». D'ouest en est, ils se rendirent jusqu'à Dinajpur et, de là, dans les ruines d'un temple près duquel avait été aménagée une scène. Katleen et Rudyar, les parents de Mowgli, qui à cette époque avait tout juste trois ans, passèrent la nuit précédant le spectacle à jouer au jeu de poches de sable avec les Bandar-Log, une tribu de singes savants qu'ils voulaient engager dans leur troupe. Il y avait un enjeu : si Katleen et Rudyar Brown gagnaient, les Bandar-Log revenaient avec eux en Europe. S'ils perdaient, les Brown devaient céder tout leur cirque aux Bandar-Log.

Ignorant tout cela, Mowgli s'amusait avec Bagheera, la panthère noire, Baloo, l'ours brun et Kaa, le python, trois membres illustres du cirque « Rudyar-Katleen ». Les trois compagnons de Mowgli l'avaient entraîné dans la jungle. Jungle qui leur semblait familière. Comme si, dans une vie antérieure… Ah ! Mais ne soyons pas stupides ! Les vies antérieures n'existent que pour les chats. Et encore… Ce n'est pas confirmé.

Les Bandar-Log gagnèrent. Rudyar et Katleen, ruinés, durent faire du pouce pour retourner en Angleterre, ce qui n'était pas une mince affaire à cette époque. Qu'ils en oublient complètement Baloo, Kaa et Bagheera, sans compter leur fils Mowgli, est, sinon excusable, du moins compréhensible. Preuve en est que Mowgli pardonna à ses parents, si on peut parler de pardon dans le cas d'un oubli total. Mowgli devint vite persuadé qu'il était le fils d'une panthère, d'un ours et d'un python. Cette triade donne une idée de l'ignorance des processus reproductifs dans laquelle ses vrais parents avaient tenu Mowgli. Et ce n'est ni Bagheera, ni Baloo, ni Kaa qui auraient détrompé le petit Mowgli. Bien des années passèrent, enfin, seulement quelques-unes, mais à cet âge-là, ça paraît bien long. Mowgli avait maintenant six ans et n'avait peur que d'une chose : les sables mouvants. Cela devint un réel problème. Parlez-en à Baloo, Bagheera et Kaa pour qui la moindre marche en jungle avec Mowgli finit par devenir une corvée ! À partir de seize ans, le jeune homme ne s'aventurait dans la jungle qu'avec un bâton, tâtant comme un aveugle chaque centimètre d'humus, de sable et de boue. À dix-sept ans, il vit avec horreur Langaara, l'épouse de Rama le buffle, s'enfoncer dans des sables mouvants dissimulés sous quelques feuilles. Mowgli décida de monter aux arbres et de ne plus jamais remettre les pieds au sol.

Bagheera, Baloo et Kaa s'inquiétèrent pour leur ami.

— Il va se dénaturer !

— C'est pas normal, pour un humain, de passer son temps entre ciel et terre !

— Il faut faire quelque chose !

— On va lui acheter un billet d'avion pour le pôle Nord ! déclara Baloo. Il pourra habiter chez mon cousin !

— Bonne idée, ça va lui changer les idées !

— Et puis, il n'y a pas de sables mouvants au pôle Nord !

Kaa tua un tigre et Bagheera, quelques loups. Puis ils vendirent les peaux. Malheureusement, la vente des peaux ne leur permit pas d'envoyer Mowgli plus loin que le 52e parallèle.

— C'est déjà ça, fit Bagheera.

— Ça devrait suffire, dit Kaa.

— Ça devrait. Et puis, mon cousin, il aime pas les visites.

Mowgli se retrouva dans un pays un peu plus froid que sa jungle, mais presque aussi humide. Au bout d'un long trajet en train, Mowgli arriva dans une grande ville. Un soir, il fut apostrophé alors qu'il dormait dans un arbre, au beau milieu d'un parc. L'humain, qui portait un curieux bâton trop court pour la marche, ainsi qu'un étrange chapeau noir, lui demanda de descendre et l'amena voir un sorcier.

Mowgli expliqua au sorcier sa présence dans l'arbre : sa hantise des sables mouvants l'avait poursuivi jusque dans leur pays.

— Il vous faut dompter, domestiquer, apprivoiser votre peur, lui dit le sorcier.

— Ah bon.

— Commencez par apprendre à lire, à écrire et à vous habiller plus décemment. L'hiver s'en vient et dans quelques mois, votre pagne ne fera plus l'affaire.

C'est en déambulant dans un autre parc (en restant bien prudemment sur les sentiers en asphalte) que Mowgli comprit qu'il ne fallait pas qu'il dompte sa peur, mais qu'il la mette en cage. Il venait de voir un bassin ! « Si on peut mettre en cage un fleuve, on peut certainement faire de même avec le sable ! »

Cinq ans de dur et frustrant labeur plus tard (imaginez ! vendre l'idée qu'un carré de sable peut être utile !), alors que le succès semblait total et inaltérable, apparurent les premiers carrés de sable défectueux.

Le lendemain, il reçut un appel téléphonique d'une mère courroucée qui hurlait dans l'appareil et parlait de remboursement et puis de quelque chose comme de ses enfants, ou un truc du genre, qui auraient été avalés par le carré ! Elle exigeait qu'il vienne immédiatement constater les dégâts.

Mowgli eût bien aimé avoir ses trois géniteurs avec lui au moment d'être confronté avec ce carré de sable défectueux dont une mère prétendait qu'il avait avalé ses enfants, des jumeaux d'à peine deux ans.

À son arrivée, la femme était absente. Son mari (un étranger, nota Mowgli) ne fournit aucune explication quant à cette absence. Il entraîna le vendeur dans leur cour où le carré de sable (du modèle en bois, au sable couleur sable) avait été installé. « Pas le modèle couleur sable ! » pensa Mowgli.

L'homme vociférait.

— Mais allez-y voir, si vous ne nous croyez pas ! Moi, je ne mets pas les pieds là-dedans.

— Vos jumeaux se sont peut-être enterrés sous une mince couche de sable…

— Allez-y donc les chercher, dans ce cas ! Moi, je vous dis que je les ai vus sombrer !

Mowgli, pieds nus, comme toujours en été, restait immobile, penché en avant, les gros orteils touchant l'armature en bois du carré de sable. Son tronc dépassait légèrement au-dessus du carré ;

s'il avait osé regarder en bas, il n'aurait pas vu ses pieds, mais du sable.

— J'y vais.

Toute son âme, tout son corps lui disaient de n'en rien faire.

— J'attends.

— J'y vais.

Âme et corps répétaient la même chose.

Il y alla malgré tout : un malencontreux coup de vent eut raison de son corps et de son âme, lui faisant perdre l'équilibre et retomber debout dans le sable. Rien ne se passa. « Bon, j'y suis, autant continuer... » Il fit les trois pas qui le séparaient de l'extrémité opposée. Rien ne se passa. « Ouf ! » se dit-il. Il se retourna pour bien montrer au monsieur, qui se tenait au bout du carré de sable, qu'il n'y avait ni danger ni jumeaux. Le monsieur avait grandi. D'un bon 50 centimètres ! Et il continuait de grandir ! Lorsque Mowgli se rendit compte de sa méprise, le sable le recouvrait jusqu'au cou. Il continua à s'enfoncer. C'était terrifiant ! À tâtons, il chercha une pierre ou un tuyau d'égout sur lesquels son pied nu pourrait prendre appui. Au lieu de cela, son pied se posa sur la tête d'un des enfants. Avec son autre pied, il chercha le deuxième enfant. Peine perdue. Il finit par descendre jusqu'à être à la hauteur de l'enfant sur lequel il avait d'abord posé le pied. Avec ses mains, il tâta le petit. L'enfant avait exactement les mêmes mensurations que lui ! Il s'aperçut que l'enfant était mort. Sa stupéfaction l'eût liquéfié, n'eût été cette autre sensation qui le pétrifia : une énorme main se posait sur sa tête nue !

Tout cela pourrait très bien se terminer ainsi. On a déjà fait pire, vous savez. Quelqu'un pourrait espérer que j'ajoute, comme à l'habitude, une morale : « N'ayez pas trois géniteurs, ce serait une erreur de calcul. » D'autres espéreraient que Mowgli se réveille en sueur au beau milieu d'un parc, rie un bon coup, reprenne l'avion, de l'argent plein les poches, et retrouve Bagheera, Baloo et Kaa, ses fidèles parents. D'autres encore voudraient que ce soit une fable que ceux-ci racontaient à Mowgli pour voir sa réaction.

Mais non. Mowgli disparut bel et bien en Angleterre, dans un carré de sable à l'arrière d'une maison appartenant à un couple d'étrangers.

Et votre morale se trouve dans la fin que vous aurez espérée.

*

Hok attendait, appuyé contre un mur, à quelques tables de distance, que nous ayons terminé notre lecture. Quand il nous vit refermer le cahier, il fit comme s'il venait tout juste d'arriver.

— Personne au monde entier de tout l'univers connu n'a pris le temps de penser à prendre la peine de m'avertir que ça, ah oui ! que ça fait mal de vomir du vin. C'est comme une épine de cactus : ça entre plus facilement que ça sort.

— Assieds-toi ici et prends un peu de café.

— Vous avez tout compris ? Ou voulez-vous que je répare quelques petits trous de compréhension ?

— Tout compris quoi ? demanda Mendoza en vidant un verre.

— Faites pas comme si vous n'aviez pas triché avec ma permission !

— Oui, Hok, on a lu ton conte. Mais je ne suis pas certaine, non, d'avoir tout compris.

— Tant mieux, tant mieux, sinon, il aurait fallu que je m'explique. Et j'aime mieux quand à mi-mot c'est dit.

Mendoza me regarda en enfilant un verre.

— Encore un ou deux et je comprendrai tout ce qu'il dit...

— On en reparlera demain, Hok. Tu devrais rentrer, je vais te reconduire.

— Mais tout est dit pis lu ! Non... sans blague... C'est clair ! J'ai été abandonné puis j'ai été recueilli par mon père, ma tante et mon oncle.

— Tu es sûr que tu veux parler de tout ça ce soir ?

Hok me regarda, interdit.

— Mais… tu z'avez triché, ou que non ?

— Ou que oui, fit Mendoza, qui débouchait la quatrième bouteille. Tu n'en veux pas un peu, Alice ?

— Oh, je ne pense pas que ce soit une bonne idée. Je ne sais pas comment Bébé réagirait…

— Ça, c'est vrai ! s'exclama Hok. Les demi-jumeaux, on ne sait pas jamais comment ils vivront leur beuverie. Y a des demi-jumeaux pour qui le vin, par exemple, c'est une épine dans le gorgoton. Gorgoton ! Ça, c'est votre plus beau mot pour ce soir, gorgoton ! Ah ! ce que je voudrais savoir, c'est que si c'est trop clair que ma mère a eu des jumeaux seulement, il y en a un qui mourut. Et encore, il cessa d'être une moitié de jumeau vivante quand il était encore à l'intérieur, dans le ventre pendant que moi, qui est l'autre, ne naît que toute une semaine plus tard. Et encore ! L'autre moitié, qui est moi, ça m'a tout l'air, elle est née quelques minutes après la mort de ma mère parce que ça complique, la mort au ventre. Et mon père, il s'est fait adopter par mon oncle et ma tante qui nous ont élevés tous les deux, ce qui fait quatre en tout. Et là, et c'est pour ça qu'on fête, ils viennent, après dix-huit ans et huit mois ! Ma tante, mon oncle et mon père viennent d'avoir des jumeaux à eux bien portants ! Deux ! Ça vaut la peine de le préciser. Deux ! Peuh ! Ah ! Pssfff ! Deux ! À trois ! Ça fait heu… Une fraction chacun.

— Deux tiers, fit Mendoza.

— Deux tiers ! C'est une belle fraction ! Et toi, ô progéniteur de vin, qu'est-ce que tu fêtes, toi ? Beaucoup de bonheur à célébrer ! Beaucoup de journées à commélorer !

— À commémorer.

— Oui, peut-être. Alice ! Dis-lui de me commérer sa fête !

— Si on trinque, dit Mendoza.

— Ah non… J'ai fini la trinque pour là !

— Non, je voulais dire, Alice et moi.

— C'est bon, juste un verre.

Les mots m'avaient échappé. C'était mon premier verre en plus de deux ans. L'effet fut quasi instantané. Bébé se mit à chanter.

— Hok, Bébé dit de ne pas être triste. Que tu es peut-être ton frère et toi dans une seule personne. Que c'est pour ça que tu as de l'énergie pour deux, de la joie pour deux et que tu es un géant de l'amitié.

— L'alcool est charmant comme un défaut, mais merci de tous nos cœurs, fit Hok en saluant mon ventre avec sa casquette. Et là, vous avez trinqué, continua Hok en se tournant brusquement vers l'ancien. Alors, ton histoire ? Qu'est-ce que tu fêtes ?

— Moi aussi, je suis deux. Peut-être même trois. Il y a celui qui s'est fait torturer pendant trois semaines...

— Bon sang, dis-je.

— Si on trinquait et qu'on allait se coucher, bredouilla Hok qui ne s'attendait pas à un tel aveu.

— Vous connaissez l'expression d'Emma, dit Mendoza : « Faut pas touiller la fourmilière quand on veut faire un pique-nique. » Ne vous en faites pas, ce ne sera pas long.

— Je n'étais pas sérieux, fit Hok en approchant sa chaise jusqu'à ce que son ventre soit collé contre la table. On t'écoutons solidement et je m'en excuse encore. Et beaucoup.

— Donc. Je suis celui-là, qui s'est fait torturer. Et je suis moi, maintenant. Et puis, il y a, vaguement, une troisième personne, celle d'avant la torture. C'est à sa recherche que je pars en buvant.

Il fit une longue pause.

— C'est pas une recherche très efficace.

Mendoza se mit à regarder dans le vide en parlant, s'adressant à une foule ou à son passé. Son ton s'était formalisé, comme s'il récitait un discours appris par cœur, une prière apprise par cœur.

« Quand on est attaqué jusque dans notre corps, toute notre assurance fout le camp. Toute cette assurance, construite laborieusement sur les décombres de nos échecs et de nos tourments... Cette confiance en soi qu'on a bâtie à coups de petits succès, de victoires... Les nobles victoires et puis les mesquines. Toute cette belle assurance et cette intégrité maintenues en place par le mortier de notre aspiration à la justice, au bien-être... tout ça... toute cette construction s'effondre. Sous la torture et l'emprisonnement, la mosaïque que nous sommes est dispersée. Notre vraie charpente nous est alors révélée. On comprend qu'on n'est qu'une petite hutte de premier cochon de fable qu'à pas de loup la moindre méchanceté peut souffler. Et alors, petit humain recouvert de paille, nous devenons épouvantail. Un épouvantail qui ne fait peur à personne en brassant de l'air avec les bras car chacun sait que ce n'est que pour rattraper la paille que le vent veut emporter. On oublie même qu'on a déjà voulu vivre, vivre assez longtemps pour être certain d'avoir été aimé.

« Souffrir ? Ah mais je ne sais pas trop si je souffre. J'imagine que oui. Après tout, je pleure deux ou trois fois par semaine, sans raison apparente. Comment est-ce que je pourrais savoir pourquoi je pleure quand je pleure ? Pour tel ami ? Pour tel autre ? Pour ma mère, ma femme qu'ils ont tuées ? Mes enfants ? Pour n'avoir pas fait ceci, cela ? Pour m'être enfui, avoir survécu ? Je m'apitoie sur le sort du monde ? J'ai une mémoire trop vigilante ! J'ai une mémoire violente, une brute sanguinaire ! Une mémoire sadique ! Souffrir ? Ah ! Mais j'ai du contrôle. Je ne pleure jamais au travail. Une partie de la souffrance vient de l'épuisement. Mes larmes sont l'huile de ma machine à contrôler mes larmes. La douleur frappe également dans ces moments de terrible lucidité où l'illusion de ne pas être seul s'évanouit et pendant lesquels je suis terrifié à l'idée de ne plus pouvoir faire naître cette illusion. Je suis un petit rond, un petit peu rond au milieu d'une multitude de bras qui veulent retenir mes fragments.

Mendoza se mit à pleurer. Hok se leva, entoura les épaules de l'ancien et pleura aussi. Je les regardais, abasourdie. Hok se redressa soudain.

— Les toilettes, c'est par là, non ?

— Par là, oui.

Mendoza reboucha la quatrième bouteille vide aux trois quarts et se leva, le visage recomposé et presque serein.

— Bon, c'est pas tout, ça. Faut que je rentre chez moi. Quelle soirée formidable ! Remercie Hok de ma part ! Et merci à toi, ma grande reine. Et bien le bonsoir à Bébé.

— Il s'est endormi quand vous avez commencé à pleurer.

— Un petit sensible ! Je comprends ça.

Hok revint quelques minutes après que j'eus verrouillé la porte derrière Mendoza.

— Il est parti ? demanda-t-il en commençant à sauter sur place.

— Qu'est-ce que tu fais ?

— Faut que je me dessoûle.

— En sautant ?

— C'est pour faire chauffer le sang ; ça fait évaporer l'alcool. Tous les musulmans font ça quand il n'y a pas de montagne à monter dedans et puis ou de roche à déplacer en groupe ou quelque chose du genre d'épuisant.

Dix minutes et deux cafés plus tard, il se laissa enfin reconduire chez lui. Il s'arrêta au coin d'une rue.

— Alice ?

— Oui ?

— Je ne peux pas croire que je t'ai raconté tout ça !

— Tu l'as raconté à Mendoza. J'étais là, c'est tout. Tu avais pas mal bu, tu sais.

— Ouais, mais si t'avais pas été là, j'aurais fermé ma grande boîte de gueule. Et puis, ça faisait longtemps, ah ! oui, très longtemps que l'hameçon de tes oreilles me tentait.

— Là, tu as mordu. Et pas à moitié !

— Tu crois qu'on va pouvoir continuer à avoir du plaisir ensemble comme avant ? Vu que maintenant tu sais que je suis tout demi-orphelin et un demi-jumeau ?

— Si tu n'y arrives pas, je t'hypnotiserai. Je comprends, enfin, j'imagine ton émotion pour ces nouveaux jumeaux bien entiers et vivants que viennent d'avoir ta tante et ton oncle. Mais souviens-toi de ce que t'a dit le pas ballot : tu es peut-être ton frère et toi dans une seule et même personne. Peu importe comment tu t'es senti jusqu'ici par rapport à sa mort. Ton amour de la vie et tes amitiés ont largement racheté la mort de ton frère, si tu crois qu'il y avait quelque chose à racheter. Moi je ne le pense pas. Compenser, à la limite.

— Ne raconte rien de tout ça à Emma.

— Bien sûr que non. Ni à personne d'autre.

— J'aimerais qu'elle continue à croire, comme je suis sûr sûr sûr et certain qu'elle le fait, que je suis le ministre de l'Insouciance et une réincarnation de Snoupichabotté.

Arrivé chez lui, Hok s'effondra dans son demi-lit. Il se releva d'un bond et se précipita vers la cuisine. Il en rapporta un bol de plastique qu'il déposa sur la table de nuit.

— B'soir. Rendez-vous très bien, ma reine. À vendredi donque. Et t'en fais pas, je me hy-peunô-tise-rai moi-même !

Juste comme j'allais fermer la porte, il releva la tête et ajouta : « J'oubliais, y'a ça pour toi ! » Et il fit tomber de sa table de chevet quelques feuilles : des nouvelles de René.

*

René prétendait organiser un tribunal mondial des instances et organisations internationales : Banque mondiale, FMI, OMS. Semblable au Tribunal de l'eau, instauré en Amérique centrale, il serait constitué de juristes de renom, reconnus pour leur probité, etc. Le Tribunal des instances entendrait les plaintes d'individus, regroupements et gouvernements. Le fondement juridique de cette cour serait la Déclaration des droits de l'homme. René affirmait avoir obtenu l'appui d'une trentaine de juristes, juges et avocats de tous les horizons ; les quatre points cardinaux y étaient représentés. Une des premières affaires entendues serait une plainte déposée par un groupe d'écologistes qui exigeait que l'ONU révise sa charte afin, entre autres, d'abolir le Conseil de sécurité permanent. De plus, le groupe réclamait que soient enchâssés dans la Déclaration des droits de l'homme le droit à un environnement sain et le droit des peuples de protéger leur culture. Enfin, un recours collectif serait entrepris à l'encontre du FMI et de la Banque mondiale par les trente pays les plus pauvres du globe qui ont vu leur situation financière se dégrader à la suite des recommandations ou plutôt des exigences, suivies à la lettre, de ces deux organismes. Suivaient une liste de suggestions que je ne reproduirai pas ici, puis sa page biographique :

Qui suis-je pour m'activer ainsi.

Michèle, la mère d'Alice, avait tracé, droit comme une voie romaine, le cheminement scolaire de sa fille. La route menait à l'histoire de la politique et toute déviation était découragée. Au moment d'entrer à l'université, Alice avoua son intention de s'inscrire en psychologie. Sa mère ne protesta pas. Elle engagea par contre un louche individu qui se chargea d'altérer les dossiers électroniques que sa fille envoyait à diverses universités de façon à ce que chacune d'elles refuse sa candidature en psychologie. Trois années de suite, Alice s'inscrivit donc, par défaut, en anthropologie sociale que sa mère considérait, au mieux, comme la voie d'accotement de l'histoire. Seul le manque de fonds empêcha Michèle de poursuivre ses manigances obstructives. Alice finit par s'intéresser véritablement à l'anthropologie

sociale. Elle espérait que ses futures recherches pourraient éclairer certains aspects de la psyché humaine.

Par une ironie dont la vie est friande, ma mère à moi voulait que j'étudie la psychologie. « Je t'ai guéri de la dyslexie. Je te saurais gré de me rendre la pareille. J'ai des tas de petits problèmes de santé mentale avec lesquels je ne veux pas finir mes jours et dont le moindre n'est pas que je sois toujours avec ton père. J'aurai 48 ans à la fin de tes études (si tu ne traînes pas). À 50 ans, quand tu auras fait le ménage dans ma psyché et m'auras libérée de mes blocages et obsessions, je pourrai entreprendre le reste de ma vie en pensant à moi avec un peu plus d'entrain et moins d'égocentrisme. De plus, en psychologie, on ne vise pas la réussite, mais la recherche du soi de l'autre, pas la perfection, mais la guérison. Tout cela me semble très bien. » Le manque de cohérence était ici compensé par une grande conviction.

De dix-sept à dix-neuf ans, en bon enfant inconsciemment soumis, j'ai étudié la psychologie au cégep. Cela me donna à réfléchir.

Plus tard, à mon entrée à l'université, lorsque maman consulta la liste des cours de ma première session, elle crut que j'avais subi une sévère attaque de dyslexie. « Biologie ? Mathématique ? Physique ? Introduction au génie moléculaire ? »

Non, ma mère n'avait pas échoué, ce n'était pas une rechute.

Mes deux années d'introduction à la psychologie m'avaient convaincu que cette science avait atteint une limite infranchissable : un humain est un humain. Sa structure cognitive l'empêche d'étendre son empathie dans le temps ou dans l'espace, de concevoir son bien-être dans une perspective écologique. La longue durée, pour lui, n'inclut même pas la totalité de la vie de ses enfants ! Son sens des responsabilités s'arrête là où il peut étendre son appréhension physique ou même tactile du monde : pas loin dans le temps ni dans l'espace. L'humain est incapable de concevoir que son corps et lui ne font qu'un. Il dira « mon corps » comme il dirait « mon chapeau ». L'humain n'a pas de mémoire ancestrale et n'a pas le cerveau assez développé pour savoir utiliser ce qui la remplacerait : la civilisation. L'humain s'additionne mal ; en société, l'humain n'est plus humain : il régresse dans l'échelle phylogénétique. L'humain ne contrôle pas ses mécanismes de régression, lesquels ne sont plus adéquats dans sa nouvelle niche écologique qu'on appelle la société.

Conclusion : pour aider l'homme à évoluer, à s'en sortir (ce dont le reste de la planète ne se plaindra pas), on doit manipuler le génome humain jusqu'à ce qu'on tombe sur une version satisfaisante. C'est pourquoi j'avais décidé d'explorer le génie génétique. Maman n'apprécia pas. « Mais on en aura pour 500 ans d'enfer ! » fit-elle. « À peu près, mais est-ce bien pire qu'un ultime et définitif 250 ans ? » « Oui, bon, peut-être. Mais pour tous les autres petits problèmes dont le genre humain est affligé : complexes, névroses, dépressions ? »

Je lui promis que j'explorerais la question à temps perdu.

— Tu pourrais épouser une psychologue !

Cela me brisa presque le cœur, mais je dus de nouveau décevoir ma mère. L'amour de ma vie étudiait en anthropologie sociale. « Le passé et le futur du genre humain », fit ma mère. Ça fait une jolie phrase, mais une piètre consolation.

Nous avons fait l'amour dès notre troisième rencontre et, subséquemment, avons manqué une semaine de cours ; nous ne nous sommes plus quittés et, pour finir, nous nous sommes liés d'amitié avec le hasard. Le corps d'un homme du néolithique fut découvert dans un glacier argentin. Alice fit partie de l'équipe chargée de répertorier les artéfacts et j'eus le privilège d'accompagner le biologiste qui veillerait à ce que le corps soit bien entreposé en vue de prélèvements tissulaires ultérieurs. Patagonie, Afrique (Kilimandjaro), Groenland : trois glaciers expirants, trois corps, trois voyages, 26 décollages, 26 atterrissages pressés l'un contre l'autre à se tenir les mains, le cou, les lèvres, à exorciser cet impitoyable sentiment de solitude qui nous possède à ces hauteurs inhumaines. Cette complicité aérienne, soudée par les soubresauts des perturbations atmosphériques et enrichie par ces heures de voyage, luxueuse obligation de respecter le temps qui donne, survivait aux atterrissages, perdurait après les voyages, persista après la deuxième session à l'université et aboutit à notre mariage.

Comme cadeau de noces, Alice offrit à sa mère de faire une mineure en histoire. Quant à moi, j'offris à ma mère une bicyclette. « Le sport, lui dis-je (et les preuves ne manquent pas), contribue à adoucir tous ces petits problèmes psychologiques dont tu te plains. » Pour la motiver, je lui fis une liste des adresses où nous avions logé durant les vingt mois qu'avait duré la première étape de mon traitement. Cela lui faisait un parcours de 36 kilomètres à travers huit arrondissements. Nos mères (bonnes joueuses ?) nous offrirent de financer l'achat d'une vieille église.

P.-S. Pourquoi une église et pourquoi celle-là ? La mère d'Alice y voyait un pied de nez à cette institution moribonde en même temps qu'un moyen de préserver l'histoire et de la faire entrer dans la famille. Ma mère ? Le nom de l'église suffit à éclairer sa motivation : la chapelle Sainte-Dolgorouïskaï, rue Cleart Einee.

*

— Où est papa ?

— Papa est dans sa tête.

— Et la tienne aussi.

— Oui, dans ma tête aussi.

— Pourquoi n'est-il pas ici ?

— Parce que nous avions besoin d'être seuls.

— Mais tu n'es pas seule, je suis là !

On ne peut pas tout prévoir, me dis-je.

— Je veux dire sans l'un et l'autre, sans lui pour moi et moi pour lui, ajoutai-je.

— Il ne sait pas que tu n'es pas seule ?

— Tu veux savoir s'il sait que tu existes ? Non, il l'ignore encore.

— Pourquoi ?

— Il n'est pas prêt à entendre cette nouvelle.

Quelle nouvelle ? pensai-je. Que depuis vingt-six mois, je porte un enfant ? Que Bébé s'écrit avec un B majuscule ? Que Bébé sait maintenant lire, écrire et parler ? Enfin... Chanter... Parler le chant... Qu'est-ce que je lui dirais, à René ?

C'était la première fois que j'évoquais notre éventuelle réunion. Non pas que j'avais cru, ne serait-ce qu'un seul instant, qu'on ne se reverrait plus jamais. Je n'avais pas encore eu le courage d'y penser, voilà tout. L'évocation du retour de René me semblait une extravagance étourdissante et vaine, mais heureusement facile à mettre en veilleuse.

*

Pendant tout le mois de juillet, l'écart dont j'ai déjà parlé entre Bébé curieux, critique et sensible et Bébé tyran s'agrandit. Pendant des heures, il pouvait me faire des remontrances sur la bouffe ou mes états d'âme pour changer radicalement de ton et de sujet dès qu'un de nos amis s'approchait. Il parlait alors politique, histoire et philosophie, me faisant parfois prononcer des phrases sur l'écologie, la nature humaine ; la vie en général, dont je ne comprenais pas toujours la portée ou la pertinence. « Curieux que le temps ait été le plus souvent représenté par un petit objet qui tourne en rond sans aller nulle part. » « L'humain était-il voué à inventer le déterminisme ? »

Autrement, le bavardage et les conversations intimes avec Mohi, Emma ou Hok me manquaient. Surtout depuis que Bébé comprenait l'anglais.

*

— Tu ne peux pas partir ! gémit Bébé au début du mois d'août.

Mohi s'était trouvé un emploi à la Ville. Il travaillerait à la réfection et à l'entretien du réseau d'aqueducs.

— Je n'ai pas le choix ! répondit Mohi. J'avais besoin de ce travail pour faire venir ma famille. La journée même où j'ai signé mon contrat, j'ai pu obtenir un prêt. Ma femme devrait recevoir les billets d'avion d'ici un jour ou deux.

— Mais j'ai besoin de toi. Alice sera triste et je ne veux pas qu'Alice soit triste !

Ça pouvait parfois être plutôt gênant de traduire les chants de Bébé.

— Elle sait que je viendrai souvent vous rendre visite. Ne t'inquiète pas.

— Mais elle sera triste quand même !

Les chants, depuis quelques jours, me semblaient d'un volume moindre qu'auparavant, ce qui leur donnait l'aspect d'autant de berceuses. Malgré les dénégations de Bébé, j'avais l'impression que son corps avait de nouveau rapetissé. Pour la raison que l'on sait, j'essayais de ne pas me laisser atteindre par cette nouvelle appréhension. Il est vrai que le départ de Mohi, prévu pour le 1er septembre, allait me chagriner. Mais, bon, il ne quittait pas la ville et avait promis de participer à nos futurs soupers.

Bébé appréhendait aussi le départ de Zoé dont le mariage aurait lieu en octobre. J'avais beau lui répéter que la pâtissière transmettrait toutes ses recettes à sa succession, il était terrifié.

Plus l'angoisse et la tristesse de Bébé augmentaient, plus sa tyrannie sur mes émotions se faisait oppressante. J'appris à contrôler mon trac devant l'assiette blanche ainsi que ma déception quand un plat était mal reçu. À la demande de Bébé, je commençai des cours de yoga pour mieux apprendre à contrôler mes humeurs. Et puis Hok, comme je l'en avais prié, ne vint plus m'avertir des interventions de René, du moins jusqu'à ce que la crise de Bébé soit passée. Malgré toutes ces précautions, ce dernier m'assénait sporadiquement ses implacables retraits, toujours en réponse aux deux mêmes frustrations : mes émois et les épices.

Cela ne lui suffisait plus qu'on mange de la viande à volonté ; maintenant qu'il n'y avait plus que les épices entre lui et un menu parfait, le tyran refusait de plus en plus d'herbes et d'aromates. Il me fallait cuisiner deux versions des mêmes plats. Et puis, un jour, les odeurs se mirent à l'incommoder. Les odeurs ! Je n'allais tout de même pas arrêter d'expérimenter ! J'en parlai à Hok qui tenta de convaincre le pas ballot de faire des concessions.

— Moi aussi j'étais capricieux quand j'étais petit et je te dis pas la crise que j'ai faite quand ma tante a voulu me faire manger de la viande de serpent pour la première fois. Et tu vois, maintenant, c'est ce qui me manque le plus de mon pays !

— Et tu voudrais que je te croie sur parole ? répondit Bébé.

— Ce n'était qu'un exemple ! protesta Hok.

— Merci beaucoup pour la démonstration, mais la logique de l'argumentation n'était pas imparable. À commencer par le fait que, moi, je veux bien manger n'importe quelle viande, pourvu qu'on ne lui rajoute pas trop de goût !

— Tu trouves ta logique plus rigoureuse ? dis-je.

— Non, mais au moins, c'est la vérité.

Emma s'essaya à son tour. La grande brune y alla de dictons sur les épices et leur rôle civilisateur. Bébé répliqua qu'il n'avait rien contre la route des Indes pour autant qu'elle ne passe pas par son perron ni contre le vin à la cannelle ou au gingembre en autant que je n'en buvais pas.

— On ne fait pas toujours ce qu'on veut dans la vie, laissa tomber Emma sans trop de conviction.

— Tu as du culot de me dire ça ! répliqua Bébé d'un chant hachuré et au volume bien bas pour une exclamation.

Bébé était d'une humeur massacrante.

Ce fut Mohi qui nous sortit de l'impasse. C'était une semaine avant son départ. Nous le sentions partagé entre sa joie d'avoir trouvé un boulot plus à sa mesure qui lui permettait d'être réuni avec sa famille et la tristesse de nous quitter.

— Assieds-toi là, fit-il.

Je m'assis à côté de lui, sur le pont du galion, pendant qu'Emma et Hok s'installaient à notre table. Mohi regarda pardessus les épaules de son compatriote pour s'assurer qu'il n'y avait pas de client. Puis, Mohi, le premier ministre de Sa Majesté, le noble et apaisant Mohi, nous étonna tous en me crachant au visage. La chaise d'Emma revola sur le plancher quand la grande brune se leva violemment en un arc réflexe. Hok dut se lever à son tour pour l'empêcher de sauter sur Mohi. J'étais furieuse et au bord des larmes.

— Pourquoi ? sanglotai-je.

— Je suis désolé. Vraiment désolé. Mais il le fallait. Il est parti ?

Hok fut le premier à comprendre et tapa des paumes.

— Ça pardi ! Bonne idée ! Il veut te parler sans que le pas ballot écoute !

Emma se rassit, visiblement soulagée.

— Combien de temps avons-nous ? demanda Mohi, considérant mon visage rasséréné.

— Ces jours-ci ? À peu près quinze minutes. Après quoi j'ai l'impression qu'il est de retour, tapi dans mes sens, m'empêchant de sentir sa présence.

Mohi me fit comprendre, ou plutôt, me fit admettre que pour notre bien à tous les deux, je devais reprendre possession de mes humeurs, de mes goûts, de ma vie. Il fallait que Bébé comprenne que nous étions deux et qu'il n'y perdrait pas grand-chose au change.

— Bébé ne s'habituera jamais aux épices. D'ailleurs, dit Mohi, cela n'a jamais été le véritable enjeu, bien que Bébé l'ait sans doute toujours cru. Il faut que tu reprennes le contrôle de ton existence. Pour cela : résister et jouer du bâton et de la carotte ! Commence par manger épicé. Très épicé !

— Mais il va disparaître au fin fond du néant !

— Un : tu vas survivre…

— Nous serons là, appuya Emma.

— Nous serons là, c'est sûr, confirma Hok.

— Pas moi, fit Mohi. Tu devrais profiter de mon départ pour le précipiter dans une panique totale.

Je hochai la tête.

— Deux, poursuivit Mohi, tu attaques à nouveau : au prochain repas, tu manges du tofu !

— Mais il va faire une dépression !

— Et ce sera très bien, fit Mohi. Il aura l'impression qu'une partie de son corps ne lui répond plus. Il faut qu'il se rende compte que ton corps est à toi.

— Et c'est là qu'elle intervient avec la carotte, non ?

— Exactement, Hok !

— Tu lui chantes des berceuses, tu patines avec tes doigts pendant des heures et tu te payes une soirée de sucreries, des brownies, des carrés au sirop d'érable, de la crème glacée.

— Quarante minutes dans le dessert, fit Emma.

À ces mots doux, Bébé se remit à chanter. Je portai mes mains à mon ventre.

— L'appel du dessert émeut Bébé ? renchérit la grande brune.

— Je crois que oui. J'ai cru entendre un chuintement aigu.

Mohi pencha sa tête de côté et me regarda en souriant. Bébé chanta une interrogation.

7

Le 1er septembre, lorsque Bébé s'aperçut que Mohi était bel et bien parti, j'ai dévoré avec appréhension une soupe aigre-douce (sumac et poudre de mangue) ainsi que du poulet à la cardamome et piments rouges. Le retrait fut immédiat et implacable. Mon atterrement fut si brutal que je me demandai si Bébé n'avait pas trouvé le moyen d'altérer mon système hormonal.

— J'ai franchi le Rubicon, dis-je à Emma entre deux sanglots.

*

Cette nuit-là, Emma et Hok vinrent coucher à l'églisette : je savais que je ne pourrais jamais dormir seule et abandonnée de tout l'univers. Bébé s'était retiré plus loin que jamais auparavant. Malgré la présence de mes deux amis, le sommeil ne vint pas.

— Il faut t'occuper, déclara Emma vers 2 h, fatiguée et étourdie de me voir tourner en rond.

Emma regarda autour d'elle ; son regard se fixa sur la porte menant au clocher puis longea le mur jusqu'au chœur.

— On va creuser un bassin !

Hok, qui somnolait sur un banc, se réveilla en sursaut.

— Oui ! Un bassin, on va creuser un bassin !

J'étais plus ou moins emballée. Je restais prudente : j'avais l'impression de me rapprocher de René, mais en même temps, c'était par le biais de ses fabulations qui m'agaçaient tant.

— Et pourquoi elles t'agacent ?

— Je n'en sais rien, Hok !

— C'est des poèmes qu'il t'écrit !

— Je sais, Hok, tu me l'as déjà dit…

De toute façon, je ne voyais rien d'autre à faire pour combattre l'abattement. Emma alla chercher quelques outils au sous-sol, puis on s'attaqua aux dalles de marbre. Vers 9 h, on s'arrêta, exténués, après n'avoir dégagé qu'une surface d'à peine deux mètres carrés.

*

Le lendemain, au souper, j'étais dans l'onctueux état second que procure la privation de sommeil lorsque j'engloutis un plat que j'aurais en temps normal trouvé trop épicé à mon goût.

*

Que peut-on retrancher au silence, que peut-on amputer au néant ? On dit que la douleur peut atteindre une intensité telle que le corps abandonne. On délire alors dans un ouragan de temps. Je me suis retrouvée dans l'œil de l'ouragan.

*

Lorsque je repris conscience, sur le pont du galion, j'étais entourée d'Emma, Hok, Mendoza, Alvaro, Parlam, Ophelia et Mohi.

— Ça fait trois heures que tu es assise là sans bouger et sans parler, dit Emma.

— Oh, Emma… C'était plus vide qu'une nuit sans rêve, sauf que le temps tournait en rond autour de moi. Le vide total avec le temps qui s'étire. Aucune pensée, aucune sensation, mis à part la durée…

Je sanglotais doucement.

— Et puis, continuai-je, j'ai entendu la voix de René qui enfin ne badinait pas. Il disait : « Eh bien non. Nous ne nous sommes pas mariés dans notre église. Il n'y a pas de bassin dans notre chapelle ni de toboggan s'écoulant du clocher. Mais la cérémonie comporta bien la lecture de prières et de poèmes provenant de plusieurs cultures et religions. Il n'y avait pas non plus une trentaine d'invités. Tel que je me le rappelle, il n'y avait qu'Alice, moi, nos mères, le juge de paix et deux ou trois amis. Tel que je me le rappelle, Alice avait rattrapé toutes ces années pendant lesquelles, tout en passant inaperçu, j'avais croisé son chemin tout en caressant le savoir patient qu'elle était la femme de ma vie. Tel que je me le rappelle, Alice est l'amour dans ma vie. »

— C'était Hok et moi qui te lisions sa dernière page biographique.

— Je l'avais oubliée ce matin, dit Hok. Quand je t'ai vue tomber en catatonie, j'ai filé la chercher.

— Il est paniqué !

— Bébé ? demanda Ophelia.

— Oui ! Il croit que je n'ai plus besoin de lui, que je ne veux plus de lui !

— Chut chut chut… fit Emma en mettant ses bras autour de mes épaules.

— Laisse-le mariner dans son jus jusqu'à demain. Puis, la phase deux.

— Attendre jusqu'à demain ! Mais Mohi, je ne pourrai jamais !

— Ce soir, nous irons tous chez toi, dit Parlam d'une voix autoritaire. Il y a un bassin à creuser, je crois.

— Je vais apporter des pioches et des pelles ! ajouta Mendoza.

*

Tous ceux qui le pouvaient vinrent creuser. Même Ophelia mit la main à la pioche pendant quelques heures avant de rentrer chez elle. Mohi repartit vers 21 h rejoindre sa petite famille arrivée quelques jours plus tôt. Vers le milieu de la nuit, l'excavation était terminée et les débris s'empilaient sur le parvis.

— Voilà, dit Hok, il ne reste plus qu'à couler le ciment.

— Comment va-t-il ? demanda Parlam en pointant mon ventre.

— Il doit être blanc comme un drap, fit Hok, espérant me faire sourire. Il est temps de passer à la phase deux.

— Oui, mais seule. De toute façon, vous devez tous être épuisés. Allez vous coucher.

Emma s'attarda quelques minutes.

— Tout ira bien, rassura-t-elle. Bébé va revenir et il aura eu sa leçon.

— Oui. Je l'espère.

Emma regarda l'excavation.

— Joli trou…

La grande brune quitta comme Ophelia arrivait avec une boîte de pâtisseries préparée par Zoé.

— Sa contribution. Je te laisse. J'ai un rendez-vous ! souffla-t-elle, toute fébrile. Un gars à peu près normal, pour une fois. Et charmant. Et puis, il a deux enfants ! Et… Oh, je te laisse, tu es fatiguée… Mais qu'est-ce que ça te va bien, ce teint pâle !

*

Je m'installai dans mon lit avec un livre. J'avais choisi un titre que Bébé m'avait fait acheter, mais que nous n'avions pas encore lu : *La naissance du purgatoire.* La boîte de pâtisseries était ouverte à portée de main. Des caresses, commençons par des caresses ! Je cherchai son torse, de plus en plus difficile à localiser depuis quelques semaines. Mon ventre n'était plus que l'ombre d'une bedaine, à peine plus gros qu'un ballon de ballon chasseur. Je changeai de position, tentant de faire apparaître la forme familière. Je trouvai enfin la tête ; après avoir palpé cette dernière du front à l'occiput, je me rendis à l'évidence : Bébé n'avait plus de tronc !

Je vidai la boîte avant de ne pouvoir lire une seule ligne. Je me levai en sanglotant et courus au frigo, empoignai un pot de crème glacée et me recouchai. Je caressai ce qui restait de Bébé en répétant : parle-moi ! Chante-moi quelque chose ! Je suis là, n'aie pas peur.

Et puis la panique s'éteignit. La sienne. La mienne me réduisit à une boule de chair enfouie entre les couvertures en désordre et l'oreiller. Bébé n'était plus absent, je sentais sa présence dans tout mon être. Mais il ne chantait pas !

*

Cinq jours plus tard, Bébé était toujours silencieux. Sa présence était palpable ; je le sentais regarder et entendre par mes oreilles et mes yeux. J'avais l'impression de percevoir le bruissement étouffé de sa pensée. Mais il demeurait silencieux.

Toute la semaine, j'avais alterné entre la carotte et le bâton. Des collations sucrées, des repas épicés. Bébé ne se retirait plus. Il se contentait de s'enfermer dans son mutisme tranquille. Cinq jours de silence ! Je commençais à me demander si c'était une nouvelle stratégie, si Bébé n'espérait pas gagner cette joute. Dans la nuit de jeudi à vendredi, j'avais fait ce rêve : Je reviens d'Aux racines un soir, et trouve un message de ma mère sur un antique répondeur à cassette. « La solitude n'est qu'un mot. Pas un mot doux. Seulement un mot. » Je me précipite chez Emma. On revient ensemble pour écouter le message. Je m'aperçois avec consternation qu'en quittant, j'ai réenclenché le répondeur et que le message est effacé ! Il est remplacé par la voix de

Bébé qui dit : « La solitude est la colonne vertébrale de notre passé. »

*

Malgré tout, je tenais bon. Le souvenir récent des mots de René me soutenait. Tout en gardant une distance imprécise, René était revenu dans ma vie. Cela adoucissait l'absence de Bébé.

— Tu as l'air bien mélancolique, me dit Ben en approchant un tabouret du comptoir où j'écrasais des feuilles de baitoey dans un mortier (je préparais un flan parfumé).

Je n'allais quand même pas tout raconter à Ben, lui qui, à la grande surprise d'Emma, semblait n'avoir rien remarqué ni de la grossesse ni de sa lente dissolution. De toute façon, il était trop tard : maintenant que Bébé ne bougeait plus, ne chantait plus et ne prenait maintenant pas plus de place qu'un banal renflement d'un organe quelconque, il était tout à fait improbable que quiconque arrive à croire à une histoire pareille, peu importent le nombre et la crédibilité des témoins.

— Je pense à ma mère, dis-je. Ça fait plus de trois ans qu'elle est morte et j'ai parfois l'impression que le temps, autour de sa mémoire, s'est immobilisé.

— La mort est ainsi : une énorme masse qui attire et immobilise le temps. Il suffit parfois d'une action, d'une démarche, d'un événement déclencheur pour le redémarrer.

— Une démarche, une action ? Quel genre d'action ?

— Je ne sais pas, c'est différent chaque fois et pour chacun.

— …

Je mélangeai la poudre au lait qui chauffait dans un bain-marie.

— Tu te souviens de la quincaillerie ?

— Pourquoi me demandes-tu ça ?

— Je t'ai déjà entendue en parler avec Emma. La quincaillerie appartenait à mon père.

J'ouvris le feu sous le bain-marie et mis le couvercle.

— Ça explique la présence de Chat.

— Tu te souviens de l'odeur du plancher, quand les lattes de bois étaient encore humides d'avoir été lavées ? Et les traînées systématiques mais imparfaites de la vadrouille ? C'est en aspirant cette odeur, finalement plutôt oppressante, que je comprenais le mieux pourquoi mon père aimait son commerce. Ça sentait… Je ne sais pas… La ténacité, peut-être.

Ben me raconta de long en large les rapports complexes entre son père et lui. Le père eût voulu que le fils devienne commerçant. Non seulement ce dernier devint plutôt travailleur social, mais il avait toujours, au mieux, éprouvé de l'indifférence à l'endroit du métier du quincaillier. Cela avait évidemment empoisonné leur relation ; beaucoup plus que Ben ne l'avait imaginé. « On ne répare rien au chevet d'un mourant », avait dit son père. Sur son lit de mort, il avait arraché à son fils la promesse d'ouvrir son propre commerce là où se trouvait sa quincaillerie. « Je me fous de ce que ce sera, pourvu que ce soit honorable. Et tu ne devras abandonner que lorsque ton commerce sera rentable. À défaut d'aimer mon métier, au moins tu en comprendras les exigences. »

— Et voilà, c'est fait ! Et à défaut d'avoir aimé son métier, je crois bien que j'aurai mieux compris mon père et m'en serai peut-être plus rapproché après sa mort que de son vivant.

— Et maintenant ?

— Maintenant, je vais vendre ce foutu commerce !

Cette nouvelle provoqua une violente réaction de Bébé. Le bruissement de ses pensées s'était mué en un bourdonnement puis en un vrombissement inquiétant. Se méprenant sur mon trouble, Ben me rassura.

— Ne t'inquiète pas. Aux Racines ne fermera pas. Emma m'a fait une proposition. Elle va vous en parler d'un jour à l'autre.

Le vrombissement diminua d'intensité et redevint le léger et perpétuel bruit de fond à mes pensées.

8

On ne peut expliquer le silence qu'en le détruisant.

C'est en faisant son philosophe de salon que Bébé recommença à communiquer. *Et pour ce qui est d'une explication à ce que tu entends en ce moment, ça, la reine, tu peux toujours courir ! Par contre, si tu croyais avoir perdu ton intimité quand je voyais ce que tu voyais et entendais ce que tu entendais ou disais, laisse-moi te dire que c'était de la petite bière !*

— Que veux-tu dire ?

Je veux dire que tu n'aurais pas eu besoin de me poser cette question à voix haute. Par exemple. Oui, bien sûr, je comprends ton étonnement. Évidemment que je m'en rends compte ! Tes émotions m'affectaient avant ; maintenant, en plus, je peux les identifier avec précision. Il n'y aura plus la moindre cachette, non. Pas de penderie assez noire, non. Mohi ? Hok ? Emma ? Ben Mendoza Alvaro Parlam Ophelia Zoé ? Tous les clients et le monde entier ? Les secrets de ton âme sont en sécurité. Je ne peux communiquer qu'avec toi. Avec toi ? Moi ? Oui, toi. T-O-I toi. M-O-I moi ! Je sais, ça t'épate. Je trouve ça ironique aussi. C'est maintenant, alors que nous n'avons jamais été aussi proches, que je réalise pleinement que nous sommes deux entités différentes. Eh bien oui, ce n'est pas juste, il n'y a que moi qui puisse lire dans tes pensées. Tu ne peux pas lire dans les miennes. Il n'y a pas de justice dans la nature, que veux-tu... Oh ! ces belles images d'océan en rage, de volcans, de serpents et de lions affamés. Non, je ne capte pas que tes mots. C'est moi qui mets les mots de toute façon. J'ai bien vite compris que tu en avais besoin ! Vrombissement ! Peuh ! Bourdonnement, frémissement ! Ça devenait plus irritant que nos codes avec les pieds ! Comme si tu croyais que j'étais retombé en enfance ! Mais c'est tout le contraire !

Je me rendis compte de la disparition de mon tronc après toi. Je m'apprêtais à chanter un message conciliant et reconnaissant. Le plan de Mohi (dont je pris conscience par la suite) avait fonctionné. Mais je ne pouvais plus chanter. Quand les poumons s'en vont, les chants sont de l'air, comme dirait Emma. Je ne pouvais plus être entendu. Tu ne seras peut-être pas fâchée d'apprendre à quel point je fus terrorisé. À quel point la solitude m'a semblé oppressante. Eh oui. Comme tu le dis, je me suis fait servir ma propre cuisine. Il me fallut chercher un nouveau passage pour te rejoindre. Je me suis mis à creuser au hasard, ici et là, dans une forêt vierge de neurones, d'hormones, de synapses... Si tu crois que j'y comprends quelque chose, moi ! Non, rien du tout. J'y allais au hasard, te dis-je. Et puis, en creusant dans une surface sombre, j'ai fait une brèche d'où jaillit une gélatine lumineuse qui m'inonda. Tu n'aimes pas ma métaphore ? Ta conscience : une gélatine lumineuse... Tu aurais apprécié que je dise plutôt : un fouillis, un désordre de chambre d'enfant ? Un dépotoir, tu dis ? Oh, décidément, tu aimes bien l'idée d'avoir rencontré René au dépotoir... Je pourrais t'en dire beaucoup là-dessus. J'en sais plus que toi sur ton passé, tu sais... Enfin, plus que tu n'acceptes de te souvenir. Effrayant, terrible, au secours ? Ne t'en fais pas. Je ne te dirai que ce que tu voudras. Ce que tu voudras réellement, sans ambiguïté, plus encore : sans ambivalence. Arrête ? Arrête ? D'accord. Je peux. Je vais dormir. Je te donne quelques heures pour te remettre de tes émotions.

*

— Ça pardi ! fit Hok. Ses économies... mon œil !

La veille, Emma nous avait annoncé qu'elle comptait transformer Aux racines en coopérative. Elle mettrait à notre disposition toutes ses économies (un joli montant, d'après ce qu'elle nous laissa entendre). Chacun de nous serait libre d'acheter des parts (ces dernières correspondraient à un pourcentage de l'hypothèque). Ce pourrait être un montant en liquide ou une portion de salaire prélevée mensuellement. Tous les employés acceptèrent. On offrit même des parts à la clientèle (limitant toutefois le nombre). Stefaan et sa femme en achetèrent ainsi qu'une bonne dizaine d'habitués. Mohi et Zoé participèrent aussi. Et Ben. Ben qui, dans ses temps libres, serait chargé du secteur recherche et développement végétarien.

*

La semaine du début de changement de garde, René se manifesta à nouveau.

Les deux plus grands dangers pour l'humanité sont la privatisation de l'eau et le couple « marchandisation du vivant – manipulations génétiques sur l'humain ».

Notre gouvernement s'apprête à changer la loi sur les brevets afin de permettre de breveter la dernière nouveauté du génie génétique : l'utilisation de la spécialisation des cellules souches à des fins non médicales. Par exemple, l'utilisation de tissus musculaires en robotique ou de réseaux neuronaux en informatique. La biotique est en passe de réifier l'humain. À quand une tête grimaçante sous le capot de notre voiture, avec GM tatoué sur le front ? J'exagère ? Seulement du point de vue des images. Et je sais de quoi je parle !

Suivait une documentation précise et de consultation aisée des expériences et brevets des dernières décennies qui faisait état d'une logique implacable menant du cochon producteur d'insuline au cerveau humain inconscient, branché sur des senseurs et gérant une maison interactive.

Bébé y alla d'un commentaire ironique : *Curieux quand même, comme image : une tête logée dans une petite armoire au sous-sol et contrôlant toutes les fonctions de la maison. À quoi pensera-t-elle quand tout le monde dormira ou que la famille sera partie en vacances ?*

— À quoi penses-tu quand je dors ?

À tes rêves, bien sûr...

René poursuivait :

Il faut marquer un temps d'arrêt. Il est impératif que la population se fasse entendre.

Fascinant..., fit Bébé, *de la part d'un type dont la passion de jeunesse était justement les manipulations génétiques...*

Les médias et les divers ministères impliqués recevront un avis les informant que tous les jours, de 13 h à 13 h 10, tous les citoyens inquiets des conséquences d'une politique aveugle et éminemment dangereuse pour le futur même de notre humanité feront du bruit. Beaucoup de bruit. J'invite donc tous ceux et celles qui se sentent concernés à trouver la source sonore qui leur convient et à participer à cette campagne avec vigueur !

— Ça pardi ! c'est bien trouvé ! Moi, j'embarque.

— Ce serait bien la première fois que quelqu'un participe à une de ses campagnes.

— Moi aussi, j'embarque, lança Parlam sur le ton d'une déclaration de guerre.

— Nous devrions tous participer, fit Emma. Nous expliquerons l'enjeu aux clients. Je suis sûre qu'il y en aura plusieurs qui se feront un plaisir de jouer aux petits contestataires !

Et puis René, dans ses notes biographiques, aborda pour la première fois notre vie de couple.

Cela faisait à peine deux mois qu'on sortait ensemble et tout le monde croyait que nous formions un vieux couple, avec nos petites habitudes, notre complicité exubérante de sous-entendus et l'aisance affective qui caractérisait nos rencontres jour après jour. Vieux couple ? Non. Nouveau couple ancien ; de toute éternité. Vieux couple ? Notre passion n'eut pas le temps de diminuer en ces trois années de vie commune, de quotidien.

Comment alors cet amour a-t-il pu être saccagé par nos deux deuils ? Je commence à peine à comprendre. Je commence à peine à cerner la question. Fusion… fission… explosions bien différentes. Alors que j'aurais voulu que les débris de l'explosion causée par la mort de nos mères tombent tous au même endroit.

Pas d'anecdotes ? Pas de récit ? Une confession. Depuis que nous nous sommes laissés, Alice et moi, j'ai abandonné mes études en génie génétique, suivi des cours d'histoire, d'enseignement du français, de science politique, d'anthropologie, d'écologie. Tout ça en gagnant ma vie comme éboueur et en entretenant ce site. Vous venez de lire cette phrase parce que je n'avais pas envie de l'effacer. Vraie confession ? Je sais bien que mes campagnes activistes n'ont été suivies par personne et j'admets de surcroît que la plupart sont le fruit infécond de mon imagination. C'était la dernière.

J'aurais aimé parler un peu plus d'Alice, la femme de toute ma vie. Ce sera pour une autre fois. Ou alors ceci : Alice avait su additionner tout ce que j'avais été dans ma vie.

Tu sais, commenta Bébé, tu pourrais quand même un jour lui avouer que tu te souvenais de lui.

— Qu'est-ce que tu racontes.

Évidemment, vu que tu hésites à te l'avouer à toi-même…

— Je ne sais pas de quoi tu parles.

Moi si. Tu as toujours eu peur que cela te rende vulnérable.

— Monsieur Bébé joue au psy.

Je ne joue pas. Je te dis tout haut ce que tu penses tout tout bas.

Le plus irritant dans tout cela ? Bébé qui sait ce que je pense de ses interventions ? Qui entend ? Lit ? Vole au vol chacune de mes inavouables capitulations ? Non. Bébé qui me sait apprécier sa nouvelle empathie et l'adoucissement de son caractère et qui me voit admettre la justesse de ses remarques puis enterrer ces aveux. Il s'en fout, c'est lui qui tient la pelle ! D'ailleurs, en parlant de pelle, Bébé insista pour qu'on termine le bassin rapidement. Mohi s'occupa des aspects techniques et Mendoza (qui avait été maçon dans sa première vie), de la finition. Le Nicaraguayen arrondit tous les angles du bassin, y compris ceux du fond. Une fois la peinture appliquée, j'eus le plus beau bassin intérieur du pays.

*

Notre participation à la campagne de René fut graduelle. Avant tout, Hok écrivit à « l'activiste » pour lui demander de ne pas faire des fous de nous. Il lui enjoignit d'envoyer (pour de vrai cette fois-ci) au gouvernement ainsi qu'aux médias son manifeste expliquant les tenants et les aboutissants de cette campagne à laquelle (suivaient nos noms, le mien inclus !) nous allions participer.

Le premier jour, Parlam n'avait pu se libérer et Hok fut le seul à faire du bruit. Chaudron d'une main, cuillère en bois de l'autre, il se planta à une heure pile sur la terrasse et frappa à une cadence modérée. Le jeune Bangladais ne résista pas deux minutes aux regards ahuris et irrités des quelques clients présents.

— Évidemment, si je suis le seul à l'ouvrage, je vais passer pour un fou !

— Et à la folie, nul n'est tenu. Le problème aussi, c'est que les clients ne sont pas encore au courant de la campagne. Nous allons placarder le manifeste de René un peu partout.

— Et puis, demain, je ne veux pas être seul !

Le lendemain, Zoé était là avec une claquette de cinéma et Parlam avec un grand couteau de cuisine et une queue-de-rat. Hok me convainquit de me joindre à eux. Je me munis d'un batteur à œufs et d'un bol en acier. Ophelia, son nouveau copain Jonathan et ses deux enfants vinrent tintinnabuler avec nous le surlendemain.

— C'est pour l'affaire des brevets ? demanda Robert, le chauffeur de taxi.

— Oui, tu peux te joindre à nous si tu veux.

Robert et deux autres clients s'y mirent : couteau sur verre, sur bois, sur fer.

Au bout d'une semaine, toute activité cessait de 13 h à 13 h 10 et chacun y allait de l'outil sonore de son choix. Greg lui-même s'y mit : dix minutes d'accents stridents à la flûte. Bien d'autres musiciens participèrent à la campagne. On en vit une demi-douzaine dans le quartier déballer leur instrument au coin des rues à 12 h 55, puis jouer avec l'intensité maximale de leurs instruments respectifs jusqu'à 13 h 10 et, enfin, remballer sagement leur instrument. Bientôt le bruit se propagea dans toute la ville. Dans tous les arrondissements, des centaines et bientôt des milliers de citoyens commencèrent à protester bruyamment contre la mainmise du secteur privé sur le génie génétique. Plusieurs sites Internet avaient diffusé le manifeste de René et les médias avaient commencé à relayer l'information : ils avaient maintenant des images à offrir au public. Aux balcons des triplex, on vit des hommes, des femmes, des enfants sortir pour ébruyanter le gouvernement ; des balais battaient les rampes, des marteaux cognaient les poteaux, des fusils laser d'enfants assassinaient le ciel. Je croisai un jour une femme qui traînait une énorme chaîne stéréo dans une wagonnette. Elle avait enregistré des animaux sauvages qui rugissaient, feulaient et barrissaient maintenant en plein centre-ville. Elle eut de nombreux émules, de sorte que des tremblements de terre, des décollages d'avions, des chutes d'eau et autres monstrueux tic-tac de chronomètres, amplifiés à 100 décibels, couvrirent bientôt le son de la circulation de 13 h à 13 h 10, jour après jour. On aperçut de jeunes hommes se promenant à l'heure dite, s'époumonant en silence sur leurs sifflets à ultrasons, excitant pendant dix minutes tous les chiens à un kilomètre à la ronde. Et des cloches… des cloches de bureau, à vache, des bélières, des grelots de Noël, des carillons d'église… Au port, des bateaux faisaient se plaindre leurs cornes de brume qui se mêlaient aux innombrables klaxons des automobilistes inquiets, aux cornes de chasse et trompettes de plastique. Des enfants alignaient des dizaines de sacs de papier, les soufflaient et les faisaient éclater en alternance. Aux fenêtres, des gens éventaient des mobiles métalliques, secouaient des crécelles et des tourniquets, soufflaient dans des harmonicas, des flûtes à bec blanches ou des sifflets brésiliens. Des cyclistes traînaient des chapelets de canettes vides ou fixaient des cartes plastifiées à leurs fourches pour qu'elles claquent contre les broches de leurs roues. Des motards stationnaient leur engin et montraient ce que leur moteur savait faire.

Nous avons compris que nous gagnions la partie lorsque les camions de pompiers, les ambulances et les autos de police se joignirent au pandémonium sonore.

La première véritable campagne de René se concluait par une victoire…

9

À la coop, la passation des pouvoirs était terminée. Hok en fit l'objet de sa thèse de maîtrise. En janvier, Aux racines de la santé obtint une première critique dans un journal de quartier. On y complimentait la cuisine et l'ambiance chaleureuse des lieux.

Je travaillais maintenant le matin. Ayant décidé de reprendre mes études, l'horaire de jour était plus approprié.

*

Depuis décembre, Bébé traversait une phase hyper-critique : il tentait de résoudre tous les problèmes de l'univers. Faisant à tout bout de champ irruption dans mes pensées, sa voix semblait parfois s'adresser à un auditoire assis dans un amphithéâtre.

Le monde est insignifiant pour ceux qui n'en ont pas fait l'expérience. Vous simplifiez le monde à outrance, à trop vouloir examiner sa complexité. La surabondance d'information nuit à la compréhension. Pourquoi cet homme pleure-t-il, par exemple ? Indices : il tient un rectangle de dix centimètres sur quatorze fait d'une matière composite fibreuse et plastifiée. Le rectangle est à la température de la pièce et pèse trois grammes. Agrandie trente fois, la surface du rectangle révèle une quantité de petits points de couleur disséminés selon un ordre complexe. Information passée sous silence : ces pigments sont organisés en une structure qui représente, quand on y regarde d'un peu moins près, la mère de ce même homme avec, écrites au verso, ses dates de naissance et de mort.

Les manipulations génétiques sur l'homme, pour répondre à l'interrogation de mon père, sont une chose trop complexe pour la confier à un homme non modifié génétiquement.

Si les gens prenaient conscience de la profonde bestialité de l'homme, ils seraient éblouis par la stupéfiante réalisation que représentent l'État de droit (même relatif) et les oasis de paix qui parsèment son parcours.

Un voisin, un nazi : même chose. Dans de mauvaises circonstances, seuls de rares individus vont conserver leur intégrité. Est-ce monstrueux d'être la norme, me demandes-tu ? Pauvre mère, mais c'est intrinsèque à la nature humaine que de ne pouvoir empoigner le futur distant, temporel ou spatial. C'est ce que dit mon père ? Je sais. Je le répète.

Quand il se lassait de l'universel, il bondissait sur le particulier : mon univers personnel. Mais il le faisait avec une gentillesse d'autant plus émouvante que je n'y sentais pas la moindre intention de séduction.

Tu ne trouves pas que votre bassin de ciment a la forme d'un utérus ? Hok l'a senti aussi. Vois comme il s'y vautre, s'y laisse couler jusqu'à la saturation de ses poumons. Et son ravissement lorsqu'il ouvre ses yeux et voit Emma et Parlam pataugeant à ses côtés.

C'est bien, ce retour à l'université ! Quelle belle tangente, l'histoire des épices. J'ai été heureux de constater que ce n'était pas en réaction à mon attitude passée. Tu viens d'avoir un doute parfaitement normal. Mais je peux te rassurer. Ce n'est pas moi qui t'en ai fait la suggestion ! Je ne savais pas plus que toi que ça faisait partie du corpus des sciences politiques. Et puis, je n'ai pas ce pouvoir sur ta volonté. J'eusse cru qu'tu l'eusses su d'puis l'temps.

Ce n'est pas de Ben que tu t'ennuies ni de Mohi. Enfin, oui, tu aimerais bien les voir plus souvent. Mais c'est de René que tu te languis. Tu peux cesser de te mentir, tu ne tomberas pas. Ce n'est certainement pas moi qui te ferai trébucher.

Tu ne crois pas que tu devrais lui écrire ? Si tu ne sais pas (si tu ne te souviens pas) qu'il t'aime, moi si.

Je sais bien que tu es heureuse sans lui ! Mais c'est justement pour ça qu'il serait temps que tu lui écrives.

Je ne lui écrivis pas. Par contre, Hok lui répéta par courriel (comme je pensais qu'il le ferait) ce que je lui avais confié, à savoir qu'il me manquait terriblement.

Je fus chagrinée par le silence épistolaire qui suivit. Rien, de semaine en semaine. Mon retour à l'université fut salutaire, il symbolisait la fin du deuil : je me réappropriais ma vie. Et puis, entre les études et le resto, il ne me restait plus beaucoup de temps pour m'apitoyer.

*

Au mois de mars, Hok me présenta un nouveau conte dont Bébé dira qu'il est l'intersection poétique d'une projection cathartique et du murmure d'une muse ahurie. C'était son conte le plus long à ce jour. J'ose à peine résumer cette histoire d'une fillette de douze ans (Willine) qui enfante une petite fille elle-même enceinte d'une petite fille enceinte. Des triplettes, quoi. La fillette, sa fille (Saadjinka) et sa petite-fille (Pladoska) disparaîtront (pour des raisons que je n'exposerai pas ici), ne laissant que la petite-petite-fille de Willine (Ma'Vliov), obsédée (allez donc savoir pourquoi) par l'idée d'avoir un bébé.

Un jour d'avril, Mohi vint nous voir. Chemise impeccable, pantalon bien repassé, etc. Seule dérogation : un veston pendant à son dos, retenu négligemment par son index droit. Et à bien y regarder, un visage pas rasé d'aussi près qu'on aurait pu s'y attendre du premier ministre.

— Monsieur le ministre des Affaires interculturelles, je voudrais une infusion de feuilles de thé vert décaféiné et aromatisé à la bergamote. Tout biologique, bien sûr, sauf peut-être la tasse qui pourra contenir quelques minéraux. Je laisse cela à votre entière discrétion.

— Monsieur le premier ministre ! fit Hok. Bien sûr ! Bien sûr ! Voudriez-vous avec cela un petit gâteau au chocolat sans sucre, sans lait, sans farine et sans chocolat et qu'on appelle parfois, abusivement, une soupe au chou ?

— S'il n'y a pas trop de chou.

— De la grande visite ! interrompit Emma. Quel bon vent t'amène ?

— Je suis venu voir si vous aviez besoin d'un ingénieur : on m'a foutu à la porte.

La Ville parlait depuis quelque temps de nationaliser tout le réseau d'approvisionnement en eau. Épuration, aqueduc, tout allait y passer. Mohi organisa un mouvement de protestation. Aussitôt que les autorités eurent vent des activités de leur ingénieur, elles le congédièrent.

Surchargé comme toujours, Parlam fut enchanté d'accueillir Mohi. Bébé commenta ainsi le retour du premier ministre : *Dis-lui que sa présence princière nous a manqué, mais que je n'apprécie pas pour autant ce relâchement : ce n'est pas une façon de tenir son veston !*

— La dernière campagne de René va t'intéresser, Mohi.

La veille, Hok m'avait appris que René avait fini par lui écrire. René expliquait qu'il allait commencer son ultime campagne : une grève de la faim pour empêcher la privatisation de l'eau dans notre ville. Il reprenait un à un tous les arguments exposés bien des mois plus tôt en les appuyant de chiffres et d'exemples. Qui plus est, René exigeait la réintégration à la voirie de tous ceux qui avaient protesté contre la privatisation et avaient été congédiés. À cette nouvelle, Mohi dodelina doucement de la tête en souriant.

En bas de page, un petit paragraphe fit bondir mon cœur : **Monsieur Hok Shamsoul Mohammed, à moi aussi, elle me**

manque terriblement. Comme je ne peux plus prétendre fabuler pour le plaisir, je crains de perdre verve et objectivité. Facile de se croire objectif quand on se met en porte-à-faux avec la réalité. Facile de se raconter par la tangente. Affronter la réalité de front ? Peut-être. Bientôt, j'espère ne plus avoir besoin de nous raconter.

*

L'équipe d'Aux racines décida pour la seconde fois d'appuyer René. On commença par changer le nom de l'établissement qui s'appellerait désormais La Grève de la faim. Bébé fit d'ailleurs remarquer qu'il était temps que cette expression soit utilisée d'une manière plus appropriée. Il fut décidé d'ouvrir la grande salle d'en haut à d'éventuels grévistes de la faim qui voudraient s'y regrouper. Ophelia et Emma conçurent une série d'affiches : « Faites la grève au resto. » « Faites parler votre ventre ! » Cette dernière phrase soulignait le profil d'un homme dont le ventre avait été remplacé, bien sûr, par une goutte aux reflets bleus.

En deux jours, le paradis se remplit d'âmes de bonne volonté prêtes à toutes les crampes pour que l'eau ne leur soit pas confisquée. En trois jours, tout l'espace disponible fut occupé par des activistes alités. Mendoza et Alvaro aménagèrent la terrasse afin de pouvoir y caser une dizaine de lits de camp supplémentaires. On finit par en disséminer dans le resto, entre les tables. Les clients prenaient leur repas au milieu des grévistes qui les rassuraient : « Ne soyez pas gênés. Comme dit la patronne : sentir, c'est s'nourrir un peu... » Sans compter que le resto offrait une bonne partie des profits à la Free All World's Water Organization qui coordonnait la campagne avec les efforts publicitaires et les manifestations que cela impliquait. Évidemment, c'était Mohi qui représentait ici la FAW^2O.

Par un curieux effet de mode (dont nous sûmes profiter sans vergogne), le resto devint plus populaire que jamais. Les bourgeois de Bord de l'eau redécouvraient la juvénile euphorie de l'activisme non engageant. Du jour au lendemain, cela devenait chic de manger entouré d'affamés alités. Même la cuisine et la fabrique furent partagées avec des grévistes, obligeant Mohi et Parlam à travailler dans l'aire de service. Hok prit d'ailleurs une excellente photo de Mohi, tablier au cou, tenant une motte de seitan dégoulinante de jus de betterave au milieu des grabataires. En bas de la photo, il écrivit : « Ypres, 1915 ».

*

Depuis la dernière missive de René, Bébé s'immisçait de moins en moins dans mes pensées ; ses remarques et ses observations n'étaient plus que des tangentes aux miennes.

Qu'est-ce qu'ils ont l'air heureux, tous ces braves de La Grève de la faim. Même Ophelia semble s'épanouir avec son copain Jonathan et ses deux enfants. On dirait que Hok, Mohi, Parlam, Mendoza, Alvaro et tous les autres sont ravis de voir tous ces Occidentaux s'impliquer dans une cause plus grande que leur nombril ou leur estomac. Et puis Mohi semble avoir repris confiance. Il était tout frais rasé ce matin. Et Emma est belle à voir, débarrassée d'un trop-plein de cynisme, jouant la funambule sur le fil tranchant de l'autorité.

Quelquefois, étendue dans mon grand lit après m'être baignée dans le bassin, je caressais de mon doigt mon ventre plat, patinant en cercle. *Quelles merveilleuses surprises, les unes après les autres, n'est-ce pas ?* dit un soir Bébé.

— Oui. Beaucoup de surprises…

Il y a quand même eu de bons moments, non ?

— Es-tu… Ça ressemble à un au revoir…

Tu ne m'as pas répondu…

— Tu sais bien. Tu lis dans mes pensées…

Pense-le en un mot. S'il te plaît. Ça me ferait plaisir.

Je me concentrai tout en faisant des huit avec un doigt.

Merci. Moi aussi, je t'aime. Et ce n'est pas parce que je n'ai plus besoin de toi ou toi de moi que je m'en vais. Ni parce que j'aurais tout dit. Je vais me taire parce que je ne serai plus là : c'est ainsi, c'est tout. Ainsi s'en va la vie. Et puis, je te connais, tu me penseras toujours là, incrusté, tapi au fond de tes mitochondries. Et pourquoi pas ? Qu'est-ce que j'en sais après tout ?

Puis, ce fut le silence.

— Comment ? Il est parti ? fit Hok, furieux. Au beau milieu de la grève déclenchée par son papa ! Et… et sans me dire au revoir ?

*

J'étais en paix avec son départ. Comme si mon ambivalence entre une foule de sentiments contradictoires avait trouvé un équilibre. Toutes ces colères passées, la peur, les angoisses, les frustrations, les étonnements ; toutes ces joies, ces jeux, et cette fusion totale. Tout cela lié par un amour autonome et formant un solide casse-tête indéchiffrable.

*

Un jour, je vis Hok tendre un document à Stefaan, le psychiatre.

— Qu'est-ce que c'était ?

— Mon dernier conte.

— Et moi ? Tu ne m'en donnes pas ?

Il plongea son bras dans son sac à dos.

— Ta copie.

*

Le Petit Chaperon rouge, conte Flandrallemand

Enfant gentil, docile et bienveillant, le Petit Chaperon rouge vivait seul dans une solide cabane au beau milieu de la forêt.

Chaque nuit, il rêvait qu'il entendait un grand et féroce loup rôder autour de la cabane. Chaque nuit, le loup finissait par foncer dans la porte, griffant ensuite les larges planches. Mais en vain, la porte était infrangible.

Étrangement, les moutons, dans l'enclos du rêve, ne bêlaient pas lors des passages du loup ; et, au matin, le cheptel était intact. N'empêche que chaque aurore voyait l'enfant se réveiller terrorisé et tout en sueur.

Un jour, l'enfant au chaperon rouge alla consulter la sorcière du village, à quelques lieues de sa cabane. « Un grand méchant loup, hum ? dit la sorcière en regardant le Petit Chaperon rouge comme si elle se remémorait quelque souvenir... et qui veut entrer chez toi..., continua lentement la sorcière en détachant bien chaque syllabe. Bon. » Elle concocta une potion dans les 48 minutes qui restaient. « Avale cette tisane juste avant de t'endormir. Dans la nuit, ton âme ira rencontrer celle du loup. Cela te permettra de le comprendre. Lorsque tu le comprendras, le loup ne reviendra plus. »

Le Petit Chaperon rouge but la potion tel que prescrit et s'enfonça, comme un plomb dans l'eau, dans cette nuit propitiatoire. Dès le début, il eut l'impression que ce rêve n'en n'était pas un ou que, si c'en était un, il ne lui appartenait pas.

Il se tenait debout dans une clairière et aperçut bien vite le loup qui, habillé d'une cape de brume, sortait de la forêt. Le grand carnassier fonça vers lui, mais plutôt que d'être dévoré, le Petit Chaperon rouge engloba le loup, comme une amibe une cellule morte. Il entendait et ressentait maintenant tout ce que le loup ressentait et entendait. Le grand loup hurla à la lune puis se mit en chasse. Il s'approcha d'un pâturage, sauta l'enclos de bois, se précipita sur un agneau isolé et l'égorgea. Le Petit Chaperon rouge, déçu, ne comprit pas le loup. Ce dernier se jeta à l'aube sur un enfant qui ramassait des fraises et l'égorgea, le Petit Chaperon rouge, déçu et horrifié, ne comprit toujours pas. Puis le loup arriva devant une chaumière en pierre des champs aux volets fermés.

Le Petit Chaperon rouge reconnut tout de suite la maison de sa grand-mère. Le loup en fit le tour plusieurs fois. Les circumductions durèrent un bon moment, permettant aux deux esprits, celui du loup et celui du Petit Chaperon rouge, de s'interpénétrer. C'est ainsi que le petit ressentit la consternation du loup lorsque ce dernier tira, sans savoir ce qu'il faisait, sur la chevillette et sa stupéfaction lorsque la bobinette chut et que la porte s'ouvrit.

Le loup chaperon rouge entra silencieusement dans la maison. Ne faisant aucun compliment à sa grand-mère qui dormait sur le dos, il bondit sur l'aïeule et entreprit de la dévorer. Si le Petit Chaperon rouge et son terrible alter ego avaient porté un peu plus d'attention au long museau, aux longues dents, au poil rêche gris louvet ainsi qu'à une foule d'autres menus détails concernant la grand-mère, ils se seraient rendu compte que cette dernière était une lycanthrope et n'auraient peut-être pas été interdits lorsqu'ils en arrivèrent à l'estomac de ladite grand-mère lycanthrope. Ils y découvrirent la maman du Petit Chaperon rouge, pas complètement digérée. Le Petit Chaperon rouge comprit enfin, se jeta sur l'estomac de la grand-mère, bouffa tout, jusqu'au dernier cheveu, et rota.

Le Petit Chaperon rouge se réveilla mouillé de larmes, mais content et repu, empli de paix. Et plus jamais le grand méchant loup ne vint gratter à sa porte.

*

Une pensée fugace me traversa l'esprit en lisant les dernières lignes du conte. Bébé bondit dans ma conscience.

Si j'ai été ta mère ? Ça va pas, non ! Tu vas pas te mettre à croire en la métempsychose ? Disons que, comme dirait Hok, j'aurai été ce que tu auras fait de moi. Héhé...

Au fait, dis au revoir à Hok Shamsoul Mohammed. Rappelle-lui qu'il a deux cœurs et que, dorénavant, il l'a, son frérot, même s'il n'est plus nulle part et qu'on ne saura jamais son sexe. Dis à Emma : tendue comme les pneus d'une auto qui freine.

— Pardon ?

Je plaisantais. Dis-lui que tu l'aimes et que moi aussi, je l'aime. Et dis à Mohi qu'il fut le meilleur oncle qu'on puisse souhaiter. Et aux autres, que je suis honoré d'avoir été leur ami.

Et toi ? Dis-toi que l'amour agit par capillarité.

— ?

Ça te fera passer le temps en attendant que René te revienne.

Ce fut sa dernière immersion dans mes pensées.

*

René annonça son retour prochain dans son ultime courriel.

Mon amour et moi avons perdu nos mères le même jour, la même seconde. Sans aucune raison. Ni du fait d'une grève de la faim ni à cause de l'ahurissant sentiment d'invincibilité qu'instille l'automobile sur son habitant. Bien sûr, elles eurent lieu, cette impétuosité et cette insouciance qui firent éclater leurs os. Insouciance criminelle ? Faudrait déjà qu'il y ait eu la conscience du risque. Mais je ne veux plus m'égarer. Il n'y eut là, comme me l'a un jour hurlé mon amour, qu'une coïncidence mathématique. Restera, et pour toujours, que leur dernière action fut un geste de compassion. J'ai lu un jour que l'action publique porte en elle sa propre récompense : un attachement à notre nature humaine. Je crois aussi qu'elle renforce notre propre individualité. Plus on prend la mesure de l'humanité et plus on en apprécie les rares épisodes d'exceptionnelle bonté, de lucidité, d'altruisme et de modération. De même, plus on perçoit l'altérité entre l'humanité et ses composantes, plus on éprouve la nécessité d'alterner entre le grand et la grandeur. Peut-être est-ce la faim qui me fait délirer pompeusement. Tant mieux.

À mesure que je perce à jour l'illusion de la fusion avec Alice, il me semble m'en rapprocher. Et je me rends compte qu'elle avait commis la même erreur : elle avait su additionner tout ce que j'avais été dans ma vie. Seulement voilà : tout comme elle, j'étais une multiplication !

Lorsque cette grève sera terminée, lorsque nous aurons obtenu l'assurance que l'eau demeurera un bien public inaliénable, j'irai prendre mon premier repas à La Grève de la faim. J'irai retrouver l'amour de toute ma vie.

*

Ce jour-là, j'ai pris la décision d'écrire ce récit.

— Fais-en un conte, suggéra Hok.

— Non. Je te laisse les contes, Hok Shamsoul Mohammed.

— Dommage.

Je me suis mise à passer de plus en plus de temps à La Grève de la faim. Le jour, lorsque je ne travaillais pas, je soutenais les grévistes, distribuant les bouteilles d'eau distillée que deux infirmiers bénévoles nous apportaient quotidiennement. Je leur faisais aussi la lecture des journaux. Hok, Parlam et moi changions les draps, secouions les oreillers... Le soir, après la fermeture, je sortais mon cahier et mon crayon. Hok appela ça mes cènes. Des communions avec mes souvenirs. Dès la première, il en fit un petit rituel. En marchant entre les lits de camp, répandant des bonnes nuits au passage, nous dévissions une à une les ampoules du restaurant ainsi que toutes celles du pont du galion. Nous ne laissions allumée que l'ampoule au-dessus de la deuxième table qui était légèrement en retrait et où je m'installais. Puis, avant de monter faire sa caisse, Hok déposait devant mon cahier une tasse de lait chaud aromatisé au gingembre frais ainsi qu'un morceau de gâteau. Lorsqu'il redescendait, il s'assoyait, attendant sans dire un mot que je termine une phrase, un paragraphe, une page. Quand je relevais la tête, il souriait, posant d'abord les yeux sur le cahier, puis sur moi. Pour clore le rituel, Hok se levait tout en disant doucement : « Bonsoir, Alice. »

Ce soir, il ajouta : « C'est la page ultime ? » J'ai hoché la tête. Il sourit. Avant de se retourner pour partir, son regard s'attarda un instant sur mon ventre. Il le salua d'un léger mouvement de la main et des doigts, mit sa casquette et s'en alla.

C'était il y a quelques heures. J'écris maintenant cette dernière ligne et vais aller m'étendre sur le lit de camp qui m'est réservé.

RÉCITS et ROMANS
aux Éditions Triptyque

Allard, Francine. *Les mains si blanches de Pye Chang* (roman), 2000, 156 p.
Andersen, Marguerite. *La soupe* (roman), 1995, 222 p.
Anonyme. *La ville : Vénus et la mélancolie* (récit), 1981, s.p.
Arsenault, Mathieu. *Album de finissants* (récit), 2004, 142 p.
Association des auteures et auteurs des Cantons de l'Est. *En marge du calendrier* (anthologie), 1994, 128 p.
Bacot, Jean-François. *Ciné die* (récits), 1993, 133 p.
Beaudoin, Daniel-Louis. *Portrait d'une fille amère* (roman), 1994, 102 p.
Beaudoin, Myriam. *Un petit bruit sec* (roman), 2003, 116 p.
Beccarelli Saad, Tiziana. *Les passantes* (récits), 1986, 88 p.
Beccarelli Saad, Tiziana. *Vers l'Amérique* (roman), 1988, 96 p.
Beccarelli Saad, Tiziana. *Les mensonges blancs* (récits), 1992, 71 p.
Bereshko, Ludmilla. *Le colis* (récits), 1996, 152 p.
Berg, R.-J. *D'en haut* (proses), 2002, 75 p.
Bessens, Véronique. *Contes du temps qui passe* (nouvelles), 2007, 137 p.
Bibeau, Paul-André. *Le fou de Bassan* (récit), 1980, 62 p.
Bibeau, Paul-André. *Figures du temps* (récit), 1987, 112 p.
Bioteau, Jean-Marie. *La vie immobile* (roman), 2003, 179 p.
Blanchet, Alain. *La voie d'eau* (récit), 1995, 76 p.
Blouin, Lise. *L'absente* (roman), 1993, 165 p.
Blouin, Lise. *Masca* ou *Édith, Clara et les autres* (roman), 1999, 228 p.
Blouin, Lise. *L'or des fous* (roman), 2004, 265 p.
Boissé, Hélène. *Tirer la langue à sa mère* (récits), 2000, 188 p.
Boisvert, Normand. *Nouvelles vagues pour une époque floue* (récits), 1997, 137 p.
Bouchard, Camille. *Les petits soldats* (roman), 2002, 405 p.
Bouchard, Reynald. *Le cri d'un clown* (théâtre), 1989, 120 p.
Boulanger, Patrick. *Les restes de Muriel* (roman), 2007, 97 p.
Bourgault, Marc. *L'oiseau dans le filet* (roman), 1995, 259 p.
Bourque, Paul-André. *Derrière la vitre* (scénario), 1984, 105 p.
Brunelle, Michel. *Confidences d'un taxicomane* (récit), 1998, 169 p.
Bush, Catherine. *Les règles d'engagement* (roman), 2006, 347 p.
Butler, Juan. *Journal de Cabbagetown* (roman), 2003, 262 p.
Caccia, Fulvio. *La ligne gothique* (roman), 2004, 153 p.
Caccia, Fulvio. *La coïncidencee* (roman), 2005, 132 p.
Caccia, Fulvio. *Le secret* (roman), 2006, 217 p.
Campeau, Francine. *Les éternelles fictives* ou *Des femmes de la Bible* (nouvelles), 1990, 114 p.
Caron, Danielle. *Le couteau de Louis* (roman), 2003, 127 p.
Chabin, Laurent. *Écran total* (roman), 2006, 98 p.
Chabot, François. *La mort d'un chef* (roman), 2004, 108 p.

Champagne, Louise. *Chroniques du métro* (nouvelles), 1992, 123 p.
Chatillon, Pierre. *L'enfance est une île* (nouvelles), 1997, 125 p.
Clément, Michel. *Le maître S* (roman), 1987, 125 p.
Clément, Michel-E. *Ulysse de Champlemer* (roman), 1997, 155 p.
Clément, Michel-E. *Phée Bonheur* (roman), 1999, 283 p.
Clément, Michel-E. *Sainte-Fumée* (roman), 2001, 361 p.
Cliche, Anne-Élaine. *La pisseuse* (roman), 1992, 243 p.
Cliche, Anne-Élaine. *La Sainte Famille* (roman), 1994, 242 p.
Cliche, Mireille. *Les longs détours* (roman), 1991, 128 p.
Collectif. *La maison d'éclats* (récits), 1989, 116 p.
Corbeil, Marie-Claire. *Tess dans la tête de William* (récit), 1999, 92 p.
Côté, Bianca. *La chienne d'amour* (récit), 1989, 92 p.
Daigle, Jean. *Un livre d'histoires* (récits), 1996, 105 p.
Daigneault, Nicolas. *Les inutilités comparatives* (nouvelles), 2002, 134 p.
Dandurand, Anne. *Voilà, c'est moi : c'est rien, j'angoisse* (récits), 1987, 84 p.
Daneau, Robert. *Le jardin* (roman), 1997, 167 p.
Depierre, Marie-Ange. *Une petite liberté* (récits), 1989, 104 p.
Déry-Mochon, Jacqueline. *Clara* (roman), 1986, 84 p.
Désaulniers, Lucie. *Occupation double* (roman), 1990, 102 p.
Desfossés, Jacques. *Tous les tyrans portent la moustache* (roman), 1999, 271 p.
Desfossés, Jacques. *Magma* (roman), 2000, 177 p.
Desrosiers, Sylvie. *Bonne nuit, bons rêves, pas de puces, pas de punaises* (roman), 1998 (1995), 201 p.
Desruisseaux, Pierre. *Pop Wooh, le livre du temps, Histoire sacrée des Mayas quichés* (récit), 2002, 252 p.
Diamond, Lynn. *Nous avons l'âge de la Terre* (roman), 1994, 157 p.
Diamond, Lynn. *Le passé sous nos pas* (roman), 1999, 200 p.
Diamond, Lynn. *Le corps de mon frère* (roman), 2002, 208 p.
Duhaime, André. *Clairs de nuit* (récits), 1988, 125 p.
Dupuis, Hervé. *Voir ailleurs* (récit), 1995, 211 p.
Dussault, Danielle. *Le vent du monde* (récits), 1987, 116 p.
Forand, Claude. *Le cri du chat* (polar), 1999, 214 p.
Forest, Jean. *Comme c'est curieux… l'Espagne !* (récit), 1994, 119 p.
Forest, Jean. *Jean Forest chez les Anglais* (récit), 1999, 168 p.
Fortin, Julien. *Chien levé en beau fusil* (nouvelles), 2002, 152 p.
Fournier, Danielle. *Les mardis de la paternité* (roman), 1983, 109 p.
Fournier, Danielle et Coiteux, Louise. *De ce nom de l'amour* (récits), 1985, 150 p.
Francœur, Louis et Marie. *Plus fort que la mort* (récit-témoignage), 2000, 208 p.
Fugère, Jean-Paul. *Georgette de Batiscan* (roman), 1993, 191 p.
Gagnon, Alain. *Lélie ou la vie horizontale* (roman), 2003, 121 p.
Gagnon, Alain. *Jakob, fils de Jakob* (roman), 2004, 166 p.
Gagnon, Alain. *Le truc de l'oncle Henry* (roman), 2006, 166 p.
Gagnon, Daniel. *Loulou* (roman), 2002 (1976), 158 p.
Gagnon, Lucie. *Quel jour sommes-nous?* (récits), 1991, 96 p.
Gauthier, Yves. *Flore ô Flore* (roman), 1993, 125 p.

Gélinas, Pierre. *La neige* (roman), 1996, 214 p.
Gélinas, Pierre. *Le soleil* (roman), 1999, 219 p.
Gervais, Bertrand. *Ce n'est écrit nulle part* (récits), 2001, 90 p.
Gobeil, Pierre. *La mort de Marlon Brando* (roman), 1989 (1998), 135 p.
Gobeil, Pierre. *La cloche de verre* (roman), 2005, 151 p.
Gosselin, Michel. *La fin des jeux* (roman), 1986, 147 p.
Gosselin, Michel. *La mémoire de sable* (roman), 1991, 140 p.
Gosselin, Michel. *Tête première* (roman), 1995, 156 p.
Gosselin, Michel. *Le repos piégé* (roman), 2000 (1988), 188 p.
Gray, Sir Robert. *Mémoires d'un homme de ménage en territoire ennemi* (roman), 1998, 188 p.
Guénette, Daniel. *J. Desrapes* (roman), 1988, 149 p.
Guénette, Daniel. *L'écharpe d'Iris* (roman), 1991, 300 p.
Guénette, Daniel. *Jean de la Lune* (roman), 1994, 229 p.
Harvey, François. *Zéro-Zéro* (roman), 1999, 172 p.
Jacob, Diane. *Le vertige de David* (roman), 2006, 155 p.
Julien, Jacques. *Le divan* (récits), 1990, 74 p.
Julien, Jacques. *Le cerf forcé* (roman), 1993, 174 p.
Julien, Jacques. *Le rêveur roux : Kachouane* (roman), 1998, 206 p.
Julien, Jacques. *Big Bear, la révolte* (roman), 2004, 230 p.
Kimm, D. *Ô Solitude !* (récits), 1987, 142 p.
Lacasse, Lise. *L'échappée* (roman), 1998, 216 p.
Laferrière, Alexandre. *Début et fin d'un espresso* (roman), 2002, 232 p.
Laferrière, Alexandre. *Pour une croûte* (roman), 2005, 120 p.
Lamontagne, Patricia. *Somnolences* (roman), 2001, 126 p.
Landry, François. *La tour de Priape* (récit), 1993, 88 p.
Landry, François. *Le comédon* (roman), 1997 (1993), 410 p.
Landry, François. *Le nombril des aveugles* (roman), 2001, 267 p.
LaRochelle, Luc. *Amours et autres détours* (récits), 2002, 124 p.
Lavallée, Dominique. *Étonnez-moi, mais pas trop !* (nouvelles), 2004, 121 p.
Lavallée, François. *Le tout est de ne pas le dire* (nouvelles), 2001, 173 p.
Laverdure, Bertrand. *Gomme de xanthane* (roman), 2006, 193 p.
Lebœuf, Gaétan. *Bébé et bien d'autres qui s'évadent* (roman), 2007, 276 p.
Le Maner, Monique. *Ma chère Margot,* (roman), 2001, 192 p.
Le Maner, Monique. *La dérive de l'Éponge* (roman), 2004, 155 p.
Le Maner, Monique. *Maman goélande* (roman), 2006, 156 p.
Lemay, Grégory. *Le sourire des animaux* (roman), 2003, 110 p.
Lepage, Sophie. *Lèche-vitrine* (roman), 2005, 147 p.
Lépine, Hélène. *Kiskéya* (roman), 1996, 147 p.
Lépine, Hélène. *Le vent déporte les enfants austères* (récit), 2006, 114 p.
Lévy, Bernard. *Comment se comprendre autrement que par erreur* (dialogues), 1996, 77 p.
Lévy, Bernard. *Un sourire incertain* (récits), 1996, 152 p.
Maes, Isabelle. *Lettres d'une Ophélie* (récits), 1994, 68 p.
Manseau, Pierre. *L'île de l'Adoration* (roman), 1991, 180 p.
Manseau, Pierre. *Quartier des hommes* (roman), 1992, 207 p.

Manseau, Pierre. *Marcher la nuit* (roman), 1995, 153 p.
Manseau, Pierre. *Le chant des pigeons* (nouvelles), 1996, 167 p.
Manseau, Pierre. *La cour des miracles* (roman), 1999, 280 p.
Manseau, Pierre. *Les bruits de la terre* (récits), 2000, 176 p.
Manseau, Martin. *J'aurais voulu être beau* (récits), 2001, 144 p.
Martel, Jean-Pierre. *La trop belle mort* (roman), 2000, 238 p.
Martin, Daniel. *La solitude est un plat qui se mange seul* (nouvelles), 1999, 145 p.
McComber, Éric. *Antarctique* (roman), 2002, 175 p.
McComber, Éric. *La mort au corps* (roman), 2005, 303 p.
Ménard, Marc. *Itinérances* (roman), 2001, 242 p.
Messier, Judith. *Jeff !* (roman), 1988, 216 p.
Michaud, Nando. *Le hasard défait bien des choses* (polar), 2000, 216 p.
Michaud, Nando. *Un pied dans l'hécatombe* (polar), 2001, 241 p.
Michaud, Nando. *Virages dangereux et autres mauvais tournants* (nouvelles), 2003, 181 p.
Michaud, Nando. *La guerre des sexes* ou *Le problème est dans la solution* (polar), 2006, 289 p.
Monette, Pierre. *Trente ans dans la peau* (roman), 1990, 112 p.
Moutier, Maxime-Olivier. *Potence machine* (récits), 1996, 109 p.
Moutier, Maxime-Olivier. *Risible et noir* (récits), 1998 (1997), 164 p.
Moutier, Maxime-Olivier. *Marie-Hélène au mois de mars* (roman), 2001 (1998), 162 p.
Neveu, Denise. *De fleurs et de chocolats* (récits), 1993, 96 p.
Neveu, Denise. *Des erreurs monumentales* (roman), 1996, 121 p.
Nicol, Patrick. *Petits problèmes et aventures moyennes* (récits), 1993, 96 p.
Nicol, Patrick. *Les années confuses* (récits), 1996, 95 p.
Nicol, Patrick. *La blonde de Patrick Nicol* (roman), 2005, 93 p.
Noël, Denise. *La bonne adresse* suivi de *Le manuscrit du temps fou* (récits), 1995, 161 p.
O'Neil, Huguette. *Belle-Moue* (roman), 1992, 95 p.
O'Neil, Huguette. *Fascinante Nelly* (récits), 1996, 127 p.
Painchaud, Jeanne. *Le tour du sein* (récits), 1992, 95 p.
Paquette, André. *La lune ne parle pas* (récits), 1996, 159 p.
Paquette, André. *Les taches du soleil* (récits), 1997, 219 p.
Paquette, André. *Première expédition chez les sauvages* (roman), 2000, 180 p.
Paquette, André. *Parcours d'un combattant* (roman), 2002, 183 p.
Paré, Marc-André. *Chassés-croisés sur vert plancton* (récits), 1989, 92 p.
Paré, Marc-André. *Éclipses* (récits), 1990, 98 p.
Pascal, Gabrielle. *L'été qui dura six ans* (roman), 1997, 115 p.
Pascal, Gabrielle. *Le médaillon de nacre* (roman), 1999, 180 p.
Patenaude, Monique. *Made in Auroville, India* (roman), 2004, 211 p.
Pépin, Pierre-Yves. *La terre émue* (récits), 1986, 65 p.
Pépin, Pierre-Yves. *Le diable des marais* (contes), 1987, 136 p.
Perreault, Guy. *Ne me quittez pas !* (récits), 1998, 113 p.
Perreault, Guy. *Les grands brûlés* (récits), 1999, 173 p.
Poitras, Marie Hélène. *Soudain le Minotaure* (roman), 2002, 178 p.

Poitras, Marie Hélène. *La mort de Mignonne et autres histoires* (nouvelles), 2005, 171 p.
Poulin, Aline. *Dans la glace des autres* (récits), 1995, 97 p.
Quintin, Aurélien. *Barbe-Rouge au Bassin* (récits), 1988, 257 p.
Quintin, Aurélien. *Chroniques du rang IV* (roman), 1992, 193 p.
Raymond, Richard. *Morsures* (nouvelles), 1994, 169 p.
Renaud, France. *Contes de sable et de pierres* (récits), 2003, 152 p.
Renaud, Thérèse. *Subterfuges et sortilèges* (récits), 1988, 144 p.
Ricard, André. *Les baigneurs de Tadoussac* (récit), 1993, 54 p.
Ricard, André. *Une paix d'usage. Chronique du temps immobile* (récit), 2006, 211 p.
Robitaille, Geneviève. *Chez moi* (récit), 1999, 142 p.
Robitaille, Geneviève. *Mes jours sont vos heures* (récit), 2001, 116 p.
Saint-Pierre, Jacques. *Séquences* ou *Trois jours en novembre* (roman), 1990, 134 p.
Schweitzer, Ludovic. *Vocations* (roman), 2003, 188 p.
Shields, Carol. *Miracles en série* (nouvelles), 2004, 232 p.
Soudeyns, Maurice. *Visuel en 20 tableaux* (proses), 2003, 88 p.
St-Onge, Daniel. *Llanganati* ou *La malédiction de l'Inca* (roman), 1995, 214 p.
St-Onge, Daniel. *Trekking* (roman), 1998, 240 p.
St-Onge, Daniel. *Le gri-gri* (roman), 2001, 197 p.
Strano, Carmen. *Les jours de lumière* (roman), 2001, 246 p.
Strano, Carmen. *Le cavalier bleu* (roman), 2006, 251 p.
Tétreau, François. *Le lai de la clowne* (récit), 1994, 93 p.
Théberge, Gaston. *Béatrice, Québec 1918*, 2007, 192 p.
Thibault, André. *Schoenberg* (polar), 1994, 175 p.
To, My Lan. *Cahier d'été* (récit), 2000, 94 p.
Turcotte, Élise. *La mer à boire* (récit), 1980, 24 p.
Turgeon, Paule. *Au coin de Guy et René-Lévesque* (polar), 2003, 214 p.
Vaillancourt, Claude. *L'eunuque à la voix d'or* (nouvelles), 1997, 159 p.
Vaillancourt, Claude. *Les onze fils* (roman), 2000, 619 p.
Vaillancourt, Claude. *Réversibilité* (roman), 2005, 256 p.
Vaillancourt, Marc. *Le petit chosier* (récits), 1995, 184 p.
Vaillancourt, Marc. *Un travelo nommé Daisy* (roman), 2004, 185 p.
Vaillancourt, Marc. *La cour des contes* (récits), 2006, 93 p.
Vaillancourt, Yves. *Winter et autres récits* (récits), 2000, 100 p.
Vaïs, Marc. *Pour tourner la page*, 2005, 113 p.
Valcke, Louis. *Un pèlerin à vélo* (récit), 1997, 192 p.
Vallée, Manon. *Celle qui lisait* (nouvelles), 1998, 149 p.
Varèze, Dorothée. *Chemins sans carrosses* (récits), 2000, 134 p.
Villeneuve, Marie-Paule. *Derniers quarts de travail* (nouvelles), 2004, 105 p.
Vincent, Diane. *Épidermes* (polar), 2007, 207 p.

PROTÉGEONS
NOS FORÊTS

Tous les livres des Éditions Triptyque sont désormais imprimés sur du papier 100 % recyclé postconsommation (exempt de fibres issues des forêts anciennes) et traité sans chlore.

L'impression de *Bébé... et bien d'autres qui s'évadent* a permis de sauvegarder l'équivalent de 7 arbres de 15 à 20 centimètres de diamètre et de 20 mètres de haut. Ces bienfaits écologiques sont fondés sur les recherches effectuées par l'Environmental Defense Fund et d'autres membres du Paper Task Force.

MARQUIS

MEMBRE DU GROUPE SCABRINI

Québec, Canada
2007